LYNNA BANNING
La mujer más valiente

Editado por HARLEQUIN IBÉRICA, S.A.
Núñez de Balboa, 56
28001 Madrid

© 2007 The Woolston Family Trust
© 2014 Harlequin Ibérica, S.A.
La mujer más valiente, N° 11 - 2.1.14
Título original: Crusader's Lady
Publicada originalmente por Harlequin Enterprises, Ltd.
Este título fue publicado originalmente en español en 2008

Todos los derechos están reservados incluidos los de reproducción, total o parcial. Esta edición ha sido publicada con autorización de Harlequin Books S.A.
Esta es una obra de ficción. Nombres, caracteres, lugares, y situaciones son producto de la imaginación del autor o son utilizados ficticiamente, y cualquier parecido con personas, vivas o muertas, establecimientos de negocios (comerciales), hechos o situaciones son pura coincidencia.
® Harlequin, HQN y logotipo Harlequin son marcas registradas propiedad de Harlequin Enterprises Limited.
® y ™ son marcas registradas por Harlequin Enterprises Limited y sus filiales, utilizadas con licencia. Las marcas que lleven ® están registradas en la Oficina Española de Patentes y Marcas y en otros países.
Imagen de cubierta utilizada con permiso de Harlequin Enterprises Limited. Todos los derechos están reservados.

I.S.B.N.: 978-84-687-3961-8
Depósito legal: M-29554-2013

Uno

Jerusalén, 1192

Marc se echó la capa de lana sobre los hombros y, dejando escapar un gemido de cansancio, se inclinó hacia la hoguera. Le había dejado de importar si el desierto estaba calcinado por el sol o era barrido por el viento, si era de noche o de día, si había comido o no. Cada día que pasaba le importaba menos seguir vivo.

Como si de una gran moneda de oro se tratase, el sol se puso en dirección a las áridas colinas de Siria, incendiando el cielo a su paso. Habitualmente le agradaba el atardecer en el campamento, pero aquella vez era diferente. Los pulmones se le llenaron de aire con olor a estiércol. A cincuenta pasos hacia el oeste, el estandarte escarlata y oro del rey ondeaba débilmente en una brisa mortecina. De no ser por Ricardo, aquella maldita cruzada ya se habría terminado.

Una pisada lo alertó. Marc aguzó el oído y con su dolorido brazo alcanzó la espada que estaba a su lado.

—Tranquilo, amigo mío —dijo una voz cordial—. Soy Roger de Clare —el musculoso joven se despojó del manto verde que cubría su cota de malla y se agachó junto al fuego.

—¿Qué noticias traéis, de Clare? —preguntó Marc con desgana.

—Ninguna. El rey se encuentra peor; los criados son perezosos; los carroñeros están hambrientos... En fin, nada que no sepáis.

Marc asintió sin sonreír.

—El propio Saladino envía un remedio para sanar al rey. Al menos eso es lo que afirman nuestros espías —continuó Roger, mirando alrededor—. También nos informan de que los hombres de Saladino acechan en las sombras, más allá de la luz de las hogueras.

Todo el campamento sabía que Ricardo yacía en su tienda, sudando a causa de la fiebre, atendido por caballeros y sirvientes. Saladino también sabía dónde se encontraban Ricardo y sus guerreros. El líder sarraceno parecía conocer de antemano cualquier movimiento del ejército franco.

Roger carraspeó.

—El rey me envía a deciros que desea hablar con vos.

—Otra vez —protestó Marc—. Ningún hombre en toda la cristiandad ignora tan buen consejo. Iré más tarde; aún no he comido.

Roger echó un vistazo a la tosca olla de metal que colgaba sobre el fuego.

—Se diría que no es gran cosa.

Marc asintió. A diferencia de otros caballeros normandos, Roger de Clare nunca se andaba con rodeos. Aquélla era una de las razones por las que Marc lo toleraba. Los demás normandos, los que ambicionaban Sicilia, Chipre e incluso Escocia, podían irse al diablo.

—¿Creéis que el rey va a morirse? —inquirió Roger.

—Lo dudo. No en vano lo llaman Corazón de León.

Marc se inclinar de nuevo sobre la hoguera. El cuenco de cereales hervidos parecía poco apetitoso, pero era todo lo que tenía.

—Uníos a mí, Roger —le dijo señalando la comida—. Me he hartado de comer solo.

Roger echó una ojeada a la mezcla de granos caliente.

—Creo que no, amigo mío. Vuestro puchero no alimentaría ni a un conejo hambriento, así que menos aún a un camarada. Además... —el joven caballero titubeó—, Ricardo aguarda.

—Pues que espere —refunfuñó Marc—. Estoy cansado de matar.

—Los espías están cerca —advirtió De Clare en voz baja—. Guardaos de decir nada que sea de interés para el sarraceno.

Marc asintió. Su compañero se levantó y apoyó las manos en el cinturón de la espada.

—Estáis demasiado solo. Coméis solo, dormís solo. Lucharíais solo si el rey os lo consintiera.

—Reservad los consejos para vuestros hombres.

Roger se fue, y Marc cerró los ojos. Dios santo, no se merecía tan buen amigo. No después de lo sucedido en Acre: fue Ricardo quien ordenó la masacre, pero en aquel terrible y cruento día murió una parte de Marc. Las cabezas de dos mil rehenes, entre defensores, mujeres y niños, rodaron por la arena a las puertas de la ciudad tiñéndola de sangre. Ricardo los engañó y luego los mató a todos salvajemente.

Un ruido le puso en guardia. No era una pisada, era otra cosa. Sin pensarlo, buscó a tientas la espada.

Volvió a escucharlo detrás de él, esta vez más cerca.

—¿Quién anda ahí?

Se hizo el más completo silencio. ¿Sería uno de los torpes hombres de Ricardo? ¿Un criado?

¿Un asesino?

Marc apartó la olla hirviendo del fuego, se levantó y agarró la espada. Se estaba ajustando el cinturón cuando un movimiento al otro lado de la hoguera llamó su atención. Se puso tenso y aguzó la vista para penetrar la densa oscuridad.

Al notar que algo se movía a su espalda se dio la vuelta y alzó la espada. En ese mismo instante, saliendo de entre las sombras, una figura se abalanzó sobre él. Instintivamente, Marc avanzó un paso y su acero seccionó la garganta del intruso. El hombre dio un grito, antes de caer muerto a sus pies.

La sangre manaba a borbotones de la herida, empapando el turbante y la túnica de seda de la víctima. Era un sarraceno, probablemente un espía que merodeaba por el campamento franco. Marc se agachó sobre el cadáver. ¡Dios todo poderoso, qué había hecho! Aquel hombre estaba desarmado.

Se llevó la mano a la cara y se maldijo. Por un instante creyó que iba a vomitar. Era su deber como caballero cristiano matar a un guerrero en la batalla, pero abatir a un hombre desarmado, aunque fuese un sarraceno, era contrario a la ley de Dios. Un pequeño ruido le hizo levantar la cabeza. Tenía los nervios a flor de piel. Algo, quizá el instinto o el entrenamiento, o tal vez la voz de Dios, le hizo volverse hacia el árabe muerto. Una pequeña silueta salió de repente de las sombras y, sollozando como una muchacha, se arrojó sobre el cadáver. Por lo visto, el hombre tenía un leal sirviente.

Marc se alejó. Las palabras de arrepentimiento que acudieron a sus labios murieron en el momento mismo de abrir la boca. No tenía por qué pedir perdón a un sarraceno, ni mucho menos a su criado.

Al darse la vuelta hacia la hoguera notó que lo atacaban por la espalda. Un brazo delgado le puso una daga en el cuello.

—¡*Qaatil!* —gritó una voz aguda, llena de odio.

Antes de que Marc pudiera zafarse de su atacante, el cuchillo le rasgó la piel, y un hilo de sangre corrió hasta el cuello de su capa.

—*Taraka* —dijo el caballero en árabe, pero el muchacho no lo soltó; al contrario, éste se aferraba a su espalda y blandía el puñal intentando encontrar algún punto vulnerable. Marc le agarró del brazo y se lo retorció con fuerza.

El agresor dio un grito y al caerse al suelo se le escapó la daga de la mano. Intentó recuperarla, pero Marc puso su bota encima.

—Vete —dijo mientras señalaba con un gesto hacia el oscuro límite del campamento—. No te haré daño —añadió sin darse cuenta de que había pronunciado aquellas palabras en la lengua de los francos.

—Te mataré —replicó el muchacho—. Pongo a Dios por testigo de que me vengaré aunque sea lo último que haga.

¿Un joven sirviente que hablaba francés normando?

—¿Quién eres? —le preguntó Marc.

El chico lanzó un rápido un vistazo a la daga que estaba debajo de Marc y luego miró el cadáver. Sujeto por el antebrazo, se puso en cuclillas. Las lágrimas le surcaban el rostro.

Marc se agachó y recogió el cuchillo. La empuñadura de plata estaba bellamente labrada y tenía incrustada una única joya: un rubí tan grande como un huevo de gorrión.

—¿De dónde has sacado esto?

El chico trató de liberarse de un tirón, pero no dijo nada.

—¡Respóndeme! —le exigió, al tiempo que le retorcía la muñeca—. ¿De dónde sacaste esta daga?

El tembloroso criado miró al árabe muerto.

—Es mía.

—Y yo soy el príncipe de Samarcanda. ¡No mientas!

—No soy un ladrón.

—Eso es lo que tú dices, muchacho. ¿De dónde la sacaste?

—Ahora es mía —volvió a mirar el cadáver.

Entonces el árabe sí tenía un arma. ¿Sería un espía? Pero poco importaba ya.

Sin embargo, el chico sí que importaba. Ese joven árabe, delgado y ágil, tal vez no era más que un muchacho, pero había intentado matarlo. Marc se agachó, lo agarró por el cuello de la túnica y lo levantó de un tirón.

—¿Quién eres? —pensaba que el chico se iba a acobardar, pero se irguió y lo miró cara a la cara.

—Soy... Soray.

—¿Y quién es el hombre que yace en el suelo?

—Es mi señor. Su nombre es Khalil al-Din.

Marc lo agarró con más fuerza de la túnica.

—¿Eres su criado?

—Soy su criado.

Marc lo soltó, aunque algo no encajaba: ¿un criado sarraceno tan leal a su amo como para matar por él?

—Estás mintiendo.

El muchacho se puso nervioso.

—No, señor. No miento.

Marc, contrariado, sacudió la cabeza. Sabía cuándo le estaban mintiendo. Sin embargo, no podía entretenerse más; el rey lo aguardaba.

—Vete del campamento, muchacho. Yo me ocuparé del cadáver de tu amo —dicho lo cual, y con la daga todavía en la mano, Marc se dirigió hacia la tienda donde esperaba Ricardo.

Soraya siguió con la vista al caballero hasta que éste se perdió en la oscuridad. Le asustó aquella expresión fría y severa, la negrura que habitaba en el rostro del cristiano. Ni una sola palabra de arrepentimiento, ni siquiera una oración por el hombre que había matado.

Llorando, ella se arrodilló al lado de Khalil e inclinó la cabeza.

—Tío, juro que vengaré vuestra muerte, y también que llevaré a cabo vuestra misión. Me aseguraré de que el mensaje de Saladino llegue a manos del rey Ricardo. Pero para estas dos tareas debo recuperar vuestra daga. Si Dios quiere, lo haré esta misma noche.

Le cerró los párpados y, reprimiendo un gemido de angustia, le colocó brazos y piernas en una posición más apropiada y le dio un beso en las frías mejillas.

—No puedo soportar que ese franco bárbaro te toque. No puedo consentir que te deje en el suelo sin que recibas las palabras adecuadas.

Se levantó y apartó la vista del cadáver de su tío para examinar el campamento. El bárbaro carecía de tienda; sólo tenía un exiguo fuego y un puchero. Echó un vistazo dentro de la olla. Un hombre de su envergadura no podía alimentarse sólo con un poco de engrudo.

Un yelmo de hierro y una cota de malla asomaban de una mugrienta bolsa de cáñamo. Al lado de la misma, se encontraba una manta enrollada y atada con un cinturón de piel ennegrecido por el uso. Esos francos eran peores que los cerdos.

Alzó la cabeza, atenta a los sonidos. Debía estar preparada: el caballero regresaría pronto. Tenía que arrebatarle la daga y sorprenderlo antes de que pudiera reaccionar. No descansaría hasta ver el cuerpo de aquel franco miserable yacer sin vida al lado del de su tío.

¿Y en cuanto a su otra misión, el mensaje que debía entregar? Todo a su tiempo. Primero tenía que recuperar la daga y ocuparse del caballero que había matado a su amado tío. Sería difícil reclamarle el arma sin decirle para qué la necesitaba, pero sólo el rey debía enterarse del contenido del mensaje. La muchacha añadió más estiércol a la hoguera, dispuso con cuidado la manta delante de la misma haciendo una señal convenida.

Marc pasó por una docena de hogueras. Los caballeros con quienes se cruzaba le daban la espalda; no lo miraban ni le dirigían la palabra. Los hombres de Ricardo nunca se habían sentido cómodos en su presencia, pero además ahora parecían temerlo. ¿Acaso se le notaba tanto la rabia que sentía?

Al llegar a la gran tienda de color carmesí de Ricardo, se metió la daga en el cinturón y apartó la portezuela de seda con la mano.

—Ah —murmuró una voz empalagosa detrás de él—, Marc de Valery, al fin. Apuesto que vais a lamentar haber hecho esperar al rey.

Marc hizo caso omiso de las palabras de aquel hosco caballero, entró en la tienda de Ricardo e hincó una rodilla postrándose al lado del catre.

—Levantaos —ordenó el rey con voz áspera. Aquel rostro rubicundo, de pelo rizado, estaba sudoroso y enrojecido. Bajo un espeso bigote, abrió los labios secos y agrietados—. Acercaos —parecía extenuado tras pronunciar aquellas pocas palabras.

Marc fue avanzando de rodillas.

—Escuchadme, De Valery —dijo el rey casi sin aliento—. Las fuerzas me abandonan.

—Sí, milord.

Ricardo cerró los ojos.

—Jurad que no revelaréis a nadie lo que voy a deciros.

—Lo juro.

—Inclinaos.

Marc agachó la cabeza para acercar su oído a los labios de Ricardo, y éste murmuró una sola frase:

—Debo regresar a Inglaterra —levantó, vacilante, una mano para posarla en el hombro de Marc. El calor de aquellos dedos atravesó la túnica de lino como un hierro caliente—. Mi hermano Juan se ha aliado con el rey de Francia. Felipe ambiciona Normandía, y Juan desea mi corona. Debo volver a casa y necesito que me acompañéis en el viaje.

—Si hago lo que me pedís, milord, moriréis.

—Vos os encargaréis de que no muera, De Valery.

Marc tomó aire. No podía negarse. Nadie que estimara en algo su propia vida le decía que no a Ricardo de Inglaterra.

—De acuerdo, Majestad. Haré lo que me pedís.

—Bien —suspiró Ricardo—. *Très bien*.

—Sólo una pregunta —añadió Marc—. ¿Por qué yo?

El rey soltó una carcajada.

—Porque confío en vos, aunque seáis medio escocés. Sois un buen hombre, De Valery.

Marc hizo una reverencia con la cabeza para agradecer el dudoso cumplido. No tenía sentido confesar que ni siquiera era la mitad de buen caballero de lo que pensaba Ricardo.

Marc hizo ademán de levantarse, pero la endeble mano de Ricardo lo detuvo.

—Una cosa más.

Marc aguardó a que el rey recuperase la respiración.

—Guardaos de Leopoldo de Austria. Está cegado por la ira.

—Sí, milord. Me he enterado. No deberíais haber ultrajado su estandarte como lo hicisteis.

—Deberíais habérmelo dicho antes.

Marc no dijo nada. Ricardo sabía que ningún escocés osaría acusar a un barón alemán de perfidia.

Ya había salido la luna cuando Marc terminó los preparativos que le encomendó el rey y regresó a su pequeño campamento. Del fuego tan sólo quedaban los rescoldos, y la olla se había quedado fría. En cualquier caso, se le había quitado el hambre pensando en el día siguiente y en todas las cosas que podían salir mal. Ricardo era astuto, incluso calculador, pero en ocasiones actuaba por impulso antes que con la fría racionalidad de su padre, Henry de Plantagenet, y la fiebre no hacía sino empeorar la situación.

Echó una ojeada al sitio donde el sarraceno debía yacer muerto. ¡El cadáver había desaparecido!

Un escalofrío le recorrió la espalda. No había ni una mancha de sangre en el suelo, ni huellas de pisadas o caballos. ¿Podía un sarraceno ascender al Paraíso con tanta facilidad?

¿O el muchacho árabe se había llevado a rastras a su amo?

Se apresuró a santiguarse. Quizás los *djinns* habían hecho desaparecer el cadáver como por arte de magia. Tocó la daga con la piedra preciosa que se había guardado en el cinturón. No le había contado a nadie sobre la muerte del sarraceno, ni siquiera a Ricardo de Inglaterra. Le repugnaba recordar lo que había hecho, pero ahora debía pensar en el futuro y prepararse para abandonar el campamento a la mañana siguiente y emprender con Ricardo el viaje de regreso a Inglaterra.

De pronto, notó algo extraño y se volvió. Aguzó el oído. Más allá de la zona iluminada por el fuego había alguien.

Desenvainó la espada y se dirigió hacia el lugar de donde provenía el sonido.

Dos

Marc agarró por el brazo al muchacho sarraceno y lo sacó de las sombras.

—¿Qué estás haciendo aquí? Te dije que te fueras.

—¡No me toquéis! —gritó enfadado—. ¡Soltadme!

—¡Respóndeme! —dijo Marc, rechinando los dientes.

—Estaba vigilando el cadáver de mi tío.

—¿Y dónde está ahora tu tío? —sacudió al chico con fuerza—. ¿Quizá se levantó y se fue caminando hasta el Paraíso?

El muchacho le dio una bofetada en la cara.

—No lo injuriéis. Nadie va al Paraíso caminando.

¡Dios, ese mocoso lo había abofeteado!

—¿Entonces dónde está?

—Hice una seña a mis parientes usando la luz de la lumbre. Vinieron en secreto para recoger el cuerpo y se lo llevaron a lomos de un caballo.

—¿Por qué no te fuiste con ellos?

El joven lanzó una fugaz mirada a la daga con el rubí que Marc tenía en la mano y agachó la cabeza.

—¿Por qué? —repitió el cruzado.

El muchacho no respondió. Entonces, con la rapidez de un gato, se soltó el brazo de un tirón y con su pequeña mano trató de arrebatarle la daga, pero la hoja se le hundió en el pulgar.

Marc lo llevó a rastras hasta la hoguera.

—Ten —le lanzó un trozo de tela que guardaba bajo su túnica. El muchacho envolvió con él su mano sin decir nada.

—Ya veo —Marc gesticuló con la cabeza. Luego, a cierta distancia, se puso en cuclillas y guardó el cuchillo detrás del cinturón—. Os quedasteis para atacarme.

No hubo respuesta. El muchacho tenía la mirada fija en las brasas.

—Desde luego, tienes valor.

De nuevo, silencio.

—¡Mírame! —le ordenó Marc al tiempo que le levantaba la barbilla con el puño. Sus ojos eran verde pálido, como el mar, y duros como el jade. Marc sintió algo que no pudo explicar—. Tenéis unos ojos extraños, muchacho. Los árabes los tienen oscuros.

—Aunque me crié entre árabes y conozco sus costumbres, soy circasiano.

Marc se quedó observando al muchacho.

—Quitaos el turbante.

Las capas de seda fueron cayendo lentamente hasta que Marc pudo ver su rostro. En efecto, no era árabe. Su piel era blanca; los rasgos, finos, casi delicados; y la nariz, larga y recta. Una maraña ingobernable de rizos negros surgió de debajo del turbante.

Algo le volvió a llamar poderosamente la atención a Marc. El joven era hermoso, casi femenino en sus ademanes. Se fijó en sus delgados hombros, encorvados a causa del frío viento. Había intentado apuñalarlo, pero no había tenido ni la destreza y ni la fuerza necesarias. Desarmado, ya no representaba una amenaza.

—¿Tenéis hambre? —le preguntó de pronto.

—Sí, mi señor.

Marc alcanzó la olla y con los dedos puso un poco de aquel engrudo solidificado en un cuenco y se lo pasó al muchacho.

—Está frío, pero llena el estómago.

El joven lo observó con aquellos extraños ojos verdes, y se apresuró a devorar lo que quedaba.

Marc lo miró. ¿Qué debía hacer con el chico, que ahora estaba ocupado fregando el interior de la olla con un puñado de arena? Enviarlo de vuelta con su gente, pensó.

Por Dios, ¿en qué estaba pensando? El destino del joven árabe carecía de importancia: Él y el rey habrían partido antes del amanecer.

De Valery se levantó, se dirigió hasta la bolsa de cáñamo donde guardaba sus escasas pertenencias y sacó una manta andrajosa. Hizo con ella un fardo y se lo lanzó al muchacho.

—Las noches en el desierto son frías, circasiano.

El chico frunció la frente, lisa y pálida, en un gesto de sorpresa.

—Sí, mi señor. Lo sé. *Shukren*, mi señor. *Mercez*.

Había algo raro en aquel muchacho. Por una parte, hablaba tanto árabe como francés normando; y, por otra, ojos de aquel color eran infrecuentes, incluso para un circasiano. Marc se sentía inquieto por aquellos ojos tan misteriosos, como consciente de algo que era incapaz de nombrar.

Durante el resto de la noche durmió con la espada a su lado y con la daga a buen recaudo debajo del cuerpo. No confiaba en el chico.

Ella nunca comprendería a los francos; especialmente a ése, con aquellos ojos azules como lapislázuli y el pelo de reflejos dorados. Había algo oscuro en él que a Soraya le produjo un escalofrío. Había matado a Khalil y, sin embargo, le había cedido su manta.

Ella se tapó los hombros con aquella lana ordinaria y puso la cabeza entre las rodillas, pero sin llegar a cerrar los ojos. Inclinó la cabeza lo suficiente para observar cómo el caballero se acomodaba al lado de la hoguera, ya menguante. El franco poseía unas facciones duras, sus ojos estaban ensombrecidos y su boca dibujaba una línea severa.

Daba igual. Ella tenía ahora un único propósito: vengar el asesinato de su tío y llevar a cabo la misión que Saladino les había asignado. Antes del amanecer, ese caballero estaría muerto.

Soraya cerró los ojos.

Levantó levemente la cabeza y miró a hurtadillas al caballero, que estaba durmiendo al otro lado de las escuálidas llamas, o al menos eso parecía. La luz de la hoguera destacaba su poderoso mentón, la boca cruel.

Le tiró una china que le dio en la barbilla, pero sus párpados seguían cerrados. La daga, debajo de aquel cuerpo tan alto, parecía inalcanzable. Rezó por que se moviera para poder arrebatársela y degollarlo con ella.

Se fijó cómo el pecho del caballero se movía al

ritmo de una respiración regular. Tenía que hacerlo: había empeñado su palabra ante Dios. Entonces arrojó otra piedra, esta vez algo mayor.

Marc abrió un párpado, pero lo volvió a cerrar enseguida. El chico estaba sentado al lado del fuego, encogido sobre las rodillas, probablemente dormido. O quizá observándolo. Esperando.

El gran rubí incrustado en la empuñadura de la daga sarracena se le estaba clavando en la espalda, pero no debía ponerse de lado. Era mejor soportar la molestia y evitar así que fuera usada contra él.

Que Dios tuviese piedad de su alma. Había matado al sarraceno en un acto irreflexivo, y la facilidad con que lo había hecho no dejaba de sorprenderlo y avergonzarlo. Sintió lástima por el esclavo. Aquella guerra interminable devoraba el alma de los hombres y corrompía su espíritu. Tenía que terminar. Ya no podía soportar otra muerte, ni siquiera la de un sirviente.

Cambió de posición y estiró las piernas. Dios, cuanto más duraba la lucha por Jerusalén, más inhumano se volvía él. Semana tras semana, los guerreros de Saladino rodeaban el campamento franco asentado fuera de las puertas de la ciudad. Si los francos trasladaban su campamento hacia el norte o hacia el sur, los sarracenos los volvían a rodear cuando caía la noche. Llevaba sucediendo así durante meses. La batalla por Jerusalén estaba en punto muerto.

La carnicería en ambos bandos empezaba a no tener ningún sentido. Ricardo no codiciaba Jerusalén para él. El rey estaba intentando conquistar una ciudad que sabía que no podría mantener. ¿Aquel interminable sitio no era otra cosa que un alarde de fuerza?

¿Estaba Ricardo perpetrando aquella matanza sólo por vencer a Felipe de Francia y a Leopoldo de Austria?

Marc examinó la delgada figura del chico árabe. Hubo un tiempo en que él mismo había sido tan imprudente y valeroso como aquel muchacho. Y tan ignorante de los sinsabores de la vida.

Al amanecer, tras asegurarse de que la daga seguía debajo de su espalda, se levantó. El chico estaba sentado, recostado hacia un lado, y roncaba ligeramente. Pensó en dejarle dormir. El rey y él se habrían ido antes de que el campamento despertase.

Dio un puñado de grano a su caballo, se puso la cota de malla y la capa azul, y ensilló al animal. Ya se había abrochado el cinturón de la espada y estaba a punto de montar cuando se encontró al chico encima del caballo sonriéndole.

—Bájate —ordenó Marc.

—No, mi señor. ¿Cómo voy a atenderos si no monto con vos?

—No necesito un sirviente.

—No es cierto, mi señor. Me necesitáis. Os aseguro que no soy un criado corriente.

Marc soltó una carcajada. Aquello era ya era demasiado.

—Bájate —repitió—. Ahora mismo.

El joven se inclinó hacia un lado y desmontó grácilmente. Cómo, se preguntó Marc, se las había arreglado para subir al enorme animal.

—¿Adónde vamos?

—Yo, hacia el Sur. Tú puedes irte al diablo.

—¡Estoy seguro de que no deseáis eso!

Marc apretó los dientes.

—Eres un mocoso lenguaraz, maleducado y testarudo.

—Sí, mi señor. Soy testarudo, no tengo reparos en admitirlo.

—¡Vete! —bramó Marc, con la esperanza de asustar al chico; sin embargo, el muchacho le lanzó una mirada propia de un encantador de serpientes.

—¿Adónde iré, mi señor?

—Podéis ir a la letrina —Marc hizo un gesto con la cabeza—. En aquella dirección.

El chico se fue corriendo hacia donde le indicó el caballero. Cuando estuvo seguro de que el muchacho se había marchado, Marc se subió al caballo y, extrañamente preocupado, se puso en marcha hacia el lugar convenido para encontrarse con el rey.

Tres

Soraya no fue a la letrina, sino que se encaramó hasta una loma para ocultarse. Luego, atravesando la bulliciosa actividad del campamento, volvió sobre sus pasos.

Entre bostezos y sin apenas prestarle atención, los escuderos francos afilaban las espadas o restregaban las cotas de malla con puñados de arena húmeda. Pero su amable *massa al-khayr* despertaba en los criados árabes una sonrisa y un educado *ahlan*.

Siempre le sorprendía que tener esclavos árabes fuese algo normal entre los francos. Eran tomados como botín de guerra, y los vencedores se los intercambiaban como si de sacos de grano se tratase. No obstante, ella misma había sido adquirida por Khalil de una forma muy parecida: la habían capturado durante una incursión árabe cuando era una niña y la habían llevado al otro lado del mar, desde su montañosa tierra natal hasta el harén de un jeque. Al menos había recibido una buena educación, aunque le hizo ilusión marcharse cuando Khalil la compró en una subasta de esclavos con tan sólo diez veranos.

El campamento franco era un lugar mugriento. Había moscas por todas partes, y el olor de los cuerpos sin lavar y del estiércol de los caballos dominaba el ambiente. En su camino, Soraya se las arregló para robar un aromático y maduro pomelo de una cesta de fruta, y así fue abriéndose paso hacia la tienda mayor. Hecha de seda carmesí en lugar de lona vulgar, resultaba fácil de distinguir entre la miríada de tiendas más pequeñas. Estaba coronada por un estandarte escarlata y oro. Si al menos pudiese entregar su mensaje entonces, pero tendría que esperar. Antes debía recuperar la daga de Khalil. Miró alrededor buscando a su presa; se detuvo de repente: el caballero franco se estaba acercando desde el extremo opuesto.

Lo observó con curiosidad. Era alto y musculoso. Tenía algo agradable; tal vez era su voz, o sus ojos. En fin, no importaba. Estaría muerto al caer la noche.

Se dirigía a la tienda grande dando amplias zancadas. Tenía un modo de andar ligeramente irregular, quizá producto de una vieja herida. Aquel cuerpo debía de estar lleno de cicatrices de guerra, y la cota de malla y las calzas que llevaba debían de pesar tanto como ella.

Desde luego, los francos eran estúpidos. Los guerreros árabes también llevaban mallas, pero eran más ligeras; y sus caballos, más pequeños y veloces. Además, los árabes montaban yeguas porque en época de celo sembraban la confusión entre los pesados sementales francos. Numerosos caballos habían perecido en combate y aún los invasores cristianos no se habían percatado de su error.

En lugar de entrar en la tienda, el caballero se desvió hacia la izquierda, bordeó varias hogueras y se abrió paso hasta un grupo de rocas a una docena de pasos del perímetro del campamento. Soraya dio la vuelta hacia el otro lado de las rocas. Una vez allí, se echó al suelo y observó cautelosamente a través de una grieta.

Lo primero que vio fue los cuartos traseros de otro caballo, más pequeño que el del caballero pero bien equipado. La silla de cuero era sencilla, pero estaba reluciente. La lana debajo de la manta estaba adornada con bordados, y parches de cuero engalanaban el arnés. Los estribos eran piezas lisas y curvas de hierro negro.

A lomos del animal iba sentado un religioso con hábito, un monje. ¿Era «su» franco un caballero templario?, ¿un hospitalario? Tales caballeros llevaban mantos blancos con una cruz roja de cuatro brazos cosida en el anverso, pero este caballero no llevaba semejante cruz estampada en su manto azul, así que afortunadamente no era un religioso. Sería más difícil degollar a un servidor de Dios...

El monje levantó la mano en señal de saludo, y el franco respondió con una reverencia. Por lo visto, respetaba al hombre santo. Los dos hombres intercambiaron unas pocas palabras en voz baja. Sólo alcanzó a oír una con claridad: Jaffa. Luego el caballero se subió a su montura.

Soraya lo comprendió enseguida. Iban a abandonar el campamento en dirección sur, hacia la ciudad portuaria de Jaffa. Si quería matar al caballero franco y recuperar la daga tenía que ir con él. Debía actuar deprisa. Después pensaría en cómo regresar al campamento y entregar el mensaje al rey. Salió corriendo de su escondite, salvó los pocos pasos que la separaban de donde estaba el franco y se arrojó a sus pies.

—Mi señor, perdonad a vuestro miserable sirviente, pero no pude encontrar lo que me ordenasteis que os trajera.

El caballero la fulminó con la mirada. Soraya no se atrevió a alzar la vista hasta que oyó su voz.

—¿Y qué es lo que te ordené traer? —su voz era fría y dura como el metal.

—Pero…, un caballo, mi señor. Vos me enviasteis a buscar otra montura. ¿No lo recordáis? —se atrevió a mirarlo a las rodillas; luego al cinturón de la espada que rodeaba su cintura; y finalmente, susurrando una oración, al severo semblante.

El gesto del caballero la asustó. Su exasperación se hizo manifiesta en la expresión de la cara, pero un destello de admiración brilló a regañadientes en la claridad azul de sus ojos; de un azul que le recordaba los mosaicos esmaltados de las mezquitas; incluso, pensó de pronto, el soleado mar de su tierra natal.

—No recuerdo haberte encomendado semejante tarea —espetó con sequedad.

Soraya suspiró con dramatismo, echó un vistazo al hombre santo y luego se acercó un poco más al caballero.

—Mi señor, ¿acaso nunca os cansáis de este juego? Cada mañana vos me ordenáis y yo obedezco, y luego olvidáis lo que ordenasteis y yo quedo como un estúpido.

—Estúpido e imaginativo —replicó Marc.

—Oh, sí, mi señor —concedió, entusiasmándose con su farsa—. Puedo conseguir muchas cosas hermosas, pero esta vez... —bajó la cabeza fingiendo vergüenza—. Esta vez he fallado. Fui incapaz de encontrar el caballo que me pedisteis.

El monje encapuchado se acercó en su montura hacia ellos.

—¿Ahora tenéis un sirviente, De Valery? —preguntó con voz ronca—. ¿Por qué no me lo dijisteis?

—No tengo ningún sirviente —resopló el caballero.

—No os pongáis bravucón —dijo el monje, soltando una leve risa—. El viento de vuestra boca hará volar a este «hombre santo» de su caballo.

—Su ma... padre, este chico no es mi sirviente. No tiene nada que ver conmigo.

Soraya agarró uno de los guantes del caballero y se puso de rodillas ante él. Allá adonde fuera, debía acompañarlo. Se pegaría a ese hombre como un cardo, como una pulga bajo la túnica... como una pringosa pasta de almendras untada sobre su detestable piel. Lo vería muerto aunque fuese lo último que hiciera en esta vida.

—Mentir es un pecado, mi señor. Vos mismo me lo enseñasteis. Soy vuestro sirviente, y os sirvo bien y con lealtad —ella se llevó a la frente la mano del caballero—. No me rechacéis, amo. ¿Dónde debería ir sino con vos?

Se dejó caer y puso la frente en la bota del caballero. Sí, a ella le gustó especialmente aquella última parte de su actuación.

El monje hizo un ruido de impaciencia, mitad tos, mitad juramento, y Soraya se puso de pie de un salto. El hombre santo hizo un gesto al cruzado.

—Vuestro chico es demasiado joven y enclenque para caminar, de Valery. Ya que no tenéis otro caballo, llevadle con vos y emprendamos por fin nuestra marcha.

El caballero refunfuñó, pero el hombre santo lo interrumpió.

—No traje mi propio sirviente para que no se fuera de la lengua. Sin embargo, resulta conveniente tener uno. El vuestro servirá.

El caballero miró al monje con el ceño fruncido y luego a ella con expresión poco amistosa. Aprovechando la oportunidad, Soraya saltó a la cruz del caballo. El franco profirió algún comentario blasfemo, la hizo a un lado y se subió al caballo. Luego, con expresión de desagrado, la agarró del brazo y la hizo montar a la grupa. Su mirada era como la picadura de un escorpión.

Ella le pasó los brazos por la cintura y sintió contra su muñeca el relieve de la empuñadura de la daga que él llevaba en el cinturón. Eso le levantó el ánimo: ¡el arma estaba justo ahí, a su alcance! Sin embargo, si trataba de arrebatársela ahora, él le rompería el brazo antes de que pudiera clavársela. Era mejor esperar hasta que se moviera o se girara en la silla.

Soraya disimuló una sonrisa. Le había ganado la mano al antipático franco gracias a la ayuda involuntaria del religioso. Khalil habría estado orgulloso de ella.

El gran caballo resopló con fuerza y comenzó a moverse. Ella estrechó sus brazos en torno a la cintura del caballero. Los anillos de metal de la cota de malla que éste llevaba bajo la túnica le pinchaban la barbilla.

¡Que Dios la amparase! Nunca antes había estado tan cerca de un hombre. Sus sentidos estaban revolucionados. Era consciente de todos los sonidos y olores, del tintineo del arnés, del murmullo que los hombres hacían al levantarse, al dar órdenes y preparar el desayuno, del aroma a levadura del pan horneado, incluso del sabor agrio de las semillas del pomelo robado que se había comido.

Era una tarde calurosa. Tras horas de cabalgar bajo el ardiente sol del desierto en dirección sur hacia Jaffa, se detuvieron en una aldea. Mientras el caballero y el rey descansaban en un olivar a las afueras del poblado, el chico fue a llenar los odres de agua en el pozo del lugar.

Exhausto y enfermo, el rey se bajó del caballo, se estiró al lado de su montura y cerró los ojos. Marc frunció el ceño. Ricardo había desarrollado una tos seca, y el caballo de inferior calidad que había adquirido regateando con un templario moribundo estaba ralentizando su marcha. Nadie debía sospechar que bajo las raídas ropas del monje se ocultaba Ricardo Corazón de León de Inglaterra.

Marc maldijo por lo bajo. La única persona que había sido capaz de hacer entrar al rey en razón había sido la gran Leonor, su madre. De no haberle jurado él obediencia al rey, Ricardo nunca se habría aventurado fuera del campamento.

Pero el rey seguía sus propios impulsos, sin hacer caso de los argumentos de los barones. Noche tras noche, Marc había asistido en silencio a la acalorada reunión del consejo en la tienda del rey. Sólo había expresado su parecer cuando Ricardo le había hecho una pregunta, y aun así las cosas siempre se habían hecho a la manera del monarca.

Corazón de León no podía equivocarse. Hasta ese

momento los experimentados y bien armados guerreros de Ricardo habían tenido éxito en la guerra contra las fuerzas sarracenas; a los ojos de sus seguidores, era más un dios que un rey.

Hasta ese momento. Aquél era un plan insensato, el capricho de un rey enfebrecido.

Un grito agudo le hizo alzar la cabeza. El chico salía disparado por la puerta del poblado en dirección al olivar. Otro grito, esta vez gutural, le permitió comprender a Marc por qué el muchacho corría de aquella manera.

Dos, no, tres comerciantes le perseguían agitando los brazos.

—¡Al ladrón! —gritó el primero—. ¡Detenedle!

El sirviente llegó jadeando adonde Marc descansaba y se frenó en seco. Inmediatamente se puso de rodillas, levantó el dobladillo del voluminoso atuendo del monje y se ocultó debajo. Enseguida llegó el primer mercader.

—¿Visteis a ese chico? —preguntó en árabe.

—¿Chico? —contestó Marc con desgana— ¿El flacucho que irrumpió aquí perturbando nuestro descanso?

—Ése mismo. Robó un pan y...

—Y un queso —añadió el segundo comerciante según llegaba.

El tercer comerciante, alto y cetrino, con un párpado caído, respiraba con dificultad y no dijo nada.

Marc, como si no fuese con él, seguía jugando con puñados de arena que dejaba caer entre los dedos.

—El chico se ha marchado —dijo con la misma indiferencia—. Sin duda, en este momento debe de estar corriendo colina abajo.

El comerciante profirió una original maldición. Marc entendió sus implicaciones terrenales, pero no sonrió.

Entonces dos de los hombres se adentraron en el olivar.

—¡Lo atraparemos en el cruce! —gritó uno.

Pero el tercer comerciante, el alto y callado, se fijó en el caballo negro de Marc y luego en Ricardo. Despacio, caminó hacia el andrajoso monje que descansaba tumbado en el suelo y lo tocó con la puntera de la bota.

Cuatro

El rey Ricardo se incorporó sobre un codo y se santiguó de forma un tanto exagerada.

—¿Sí, hijo mío? —dijo al comerciante con voz santurrona—. ¿Deseas confesarte?

El hombre se vio sorprendido.

—*Allahu alukhaim.*

—No hay más Dios que Alá —tradujo Marc.

El comerciante retrocedió, y luego se dio la vuelta para seguir a los otros dos hacia el olivar.

—Ya se han ido, muchacho. Puedes salir —Marc habló hacia el apolillado hábito que estaba en el suelo.

El chico apartó el hábito de lana y salió todo despeinado y con una sonrisa de satisfacción.

—Os lo agradezco, mi señor.

Del interior de su polvorienta túnica sacó un trozo de pan aplastado, un pedazo de queso de aspecto algo sucio y un puñado de hierbas secas, que volcó en un pequeño saco de cuero que llevaba atado a la cintura.

—¡Ajá! —Marc le puso mala cara—. Así que, después de todo, resulta que eres un ladrón.

—Oh, no, mi señor —una encantadora sonrisa burlona iluminó la cara del chico—. Digamos mejor que soy un negociante muy habilidoso.

Ricardo se rió.

—A fe mía que el muchacho es astuto y tiene iniciativa. Considerando nuestra situación, De Valery, podéis estar agradecido por tales cualidades —el rey se levantó y dio al chico una palmada en el hombro—. Puedes montar conmigo, muchacho.

El chico se puso pálido.

Marc rió hasta que se le saltaron las lágrimas. Tras guardar el pan y el queso en la bolsa de provisiones de Marc, el muchacho agarró un penacho de la espesa crin de Júpiter y se subió a lomos del animal.

—¿Adónde vamos ahora, mi señor?

Exhalando un suspiro, Marc tiró de él y lo bajó del caballo, montó en su lugar y luego lo levantó para ponerlo a la grupa de Júpiter, detrás de él.

—Allí —indicó al frente—. Al mar.

—¡Ah! —exclamó el chico.

Ricardo trepó a su yegua de lomo hundido.

—Quiera Dios que haya un barco esperándonos.

¡Un barco! Soraya se quedó sin respiración. ¿Un barco zarandeado en el agua lleno de hombres mugrientos? Se le heló la sangre en las venas y rezó para que no hubiera ningún barco esperándolos.

Pocas cosas le asustaban, pero el agua era una de ellas. Sólo vagamente recordaba un viaje por mar, pero la memoria de aquella experiencia aún la perseguía.

Se le revolvía el estómago al pensar en la posibilidad de tener que embarcarse.

Además, se alarmó al darse cuenta de que cada vez se estaba alejando más y más de Jerusalén y del rey inglés.

Tenía que idear alguna forma de conseguir un arma y terminar con la vida de aquel miserable franco cuanto antes. Al girar un poco la cabeza, divisó la vaina de la espada colgando del cinturón del caballero. ¿Podría desenvainarla? Sí, eso podría funcionar. Quizás la próxima vez que él desmontara. Cuando estuviera ocupado con su caballo, la silla o los odres, entonces pediría un trago de agua y...

¡Eso es! Cuando fuese a agarrar un odre...

La áspera voz del monje resonó detrás de ellos.

—Mirad delante, De Valery.

—Ya lo veo —el caballo aceleró el paso.

Soraya estiró el cuello tanto como pudo para ver el horizonte, pero lo único que logró ver fue arena y más arena. Sin embargo, al alcanzar la cima de la colina, una brisa fresca le acarició la cara y de pronto pudo contemplar el mar a sus pies. Era tan liso como un plato de porcelana y tan azul que la titilante luz le daba un aspecto reluciente. Brillaba tanto que no fue capaz de mirarlo durante mucho tiempo seguido.

«Dios me ampare», pensó Soraya: el puerto estaba lleno de embarcaciones. ¡Cientos de ellas! Botes pesqueros, gabarras con doseles, *dhows* árabes, barcos con filas de remos y velas, y hombres subiendo y bajándose de los mástiles.

Se le hizo un nudo en la garganta. Agachó la cabeza y volvió a examinar la posición de la vaina de la espada del caballero. Colgaba de su cinturón; si él se girase hacia la izquierda, en dirección opuesta a la de ella... El caballo siguió adelante unos metros y se detuvo.

—Bájate, muchacho.

Soraya descendió del caballo tan rápido que perdió el equilibrio y cayó de rodillas. Se mordió la lengua al oír la risa estridente del hombre santo. Justo cuando estaba empezando a enderezarse, el caballero la agarró de la parte delantera de la túnica y tiró de ella hasta levantarla del todo. Estaba tan cerca de él que podía ver las gotas de sudor corriendo por su cara.

Entonces el caballero dirigió su atención a los odres de agua. Aquélla era su oportunidad. Movió lentamente la mano hacia el puño de la espada, que sobresalía de la vaina. Distraído con los pellejos, el caballero se giró hacia su izquierda en el preciso instante en que los dedos de Soraya tocaban el frío acero.

Alabado sea Dios. No tuvo que sacar la pesada arma de la vaina de cuero; el propio movimiento del caballero inclinó la vaina y la separó de la espada, lo que ella aprovechó para hacerse con el arma. Entonces él se volvió para decirle algo.

Pobre estúpido.

Asió la espada con ambas manos y, no sin esfuerzo, la levantó en el aire. Dios, cómo pesaba.

Había llegado el momento. Apuntó a la nariz. Le partiría la cabeza en dos, justo entre aquellos desconcertados ojos azules.

Con el filo cortante hacia abajo, y aplicando toda su fuerza, echó la hoja tan atrás como pudo para asestar el golpe mortal.

Cinco

La primera cosa que Soraya oyó al recobrar la consciencia fueron unas risas. Risas de hombres.

Abrió los ojos. ¿Qué estaba haciendo tumbada en el suelo?

La espada del caballero estaba fuera de su alcance. ¿Le había roto el cráneo y luego se había desmayado? Seguramente no. Nunca se desmayaba. Las mujeres del harén le habían enseñado un truco para evitarlo. ¿O había transcurrido tanto tiempo que lo había olvidado?

Escupió algo de arena.

—¿Qué ha pasado? —tenía la lengua tan espesa como el cojín de la silla de un califa.

—Mucho menos de lo que esperabas —dijo el hombre santo riéndose—. No me he reído tanto con una broma desde que me marché de Inglaterra.

—¡Una broma! Enmudecida, observó los dos pares

de ojos azules que la estaban mirando. Dos pares. Así que no había matado al caballero. Lo último que recordaba era que estaba levantando la espada sobre su cabeza aprestándose a golpear, y que para ello tuvo que echar mano de toda su fuerza. ¿Y luego qué?

El caballero la levantó agarrándola de un brazo.

—¿Qué es lo que crees que pasó? —gruñó—. El peso de mi espada te desequilibró y te caíste de espaldas.

La fulminó con la mirada mientras el hombre santo alternaba entre la tos y la risa. Aquella mirada de furia la hizo estremecerse.

—Puedo explicarlo —se apresuró a decir—. En realidad...

—Ni siquiera lo intentes, muchacho. Tu propósito era evidente.

—Pero...

—¡Silencio!

Soraya dio unos pasos hacia atrás. Cuando estaba enojado, su voz sonaba como el trueno.

—Dejadlo estar, Marc —intercedió el monje—. Como acabamos de ver, es demasiado enclenque para causar ningún daño. Acaso sea mejor cocinero que espadachín.

—Oh, así es, mi señor —Soraya se aferró a la esperanza que le ofrecía el hombre santo—. No sólo sé cocinar, sino que también puedo prepararos hierbas curativas para la fiebre y el catarro —trató de no sonreír—. Las encontré en el mercado de la aldea.

El monje la observó durante un buen rato.

—Muy bien —dijo al fin.

El caballero lo miró disgustado.

—Pero mi se...

—¿Qué ocurre, De Valery? —atajó el monje.

Soraya se asustó. La voz del hombre santo era incluso peor que el trueno.

—Mi se... padre —prosiguió De Valery— Os ruego que consideréis el peligro.

—¿Peligro de qué? —se burló el monje—. El chico quiere mataros a vos, no a mí. En cualquier caso, no puede haceros daño.

El caballero se acercó al hombre santo y le dijo algo en voz baja, pero el monje sacudió la cabeza.

—Le ordeno que se quede con nosotros —dijo en voz alta, y añadió, con un deje de risa—: En nombre de Dios.

De Valery guardó silencio, se dio media vuelta y marchó hacia el puerto con su caballo.

—La única duda, muchacho —se rió el monje a pesar de su dificultosa respiración—, es si serás un buen marinero.

El barco estaba esperando, tal como Ricardo le había dicho a De Valery la noche en que le confió su plan. Se trataba de un barco mercante genovés. Por la sangre de Cristo, Marc nunca pensó que llegaría a ver algo tan reconfortante: siempre había creído que moriría en algún lugar del desierto de Siria, pero ahora, en aquel bullicioso puerto, se hallaba la vía de escape amarrada al muelle y balanceándose suavemente con la marea.

Se quedó mirando a la embarcación tanto tiempo que se le humedecieron los ojos. Regresaría a casa. Saldría de aquel infierno de desierto para ir a las colinas alfombradas de brezo de Escocia, y vería a su señora madre una vez más. Y si Dios había protegido a su hermano Henry del infiel, un día, dentro de no mucho tiempo, Marc tendría a los hijos de éste sobre sus rodillas.

Como hijo mayor, correspondía a Henry llevar el nombre de la familia y gobernar las tierras de los De Valery. Marc nunca había sentido celos por ello. A diferencia de otros segundones, nunca había codiciado ni tierra, ni títulos ni riquezas. Sus años en Tierra Santa le habían enseñado bien: ninguna posesión valía tanto como la vida misma.

Amaba y admiraba a su hermano. Compartía con él un lazo que ninguna mujer podría jamás comprender; ciertamente no Jehanne, que aguardaba a Marc en el castillo de Rossmorven. Al regresar de la cruzada se casaría con su prometida, tal como arreglaron los padres de ambos muchos años antes, y tendría un hijo suyo, o quizás varios.

Dios, había llegado a creer que nunca tendría la oportunidad de volver a vagar por las colinas de su tierra natal y de sanar el alma herida.

Sobresaltado, se dio cuenta de que Ricardo estaba hablándole.

—¿De Valery?

Ricardo carraspeó y comenzó de nuevo.

—No esperaremos a que caiga la noche. Embarcaremos ahora —el rey movió su caballo en dirección al barco—. Traed al chico.

El muchacho se quedó de piedra.

—Ay, no, mi señor. ¿En un barco? No puedo.

Marc se volvió hacia el chico. Dios todopoderoso, se le había puesto la cara tan blanca como la leche de cabra. Ricardo se giró en la silla y miró al sirviente.

—¿Por qué no puedes? —inquirió impaciente.

Soraya se quedó helada. Si quería vengar la muerte de Khalil, tal como había jurado, debía subir a aquel barco. Si quería recuperar la daga, como sabía que era su deber, tenía que subir a aquel barco. Apretó los ojos con fuerza.

—Muévete —bramó el hombre santo—. Obedece.

Los pensamientos le daban vueltas en la cabeza como si fueran mariposas borrachas. Era incapaz de subir al barco. Sus pies no la respondían.

Pero era su deber: un juramento la obligaba.

Delante de ella, el monje desmontó, condujo su caballo hasta la tosca plancha de madera y subió a la embarcación. El caballero franco dio media vuelta y la miró de tal forma que Soraya cerró los ojos. Cuando los abrió, dos marineros con pantalones cortos saltaron al muelle y comenzaron a soltar las gruesas amarras. Desplegaron una vela y el barco cobró vida.

¡Su presa se marchaba! No podía dejarle escapar; además, aún tenía la daga.

Sin pensárselo dos veces, corrió por el muelle y saltó desde el borde de la dársena. Sus dedos buscaron la cubierta del barco, pero lo siguiente que supo fue que se estaba zambullendo en la fría agua del mar.

Iba a morir y su alma sería condenada. Abrió la boca, tragó agua. «¡Respira! ¡Tienes que respirar!»

Braceó como pudo hasta la superficie y vio unas manos que trataban de alcanzarla.

—¡*Vite! Vite* —gritó una voz. Lanzaron una cuerda al agua. Soraya luchó por agarrarla, se la ató a la cintura y se sujetó firmemente.

Los hombres tiraron de ella. Su cuerpo se golpeó y raspó contra el costado del barco hasta que la subieron a cubierta, donde se desplomó como un pez fuera del agua y escupió el agua que había tragado.

Un hombre de tez morena y pelo negro se acercó, levantó su bota y le dio una fuerte patada en las costillas. Él gritó algo en una lengua que ella no reconoció, pero cuando el hombre santo se acercó y pronunció algunas palabras en la misma lengua, todo el mundo se calló.

—Vamos. No es culpa tuya —le dijo.

Gateó hasta el monje y agarró con las dos manos la ordinaria tela de su túnica. Él se inclinó hacia ella, pero el caballero franco la enganchó por la espalda y la arrastró hacia atrás por la húmeda cubierta hasta dejarla tendida a sus pies.

Soraya reprimió un grito. Ahora la mataría. De no ser por la intervención del hombre santo, se la habrían tragado las aguas.

El monje y el caballero intercambiaron una larga mirada; entonces Marc la levantó de un tirón. El agudo dolor en el costado la hizo gritar, pero al ver cómo la miraba se le paró el corazón de miedo.

—No me hagas daño —trató de hablar con autoridad, pero su voz vacilaba—. Sólo soy una pequeña y humilde criatura del Señor, y...

—Silencio —espetó—. Mientras estés en el barco vas a permanecer callado y fuera de nuestra vista. Y mantente lejos: no me fío de ti. Y tampoco te acerques a él —señaló con su cabeza al monje, que estaba alejándose.

—Sí, mi señor. Os serviré bien, lo prometo.

—Tu palabra es falsa. No necesito ningún sirviente. Especialmente si ha demostrado en dos ocasiones lo rápido que es con el cuchillo. Y él —apuntó al monje—

tampoco necesita ningún chico. ¿Me has comprendido?

Soraya lo miró boquiabierta. No entendía nada, pero aquella luz intensa en los ojos azules del caballero la advertía de algún peligro. Sin embargo, ¿qué era lo que le preocupaba?

El barco se tambaleaba bajo sus pies. Un horrible mareo le hizo ponerse la mano en la boca, y de pronto dejó de importarle lo que el caballero estaba diciendo. Iba a vomitar.

Seis

La galera fue sacudida por el fuerte oleaje. Los dos caballos, atados en la cubierta, bufaron y piafaron para recobrar el equilibrio. El caballero acarició a Júpiter y apretó la soga para evitar un accidente.

Un marinero se apresuró a trepar al mástil para desplegar la única vela. A ambos lados del barco los remeros resoplaban mientras bogaban con fuerza, y la nave cortaba las olas como una espada afilada.

Ricardo reposaba en el extremo de la cubierta sobre un improvisado camastro de sacos de cáñamo y olor a fruta podrida.

—Dejad de ir de un lado a otro y descansad un poco, De Valery.

—No descansaré hasta que atraquemos en Chipre.

—Los templarios nos ofrecerán alojamiento —le aseguró Ricardo con una astuta sonrisa—. Especialmente cuando los buenos caballeros sepan quién es ahora el amo de la isla.

Marc podía adivinar quién era. En su viaje a Jerusalén, Ricardo había invadido Chipre: fortalezas, viñedos, las riquezas de los templarios... Tomó todo cuanto se le antojó.

—¿Qué importancia tiene el control de la isla? —preguntó el caballero.

El rey observó cómo el sirviente calentaba un cuenco de hierbas y vino sobre una lámpara de aceite.

—Tengo mis razones —respondió.

Marc resopló. Ricardo nunca hacía nada sin un motivo. Con el apoyo de Leonor, su madre, el rey de Inglaterra era invencible. Incluso su hermano Juan lo temía. Sin embargo, en ausencia de Ricardo, Juan estaba extendiendo su influencia y apropiándose de las riquezas de Inglaterra. Ricardo tenía que detenerlo.

El sirviente se levantó de repente y se fue corriendo a sacar la cabeza por la borda. El sonido de las arcadas le provocó cierto malestar al propio Marc. Cuando el episodio hubo terminado, el muchacho se limpió la boca con la manga y volvió tambaleándose al lado de Ricardo. El turbante se le había aflojado y tenía algunos mechones de pelo oscuro aplastados contra la pálida frente.

—¿Todavía estás mareado, muchacho? —la rolliza mano de Ricardo le dio unas palmaditas en el brazo.

—Sí, mi señor. No me gustan los barcos.

El chico le levantó la cabeza al rey y le dio unas pocas cucharadas del brebaje que había preparado. Ricardo se lo tragó, no sin hacer una mueca de desagrado, y el chico dejó el cuenco vacío al lado de la lámpara.

—Pronto estaréis bien, mi señor.

Una vez más, el muchacho se levantó y se tambaleó hasta la borda.

—Estoy en deuda contigo —agradeció Ricardo.

Marc torció el gesto.

—Me preocuparía si fuera yo quien estuviera tomando esa poción malsana.

—Llevo bebiendo eso desde el mediodía, De Valery. Como podéis ver claramente, cada hora que pasa me siento más fuerte.

Era cierto. Por primera vez en un mes, el rey enfermo podía descansar como un bebé, y la fiebre ya no le encendía las mejillas.

—Parece que el muchacho entiende algo de hierbas —concedió Marc—. Habéis trabado algún tipo de vínculo con él —continuó prudente—. Sin duda estáis en lo cierto: el chico sólo quiere mi vida, no la vuestra.

—Ah, sí. Quiero tenerlo cerca.

Marc se sobresaltó al oír aquello. No sabía por qué, pero no podía evitar sentir cierto instinto protector hacia ese pillo ladronzuelo. No confiaba en la inocente mirada de sus ojos verdemar, ni apostaría un solo penique por la sinceridad de sus palabras; sin embargo, se sentía extrañamente responsable de él.

Incluso algo posesivo.

—El muchacho es mi sirviente, no el vuestro. No obstante todo lo ocurrido, me gustaría que permaneciera cerca de mí: podría serme útil si deja de intentar atacarme.

Ricardo le lanzó una mirada glacial.

—Sois imprudente, De Valery.

—Soy sincero —replicó Marc, al tiempo que se volvía hacia su propio camastro—. Como vos bien sabéis.

El sol se puso en el horizonte, coloreando de oro, primero, y de morado, después, un cielo salpicado de nubes. Nuevamente, el muchacho iba caminando a trompicones desde la borda hasta el camastro del rey. Tenía la cara gris, como pan mohoso. Enseguida tuvo que ir corriendo otra vez hasta la barandilla.

—Cuando lleguemos a Chipre —dijo Ricardo con indiferencia—, podemos entregar el chico a los templarios.

Marc guardó silencio.

—Los buenos herboristas son siempre apreciados en una fortaleza —añadió Ricardo.

Efectivamente, así era. Marc se abstrajo un momento y luego buscó en su bolsa el pan y el queso que el chico había robado en la aldea. «Bendecid este alimento, Señor, y no reparéis en cómo lo conseguimos». Mientras cortaba el queso con el cuchillo, observaba al muchacho sobre la borda del barco. Para entonces el estómago del chico debía de estar tan vacío como la jarra de vino de un griego.

Anocheció y el muchacho seguía teniendo arcadas. Aunque el bribonzuelo estaba pagando por sus pecados, Marc no puedo evitar sentir algo de pena por él.

—Me dijisteis que una vez os mareasteis cuando no erais más que un muchacho —comentó Ricardo sin abrir los ojos—. Si no recuerdo mal, estabais en una barca de mimbre y cuero en el Estuario de Dornoch.

Marc tragó saliva.

—Cierto. Y cuando mi hermano Henry y yo nos embarcamos hacia Francia, al arribar a las costas galas nuestro tío me dijo que estaba tan verde como el musgo. No me lo recordéis.

—Con el chico enfermo —continuó Ricardo entre risas—, esta noche podéis dormir tranquilo. Está demasiado mareado para hundir una daga en vuestro vientre.

—Así es, tenéis razón.

—Mañana, sin embargo, cuando se reponga, lo necesitaré.

Marc pestañeó pero no respondió. Ya veremos. Rey o no, el artero muchacho era responsabilidad de Marc. Pero eso no era todo. Enemigo o no, algo en aquellos ojos verdes le atraía poderosamente.

Soraya se aferró a la barandilla hasta que se le durmieron los dedos. Sólo el olor a sal ya le producía náuseas; el bamboleo del barco era peor tormento que la muerte. Echó una ojeada por encima del hombro. Esperaría un instante antes de soltarse de la barandilla y comprobar si las piernas le respondían.

El monje dormía profundamente. Su respiración era más regular y la fiebre le había disminuido gracias a la infusión de toronjil y tomillo que ella le había preparado. De Valery, por su parte, estaba echado a cierta distancia, pero no sabría decir si dormía o no.

Soraya observó las oscuras aguas y la espuma que levantaba el barco al avanzar. Le dolía el diafragma de tanto vomitar. No sabía hasta cuándo podría aguantara ese suplicio si el barco no arribaba pronto a Chipre.

En Chipre, una vez se sintiera mejor, podría recobrar su daga, desaparecer entre la población y buscar al rey Ricardo. Allí hablaban su lengua, así como el penoso francés de los normandos; incluso el griego. A veces se preguntaba si el tío Khalil la había elegido en la subasta de esclavos por su don de lenguas. Desde luego no fue por su belleza; seis años atrás, cuando sólo tenía diez veranos, incluso la promesa de la belleza era un brumoso sueño en el horizonte lejano de su vida.

Soltó una mano de la barandilla y estiró y flexionó los dedos, que se le habían quedado agarrotados. Despacio, hizo lo mismo con la otra mano y, tambaleándose, se quedó de pie con el único apoyo de sus piernas. Si podía apañárselas para llegar a donde estaba el hombre santo, podría tumbarse sobre aquellos nauseabundos sacos y descansar. Siempre se había sentido algo violenta entre hombres, tal vez a causa de los años que pasó recluida en el harén, pero el viejo monje parecía inofensivo.

No podía afirmar lo mismo del caballero De Valery.

A medio camino, se cayó sobre la cubierta. La volvió a invadir una intensa sensación de mareo, y un sabor amargo se apoderó de su boca. Apretó con fuerza los labios y esperó mientras controlaba la respiración. Después de un momento, continuó a gatas hacia donde dormía el monje, pero vaciló al recordar las palabras del caballero: «no te acerques a él».

No tenía sentido, pero quizá sería mejor tumbarse lejos del hombre santo, cerca de De Valery. Y aguardar la oportunidad para vengarse. Antes de que aquella noche diera paso al amanecer, mantendría su voto y mataría al caballero franco.

A cuatro patas, alcanzó el camastro del caballero, se inclinó sobre él y contempló su lánguido cuerpo. Parecía dormir como si estuviera muerto, con la boca abierta y las manos a los lados. Pero estaba bien vivo. El pecho y la tripa subían y bajaban con cada respiración.

La empuñadura de un pequeño cuchillo sobresalía

del cinturón de su espada. ¡Dios fuera alabado, había llegado su oportunidad!

Con cuidado, puso una mano en la túnica de Marc y la fue deslizando hacia abajo, tanteando la ropa palmo a palmo. Sintió el calor que desprendía su cuerpo. De pronto, dio un ronquido, cerró la boca y volvió la cabeza hacia el otro lado.

Cuando se recuperó del susto, Soraya llevó los dedos hasta el raído cinturón de cuero y buscó a tientas el arma. No se trataba de su daga, pero serviría en cualquier caso. Rezó para que estuviera afilada.

Sin prisa, acarició el pequeño puño de metal y acompasó su respiración a la de él.

Sacó el cuchillo del cinturón muy despacio y lo llevó hacia el mentón, que estaba sin rasurar. Le miró la zona del cuello que la túnica dejaba al descubierto y comprobó el filo con el dedo gordo. ¿Debía hundírsela en la garganta? ¿O degollarle de oreja a oreja?

El franco respiró profundamente y dejó caer un brazo sobre la cabeza. Los músculos del cuello se tensaron y luego se relajaron. Soraya se inclinó más y levantó el cuchillo.

Los movimientos del corazón de Marc se reflejaban en su garganta, que también se contraía y dilataba. No podía apartar la vista de aquel leve pálpito de vida.

Los músculos de Soraya se tensaron, echó el arma hacia atrás para darle mayor impulso cuando el acero mordiese la piel. El corazón del caballero bombeaba a un ritmo constante. Ella escuchó su respiración y notó cómo el aire entraba y salía por sus labios entreabiertos. Dentro… y luego fuera.

Cerró los ojos y se preparó imaginando todos los pasos que debía dar.

Ya.

Con los músculos tensos y la mano levantada a la altura de su cabeza, apretó los dientes, se inclinó hacia adelante y contuvo la respiración.

Sin embargo, notó con espanto que era incapaz de moverse. Se sentía paralizada por una extraña fuerza. Temblando, se volvió a sentar y bajó el cuchillo. No podía hacerlo. Que el Señor se apiadara de ella. «No puedo quitarle la vida a este hombre. No puedo».

Se quedó mirando el cuchillo. Era un arma sencilla y pequeña, para cortar carne y pan. No sería ningún problema tirarla después al mar.

Pero no podía matarlo.

Cerró los ojos indignada. «¿Cómo puedo ser tan cobarde? El esclavo más débil del harén o el mendigo más deleznable del mercado tienen más coraje que yo. Dios mío, dejadme morir ahora en el oprobio.»

Volvió el cuchillo contra sí misma, apuntó a su pecho y lo bajó hasta que la afilada punta rasgó la túnica justo debajo de las doloridas costillas. Sobre su cabeza, las jarcias chirriaron.

Agarró el arma con las dos manos, tomó un último aliento y aguantó la respiración. Tenía que ser fuerte.

Una mano veloz le sujetó el brazo, el cuchillo salió resbalando por la cubierta, y ella lanzó un grito de desesperación.

—Muchacho idiota y fastidioso —la reprendió el caballero—. ¿Qué crees que estás haciendo?

—Hice un juramento —dijo conteniendo las lágrimas—, y he fracasado.

—¡Un juramento! —repitió con sarcasmo—. ¿Piensas que Alá escucha un juramento prestado para cometer un pecado mortal?

—No juré ante Alá. Soy cristiano.

—¿Cristiano? —por un instante, una expresión de sorpresa se dibujó en el rostro del caballero, que rápidamente disimuló—. Entonces el pecado es aún más grave —lo reprendió.

Soraya se quedó pasmada. ¡Él pensaba que ella sólo había querido suicidarse! Ignoraba su intención original.

El caballero se incorporó sobre un codo, todavía sujetándola por la muñeca.

—¿Crees que a Dios le importa si vives o mueres? ¿Qué ganas sacrificándote a ti misma? ¿Honor? ¿Riqueza? ¿Tu nombre cincelado sobre una roca en el desierto?

—Amor propio —dijo de forma entrecortada, entre sollozos.

—Amor propio —el caballero escupió hacia un lado.

Soraya apretó la mandíbula para dejar de llorar. Su cuerpo se estremecía violentamente, y sus extremidades temblaban como si hubiese contraído la peste.

Bajó la barbilla hasta el pecho y las lágrimas se derramaron sobre su túnica. ¿Qué debería hacer ahora? El caballero le soltó la muñeca, y le oyó exhalar un suspiro.

—Pobre muchacho, ven aquí —un fuerte brazo la tomó del hombro, tirando de ella hacia sí, hasta que se vio recostada contra aquel poderoso pecho. Vencida por la cobardía, Soraya se sintió incluso peor que cuando estaba mareada.

Marc le acarició con suavidad la cabeza, reclinada contra su cuello.

—Ya, ya, tranquila. Nadie tiene por qué enterarse de tu gran fracaso.

Soraya cerró los ojos e inhaló el olor que desprendía su piel, mezcla de sudor, caballo y una especia acre, como canela.

Ella tragó saliva. Una oleada de calor invadió todo su cuerpo. ¡Quería probarlo! Nunca antes había experimentado aquella extraña sensación... de avidez.

Se puso tensa. Se trataba de un hombre. Y era un franco.

Se apartó rápidamente de él. Parecía que el corazón se le iba a salir del pecho. Sin decir nada, se quedó mirándolo fijamente.

—¿Tienes miedo de mí?

—No, mi señor. De verdad que no.

—No debes temerme, muchacho. No te haría daño, excepto para defenderme.

—No es eso...

Pero sí que lo era. Le tenía miedo. Aquel hombre la amenazaba más que cualquier otro peligro al que se hubiese enfrentado nunca. Era peligroso por la sencilla razón de que era un hombre, pero no un hombre cualquiera.

Siete

Cuando el barco atracó por fin en Pafos, en la costa oeste de Chipre, Soraya apenas podía tenerse en pie. Debilitada por las arcadas, entristecida por la muerte de Khalil y todavía estupefacta por su incapacidad para matar a De Valery, se agarró a la barandilla para contemplar la actividad en tierra.

Mercaderes genoveses con largas vestiduras caminaban altaneros por el maloliente muelle, discutiendo con capitanes de barco y vendedores de comida. Caballeros templarios con la cruz roja y el manto blanco miraban con disimulo a las mujeres que paseaban por el puerto ataviadas con provocativos caftanes medio transparentes y con las uñas y las mejillas coloreadas de rojo como huríes. El ruido del puerto acabó por darle a Soraya dolor de cabeza. Tenía la sensación de que si desembarcaba, se la tragaría la aglomeración de gente en el muelle.

—Adelante, muchacho —De Valery pasó a su lado llevando el caballo hacia la plancha—. Para la hora de la cena ya te habrás recuperado del mareo.

La idea no fue muy agradable: pensar en comida le producía náuseas.

—¡Soray! — le gritó el caballero desde la pasarela para bajar a tierra—. Date prisa.

Inmóvil, no podía soltar la barandilla del barco. Sabía poco de aquel bullicioso lugar lleno de no creyentes. Ella era de Palestina.

Pero en Palestina, el hombre que dio a Khalil el mensaje que ahora portaba ella mataría a cualquiera antes de consentir que cayera en manos equivocadas. Miró en dirección a su patria y sintió un estremecimiento.

No podía volver. Incluso quizá ahora un asesino podría estar siguiéndole los pasos para degollarla en cualquier oscuro callejón. Llenó los pulmones con una bocanada de aire caliente con olor a pescado y creyó que se iba a marear otra vez.

—¡Soray! —el tono tajante de aquella voz la sacó de la atonía.

—Sí, mi señor, ya voy.

De Valery subió hasta la mitad de la plancha, la sujetó del cuello de la túnica y la obligó a moverse.

—Agárrate a Júpiter —le aconsejó De Valery, al tiempo que le ofrecía la cola del animal—. Ahora, muchacho, muévete.

Ella dio un paso y perdió el equilibrio; de no haberse chocado contra las ancas del caballo, habría caído al agua. Milagrosamente la bestia no le soltó ninguna coz, y pudo cruzar la plancha siguiendo a duras penas al animal, aunque sin dejar de ser consciente de la risa mal disimulada del caballero.

Al parecer le hacían gracia las dificultades que estaba atravesando, pero no le resultaría tan divertido si ella vomitaba encima de la engalanada cola de Júpiter; o mejor aún, en el manto azul que él llevaba.

Soraya sentía cómo la cabeza le daba vueltas mientras procuraba seguir los pasos del caballero.

—Date prisa, chico. No debemos perder de vista al… monje —apretó tanto el paso que Soraya apenas podía mantenerle el ritmo.

Ella soltó la cola del animal y aceleró la marcha hasta que pudo tocar la cruz del animal. Echó una ojeada a la silla y, sin pensárselo dos veces, flexionó las rodillas, se agarró a la crin y de un salto se subió encima.

—¡Dios mío! —masculló el caballero—. Eres como una cabra montés.

—No, mi señor, soy como una leona.

Inmediatamente se dio cuenta de su error.

La cara de De Valery se volvió hacia ella con expresión inquisitiva.

—¿Como una leona? ¿No como un león?

Soraya se apresuró a negar con la cabeza para ocultar su desliz.

—Vos no sabéis nada de tales materias —espetó. Otro error, esta vez mucho más grave. Un criado no contradecía a su amo.

—¿Nada, dices? —entornó los ojos azules, y su voz se transformó en un amenazante susurro—. Dejando de lado tu insolencia, ¿qué es lo que no sé?

Ella intentó evitar su mirada, pero no fue capaz. Era como si el caballero hubiese hecho desaparecer como por arte de magia el ruido del mercado, los gritos de los vendedores y las voces de los marinos; como si todos sus sentidos nadaran en una enorme burbuja de silencio.

—Yo sólo quise... —balbució. Tenía la lengua seca, pegada al cielo del paladar. Desvió la mirada hacia la izquierda, donde se levantaba una gran fortaleza de piedra gris con muros almenados y torres cuadradas.

—Veo más allá de lo que se muestra a simple vista —refunfuñó el caballero—. A menudo, las cosas no son lo que parecen, y Saladino es un maestro en tales trucos.

—Los cristianos también emplean trucos.

—Sí —suspiró—; los cristianos también —la miró de forma extraña—. Además de tener una lengua ágil, parece que debajo de tu polvoriento turbante se esconde una inteligencia despierta. ¿Cómo es que sólo eras un simple sirviente para tu tío?

El caballo se hizo a un lado para evitar un melón que se había caído de un carro cercano, y Soraya se bamboleó en la montura. No quería responder aquella pregunta, así que se tapó la boca con la mano fingiendo encontrarse mareada.

—¿Puedes ver al monje? —preguntó el caballero.

—Sí, mi señor —respondió a través de los dedos, apretados contra sus labios—. Acaba de detenerse para subir al caballo, y ahora se dirige hacia la fortaleza.

—Bien —Marc había temido que el impulsivo y testarudo Ricardo se hubiese entretenido en la ciudad; sin embargo, parecía que iba en busca de refugio. Tendría que estar muy atento: era mucho más difícil razonar con Ricardo ahora que estaba sano que cuando estaba enfermo. Y eran muchos quienes se alegrarían de su muerte.

—No lo pierdas de vista, muchacho. Puede ser más escurridizo que una sardina en aceite.

—Sí, mi señor.

El puente levadizo que daba acceso a la fortaleza estaba bajo el control de un vigilante oculto. Marc se detuvo algunos pasos antes del puente cuando escuchó una voz que salía de la estrecha hendidura en la torre de la entrada.

—¿Quién busca franquear la puerta de los caballeros templarios?

—Un amigo —respondió Marc—. Un caballero escocés y un hombre de Dios.

—Los nombres —insistió aquella voz.

—Marc de Valery y... —vaciló.

¿Desvelaría Ricardo su identidad una vez instalados en la seguridad de aquellos muros? En ese caso, quedaría en evidencia.

—... Y un monje recientemente venido de Jerusalén. Simón el... Ermitaño —ignoró la agria protesta del rey, que se encontraba detrás de él.

—Ermitaño, ¡qué ocurrencia! —murmuró Ricardo.

El chico se giró sobre la montura e, intrigado, echó un vistazo a la figura del monje.

—¿Entonces no es un ermitaño? —susurró el muchacho—. Pensaba que era uno de los elegidos por Dios.

—Piensas demasiado —replicó Marc con frialdad. Desde luego Ricardo no sólo no era un monje, sino que además estaba muy lejos de ser un hombre santo. Ni siquiera un hombre apreciado por los nobles cruzados de Francia y Alemania.

—Sí, mi señor, eso es cierto. Pienso demasiado. Pienso en la luna y las estrellas, en el agua que mana en el desierto, en...

—¡Basta! Más vale que pienses en dónde vamos a dormir esta noche si los templarios no nos ofrecen hospitalidad —el caballero vio la sombra del guardián detrás de la estrecha ventana—. Somos hombres piadosos. Buscamos refugio y permiso para oír misa en vuestra capilla.

—Luego sois cristianos —dijo la voz—. ¿De Roma o de Constantinopla?

—Decimos las palabras de Dios en humilde latín, no en griego.

A su espalda, Ricardo resopló impaciente y adelantó unos pasos su caballo.

—Decidle al imbécil que exigimos que nos dejen pasar. Que diga al Gran Maestre que el conquistador de...

Marc giró sobre sí y sujetó con fuerza el brazo del rey.

—¡Callaos!

Ricardo le lanzó una mirada furibunda.

—Os pasáis de la raya, De Valery.

—Se me ordenó proteger vuestra persona.

Ricardo era valeroso, pero también arrogante. No es de extrañar que Leopoldo lo odiara.

—Yo soy quien da las órdenes —exclamó el rey.

—No importa quién da las órdenes —afirmó Marc—, sino quién sobrevive. Permitidme negociar nuestra entrada, no vaya a ser que enojéis al guardián. La miel caliente funciona mejor que las rudas exigencias.

Ricardo volvió a sentarse en la montura.

—¡La abeja tiene aguijón! Pero, de acuerdo, De Valery, proseguid.

Sin embargo, en ese momento oyeron el chirrido

del puente levadizo al descender sobre el ancho foso. El rey volvió su cabeza hacia Marc y sonrió.

—Esta vez vos ganáis.

Marc contuvo las ganas de maldecir. Ricardo a veces parecía más un niño que un hombre. Le encantaban las bromas, los juegos de habilidad, incluso pelearse con quien había jurado protegerlo. ¿Cómo se las había arreglado Inglaterra para sobrevivir a dos generaciones de Plantagenet?

De Valery pasó primero; Ricardo, después, y felizmente en silencio, para variar.

Una vez hubieron cruzado, el chirriante puente levadizo se izó y la rueda dentada del rastrillo dio dos vueltas completas. Marc aguardó. En el aire flotaban los olores provenientes de la caballeriza y de la herrería.

De Valery alzó la vista y observó a Soraya.

—¿Todavía estás mareado, muchacho?

Ella asintió. Se sentía a punto de... Apretó con fuerza la mandíbula.

Justo cuando creía que no iba a poder contenerse, salieron unos escuderos del portón interior seguidos por cuatro caballeros montados con lanzas de puntas de acero.

—Qué demonios... —Marc interpuso su caballo para proteger al monje, que estaba desarmado, y se llevó la mano a la empuñadura de su espada.

—¡Alto! —el monje se irguió sobre los estribos y levantó una mano en un gesto de autoridad, como si esperase detener al sol en su órbita. Un atrevimiento para un hombre de Dios.

—Insensato —lo reprendió el caballero.

—Sois peor que Becket, que cuando le nombraron arzobispo se pensó que era rey.

—Sí —farfulló el escocés—. Desconfiad de los hombres honrados.

El monje soltó una carcajada, pero se volvió a sentar en la montura.

—Parece que un hombre honrado es capaz de proteger la vida de su protegido incluso a pesar de éste. Perdonadme, De Valery.

Marc le lanzó una severa mirada y permitió que los caballeros armados los rodeasen para escoltarlos. Uno de los hombres hizo un gesto, y el monje desmontó. Se encaminaban hacia las escaleras de madera que conducían a la fortaleza cuando, de pronto, el hombre santo se detuvo.

—No enviéis al criado a la cocina —avisó—. Viene con nosotros.

Soraya vio cómo el caballero apretaba la mandíbula. Antes de que éste pudiera decir nada, ella ya había descendido del caballo. Siguieron caminando: el caballero delante, el monje detrás y ella en medio.

Unos escuderos se hicieron cargo de los caballos, mientras que ellos desaparecieron entre los fríos y grises muros de la torre del homenaje.

Ocho

En la gran sala, con el techo de madera, retumbaba el sonido metálico de las copas de vino y las órdenes impartidas a la servidumbre por una fornida figura sentada en una solitaria mesa. Tumbados sobre la estera de juncos que cubría el suelo, unos perros de caza daban cuenta de unos trozos de carne. El barullo era ensordecedor, el ruido tan alto y estridente que Soraya se tapó los oídos. ¿Acaso no tenían aquellos caballeros templarios finas alfombras o cojines sobre los cuales recostarse? ¿Ni laúdes o tambores para apaciguar el alma?

Ella observó a Marc seguir a un criado hasta la mesa y al monje detrás. Se les sentó a los dos lados de un hombre grande con el pelo teñido por el sol. De pronto se vio de pie, sola, en medio de aquel gran salón que apestaba a sudor y vino.

—¡Eh, tú! —un joven con la cara llena de granos le

gritó en lengua normanda—. Siéntate al final de la mesa de los criados —señaló hacia el fondo de la sala donde había un grupo de chicos parloteando. Algunos llevaban túnicas de estilo árabe y turbantes; otros, más jóvenes y con la cabeza descubierta, llevaban camisas andrajosas que colgaban sobre piernas flacas guarnecidas con medias.

El aire hedía a grasa y asaduras, y al sentarse en el banco, su estómago no pudo más. ¡Nadie le prestó la menor atención! En el harén, mientras los esclavos limpiaban el suelo, ella habría sido mimada con paños tibios y sorbete helado. Ahí, los perros daban rápida cuenta de su desgracia.

Se hundió en el áspero banco de tablas y agachó la cabeza. «Que Dios me ayude a soportar este lugar infernal».

Sólo la mesa principal estaba cubierta con un mantel. La mesa de caballetes donde estaba ella era de madera ordinaria y estaba sucia y olía mal a causa de los restos de comidas anteriores. Los otros sirvientes, que estaban luchando por una pierna de carne asada, volcaron las copas de vino y desparramaron por la mesa el contenido de un cuenco de nueces azucaradas.

—Chico, si quieres comer, mejor ponte manos a la obra —la voz provenía de un joven pelirrojo y gordinflón sentado a su izquierda.

—No deseo comer —respondió en la lengua normanda.

—Entonces es que no trabajas lo suficiente —sentenció una voz más grave a su derecha—. Un día de servicio en esta torre y suplicarás por las sobras.

—No tengo hambre —repuso en un tono tranquilo.

—¡Come! —insistió—. ¡*Mange*!

Todos los chicos de la mesa se hicieron eco del grito y empezaron a cantar «¡*Mange... mange... mange*!», mientras rítmicamente daban palmas en la mesa.

—No voy a comer —por dentro, Soraya temblaba de miedo, pero nunca lo dejaría traslucir. El adiestramiento que había recibido de Khalil le permitía resistir el corte de un cuchillo sin estremecerse.

—Oh, sí, sí que comerás —le gritó el chico de voz grave sentado a su lado, al tiempo que le propinaba un codazo en las costillas—. *Mange*, ¡Ya! O haré que te lo tragues.

Marc echó una ojeada hacia el extremo de la sala de donde venía el ruido. Vio a Soray sentado entre un muchacho fornido y un mozo con el pelo canoso y la espalda corva. Mientras miraba, el chico más alto le dio un codazo a Soray, y Marc apretó el puño.

El Gran Maestre templario Giles Amaury se inclinó hacia delante.

—¿Qué estabais diciendo, De Valery?

—¿Cómo? Ah, sí, el sitio de Jerusalén. No marcha bien para ninguno de los dos bandos. A las fuerzas cristianas apenas les queda comida, mientras que al infiel ya se le ha acabado, pero controla los pozos de agua.

El caballero observó cómo el muchacho del pelo blanco le daba otro codazo a Soray. Soray se volvió y le golpeó con fuerza en la entrepierna. Marc hizo un gesto de dolor. Casi sintió pena por el atacante.

El gordo sentando al otro lado se apartó un poco e intentó dar un puñetazo a Soray. Acto seguido aquel chico también estaba gimiendo doblado de dolor.

Los otros sirvientes que estaban en la mesa se callaron. Entonces alguien delante de Soray le llenó el vaso de vino, pero en lugar de bebérselo...

El Gran Maestre dio un golpecito al plato de metal de Marc con su cuchillo de mesa.

—Estáis distraído, De Valery.

Marc reaccionó.

—¿Mi señor Amaury? —por el rabillo del ojo vio cómo Soray vertía el contenido de su vaso sobre el regazo de uno de los maltrechos muchachos. ¡Dios!, a pesar de ser tan pequeño, Soray era valiente y hábil; el chico habría sido un excelente caballero.

Giles Amaury hizo una pausa para llamar la atención de Marc.

—Y entonces ese tontaina de Ricardo de Inglaterra se abrió camino entre el enemigo como si estuviese segando un campo de trigo. Había cristianos entre las filas musulmanas, pero a pesar de ello, mató a todos. ¡Cristianos!

Marc dirigió una mirada cómplice al monje, que estaba sentado al otro lado de Amaury. Ricardo tenía la cabeza agachada y golpeaba rítmicamente la mesa con los dedos.

—En efecto —dijo Marc despacio—. El rey de Inglaterra tal vez sea mejor líder que estadista. Sin embargo, ante una emboscada, sólo un loco se entretendría a separar el grano de la paja.

—Es un hombre peligroso —espetó el Gran Maestre—. Un idiota con una armadura impecable.

Marc dio un fuerte golpe en la mesa al posar su jarra de vino dulce chipriota.

—Ricardo será muchas cosas, pero no es ningún idiota.

El rey dejó de mover los dedos.

—Creo, De Valery, que vuestro joven sirviente necesita ser rescatado de aquella mesa.

Marc miró con atención pero no pudo ver nada fuera de lo normal.

—Creo que no. El muchacho ha dejado sin garras a los leones.

—Fijaos bien —Ricardo lo miró con sus penetrantes ojos azules.

Se trataba de una orden, no de una sugerencia. Marc comprendió inmediatamente. Ricardo quería quedarse a solas con el Gran Maestre de los templarios.

—Tenéis razón —se corrigió Marc—. El joven Soray parece necesitar... consejo —en realidad, el joven Soray tenía la situación dominada, pero Marc se apresuró a disculparse para acudir a la mesa de los sirvientes.

—¡De Valery! —le interpeló abruptamente el Gran Maestre. Marc se detuvo—. No querría que deambularais libremente por esta torre. Mi criado os conducirá a las dependencias de los huéspedes.

Tras un momento de silencio, el rey y el Gran Maestre reanudaron la conversación en voz baja. ¿Qué estaría tramando ahora Ricardo?

Un hombre panzudo, con el pelo gris y con un manto blanco, salió de la penumbra, evitando a los perros de caza y a los desperdicios que éstos devoraban.

—Por aquí, caballero. Seguidme.

Marc se detuvo en la mesa de los sirvientes.

—Venga, muchacho, a la cama.

Soray, resistiendo el impulso de abrazar a su rescatador, se levantó del banco.

—Gracias, mi señor. ¡Gracias!

—¿Tan cansado estás? —le preguntó con cierta sorna.

—Oh, no, no estoy cansado, pero he estado... bastante ocupado por aquí.

—Por cierto —dijo el caballero—, tu puntería es digna de elogio.

Ella lo miró boquiabierta.

—¿Lo visteis?

—Sí, lo vi.

Soraya se estremeció. No había palabras para expresar lo terrible que era el mundo de aquellos bárbaros, al menos la pequeña parte que había visto: imperaban la pésima educación, el ruido y los malos olores. Lo detestaba.

Pero a él no lo odiaba. Al contrario, empezaba a gustarle. Marc bramaba y refunfuñaba, pero no le pegaba. Le dio de comer, le permitió calentarse en su fuego, la protegió de los airados comerciantes... incluso se rió con sus bromas. Por lo que parecía, el caballero se encontraba a gusto en su compañía.

Soraya lo siguió fuera de la gran sala por unas escaleras de caracol cuyos peldaños estaban desgastados por el uso. Continuaron subiendo más y más, siempre hacia la derecha. Al segundo rellano, se hallaba tan mareada que temió caerse, así que alcanzó a tientas al caballero y se sujetó a su túnica.

—Mejor que la cola de un caballo, ¿verdad? —bromeó Marc.

Las palabras del caballero la hicieron sonreír.

—Mucho mejor, mi señor. Un caballo nunca podría subir unas escaleras como éstas.

Él se rió y aflojó el paso.

—Pero un caballo no necesita de un aposento para invitados en una torre templaria.

Ambos se rieron.

Al siguiente rellano, atravesando una puerta de madera cuyas oxidadas bisagras chirriaban, el hombre del pelo gris los condujo por un pequeño corredor hasta una pequeña cámara con una sola ventana.

—Aquí es, mi señor. La vista es excelente: podéis contemplar toda la ciudad —el hombre escudriñó a Soraya—. Chico, ve con cuidado, no te asomes más allá de los postigos. Más de un joven paje se ha visto flotando bocabajo en el foso.

Ella observó la ventana y sintió un escalofrío.

—¿Deseáis algo de la cocina, mi señor?

—Agua caliente y jabón —respondió De Valery.

—Os lo enviaré con un paje. Soy incapaz de subir dos veces estas escaleras en una sola noche.

¿Agua y jabón?

—¿Os bañaréis? —preguntó Soraya asustada. ¿Allí, delante de ella?

—Sí —contestó él.

—¿Ahora?

—Sí, muchacho, ahora —refunfuñó con impaciencia—. ¿Cuándo mejor?

El hombre mayor se fue hacia la puerta.

—Me encargaré de que tengáis una cuba grande para alguien tan alto como vos.

Por el pestilente olor de los cuerpos en el comedor, Soraya sabía que los caballeros no se bañaban con frecuencia. Sin embargo, en unos momentos De Valery se querría desvestir y, como criado suyo que era, tendría que ayudarlo a quitarse las prendas y luego...

Ella tragó saliva. Nunca antes había visto a un hombre adulto desnudo.

—¿Qué te sucede, muchacho? Ayúdame a quitarme estas botas.

Agachó la cabeza y tiró de las espuelas y de las hebillas de aquellas ennegrecidas botas de cuero.

Nueve

Fueron necesarios siete baldes de agua muy caliente para llenar la cuba. El último sirviente, jadeante a causa del esfuerzo, puso en el suelo, al lado de la tina, un cuenco de jabón, un paño y una toalla, y cuando la puerta se cerró tras él, el caballero ya se estaba despojando de la túnica.

—Abre la ventana, que no huelo a rosas.

—Oh, no, mi señor, ¡exhaláis muy buen olor! No necesitáis bañaros en absoluto. Oléis... como una rosa, como una rosa perfumada, como...

—¡Basta! —gruñó.

El caballero comenzó a quitarse las medias de malla. Soraya miraba a la chimenea construida en el muro y donde unas llamas perezosas arrojaban una luz parpadeante; a la sencilla silla en la que él había dejado sus prendas. A todas partes menos a él.

—Chico, no te quedes ahí de pie mirando a las

musarañas. Échame una mano con esta malla y la loriga.

Soraya se acercó. «No pienses en ello. Sólo haz lo que tienes que hacer».

Tres fuertes tirones y la cota de malla salió produciendo un leve crujido. Luego le desató los cordones de la almohadillada loriga que tenía debajo.

—La ventana —recordó él con voz estricta.

Ella abrió los postigos tanto como fue posible y aprovechó para respirar profundamente aquel suave y fragante aire nocturno. A sus pies, el foso gorgoteaba amenazante.

A pesar de ser su sirviente, era incapaz de mirarlo. Cuando por fin reunió el coraje suficiente y volvió al lado del caballero, éste se puso de pie delante de ella totalmente desnudo. Soraya se llevó la mano a la boca.

Aquel cuerpo era hermoso. Tenía un pecho duro y musculoso y una cintura estrecha. Todo él era delgado y fuerte, como si hubiese sido cincelado en piedra. A pesar de sus esfuerzos por contenerse, bajó la mirada hasta aquellos muslos marcados por las heridas de guerra, y también hasta...

¡Ah! Aquello no desentonaba en absoluto con el resto del cuerpo.

Enseguida apartó la mirada.

—Mi tío Khalil tiene una hermosa casa —balbució—. En Damasco. Con elaboradas alfombras y arcones de plata repujada, y sábanas y paños impecables. Y...

—¿De qué diablos estás parlando?

—Hablaba de la casa de mi tío —respondió con rapidez. Sabía que estaba diciendo tonterías a un caballero cristiano al que no le importaba nada la casa de

Damasco, pero no se le ocurría nada mejor para evitar pensar en la embarazosa situación en que se hallaba—. En mis aposentos, tenía una pileta de agua caliente para bañarme. Me bañaba todos...

—¿Tenías tus propios aposentos? —dijo de forma repentina—. ¿Un sirviente? ¡Vaya! Eres un hábil mentiroso, chico, pero tú no me engañas.

El caballero introdujo un pie en la cuba. Ella hizo un esfuerzo por mirar al suelo, al cuenco del jabón, a la toalla de hilo... Oyó un chapoteo y un gemido de satisfacción, y no pudo evitar alzar la cabeza.

Marc estaba recostado contra el extremo de la tina, tenía los ojos cerrados y una cansada sonrisa en los labios.

—Comienza por el cuello —dijo adormilado.

Soraya estaba paralizada. ¿Quería que ella lo... lo tocase?, ¿que tocase el cuerpo desnudo de un hombre?

—¿Soray? —su voz retumbó—. Date prisa, muchacho.

Ella se arrodilló inmediatamente al lado de la cuba y tomó el paño y el cuenco del jabón, que era líquido y olía a grasa de oveja. Le miró el pecho: la forma de los músculos, el ligero vello alrededor de los pezones, lisos y marrones, los antebrazos desnudos reposando sobre el borde de la cuba. Una extraña sensación se apoderó de ella.

—Un momento, mi señor —murmuró—. No podía mancillar aquel maravilloso cuerpo con un jabón tan ordinario. Dejó el cuenco de madera en el suelo y abrió la bolsa de piel que llevaba bajo la túnica. Puso en la palma de su mano unas hojas de romero y las trituró en el agua. Cuando desapareció el olor a rancio, tomó un poco de romero y se lo frotó en la piel.

—Qué bien huele —dijo Marc.

—Así oleréis vos en menos de una hora —repuso ella sin reparar en lo que decía.

—Así que hiedo, ¿no? —se rió—. Menudo descubrimiento. Una legión de cristianos podría arrasar a todo un ejército de sarracenos con sólo el hedor de nuestros cuerpos.

Él no apestaba. Olía a sudor y a cuero; y su aliento, cuando bebía, olía a vino. Pero no apestaba: olía como un hombre.

Ahora Marc tenía un olor distinto, agradable y especiado. Una sonrisa de satisfacción se dibujó en el rostro del caballero, y una sensación de relax empezó a invadir todo su cuerpo. Había logrado conducir al rey Ricardo hasta Chipre sano y salvo. Además, tras meses de beber cerveza agria, estaba disfrutando del buen vino. Y las atenciones de Soray, que le estaba restregando con suavidad la suciedad acumulada durante un mes, tenían un efecto balsámico.

—La guerra es un asunto sucio —dijo el caballero abriendo los ojos—. Un guerrero no sólo lucha contra el enemigo, sino contra el calor, contra la arena del desierto, contra el agotamiento, contra la sed, incluso contra el hambre, mientras que reyes y príncipes negocian a sus espaldas y llegan a acuerdos secretos. A todos ellos los domina la ambición de poder.

—Se dice que Saladino es honrado —aventuró el chico—. Y caballeroso.

Marc resopló.

—Saladino quiere Jerusalén a toda costa. Es como una paciente hormiga del desierto: con tregua o sin ella, mediante la fuerza o las argucias, o con ambas, hallará el modo de salirse con la suya.

El muchacho no dijo nada. El áspero paño iba y venía por todo su pecho, y cuando se inclinó hacia delante, Soraya le frotó desde el cuello hasta la rabadilla. El chico podría no conocer las costumbres de los caballeros y la vida militar, pero no estaba falto de conocimientos sobre el arte del baño. Marc apoyó la cabeza en la rodilla que tenía flexionada para que el chico pudiese frotarle el cabello, y volvió a cerrar los ojos.

Estaba más cansado de lo que pensaba. El jabón perfumado con romero, el aire dulce y cálido que entraba por la ventana, la sensación de una mano agasajando su cuerpo... todo ello era relajante, casi una caricia.

Exhaló un suspiro y se sentó derecho.

—¿Qué os sucede, mi señor?

—Nada —refunfuñó—. Todo. Llevo meses sin una mujer.

Soraya se detuvo de pronto.

—¿Una mujer?

—Sí. Tú eres demasiado joven para saber de estas cosas.

—He oído que otros guerreros cristianos toman mujeres sarracenas.

—Sí. Dicen que tales mujeres tienen la piel suave y perfumada y que son diestras en la danza, y en otras cosas.

—¿Y es cierto? —preguntó en voz baja.

—No lo sé, muchacho. Nunca he estado con ninguna.

—¿Nunca?

Marc ignoró la pregunta. Ahora sentía el agudo pinchazo del deseo, lo que le hizo gemir de nuevo.

—Venga, chico, date prisa para que el agua todavía esté caliente cuando tú te metas.

Soraya se volvió a quedar de piedra.

—¿Yo?

—Dijiste que te solías bañar, ¿no? ¿O sólo te lavas las manos y la cara?

Marc tomó el paño de las manos del chico y se frotó la tripa y las partes íntimas; luego, las piernas y los pies. Soraya estaba agachada al lado de la cuba, con los ojos apuntando al suelo.

Marc sumergió la cabeza en el agua y salió sacudiéndose como si fuese un perro. Se puso de pie, se volvió hacia el chico y levantó los brazos. Soray se quedó inmóvil, mirando fijamente las gotas de agua que le caían desde el pelo hasta el pecho.

—¿Y bien? Sécame —aulló.

El sirviente se mordió el labio inferior y comenzó a frotar la húmeda piel de Marc, con cuidado de no bajar de su cintura. Dios, qué inocente era el muchacho.

Le invadió un sentimiento irracional de protección hacia el chico. Debía protegerlo de los depredadores hasta que fuese lo bastante mayor para...

Distraído, tomó la toalla de hilo de las manos de Soray y se secó el torso. Una cicatriz le hizo pensar de repente en su hermano mayor.

—Henry, mi hermano...

No era consciente de que había hablado en voz alta, así que pestañeó de sorpresa cuando Soray le preguntó amablemente.

—¿Qué sucede con vuestro hermano, mi señor?

—Tenemos una relación muy estrecha. Crecimos juntos en Francia, con el hermano mayor de mi padre. Henry demostró su valía cuando tenía dieciocho años, y entonces se convirtió en mi tutor y me adiestró en el manejo de las armas. Aún tengo esta cicatriz en el pecho por un golpe que no acerté a esquivar. Había mucha sangre y Henry me tumbó en la hierba y se puso a llorar.

—Queréis mucho a vuestro hermano —dijo Soray con voz suave.

—Desde luego. Rezo cada noche para que Dios me permita verlo pronto.

El muchacho se alejó y se quedó de pie con una mano en el pomo de la puerta.

—¿Busco a un paje para que vacíe la cuba?

—¿Qué? No, no. Usa el agua, muchacho. Desnúdate y ponte a remojo.

A Soraya le dio un brinco el corazón. ¿Desnudarse?

—Gracias, mi señor, pero... yo...

El caballero se dirigió hacia la enorme cama con dosel. Soraya habría jurado que sonreía con disimulo. Ella estaba sucia y olía mal, pero... Puso la vista en la tentadora agua del baño. Ay, si pudiera quitarse la suciedad que llevaba encima.

Pero no se atrevía. Salvo que...

Las cortinas de la cama eran azules y damasquinadas. Observó que estaban atadas con un grueso cordón rojo. Luego miró a Marc, que se acercaba a la cama.

—Os deseo un descanso tranquilo, mi señor —esperó y oyó cómo cedía el colchón de paja bajo el peso del caballero.

—No será tranquilo hasta que nuestro amigo, el hombre santo, esté a salvo en su... monasterio.

Soraya no contestó. En cambio, se quedó de pie, quieta, escuchando cómo la respiración del caballero iba gradualmente haciéndose más lenta. Cuando oyó un pequeño ronquido, echó una última ojeada.

Marc estaba con los brazos y las piernas extendidos sobre la colcha de piel. Rezó para que estuviera dormido.

—¿Mi señor? —susurró.

No hubo respuesta. Sólo otro ronquido.

Soraya se quitó las sandalias de cuero, la túnica, el cinturón con la valiosa bolsa de hierbas y la bolsa de monedas de oro, bien envueltas en seda para evitar que tintinearan. Por último, se despojó de los anchos pantalones y desenrolló el turbante y la cinta de lino con la que disimulaba sus pechos.

Dando la espalda al caballero, ya dormido, metió las piernas en el agua tibia. Una vez dentro de la cuba, se puso de rodillas, sumergió la cabeza bajo el agua y se enjabonó los espesos rizos. A cada poco estiraba el cuello para comprobar que el caballero seguía en la cama.

Sí, dormía profundamente. Se tomó su tiempo para lavarse, luego se levantó, salió sin hacer ruido de la cuba y se envolvió con la toalla, que aún estaba húmeda. En el preciso momento en que se dirigía a la pila de ropa que había dejado en el suelo, alguien aporreó la puerta del aposento.

—¡De Valery, despertad! ¡Abrid la puerta!

¡Dios misericordioso! Era el hombre santo con su voz estruendosa. Se quedó paralizada en el centro de la habitación, temerosa de hacer ruido, de moverse y de que el caballero se despertara y la viera. Se ciñó con fuerza la toalla alrededor del cuerpo y se asustó cuando el monje volvió a golpear la puerta.

—De Valery, traigo noticias.

El caballero, que seguía en la cama, protestó mientras se tapaba la cara con un brazo.

—Por la mañana —farfulló—. Idos.

—¡Abrid esta puerta enseguida!

De Valery se dio la vuelta y se sentó en el borde de la cama. Soraya se giró de inmediato para darle la espalda. Por el rabillo del ojo lo vio levantarse y, tambaleándose, todavía medio dormido, lo vio dirigirse a la puerta.

El corazón le dio un salto dentro del pecho. La túnica, los pantalones y la cinta de lino que usaba para vendarse los pechos estaban justo en medio de su camino. Aguardó, temblando de miedo.

El somnoliento caballero piso el montón de ropa y quitó el pestillo de la puerta. Justo cuando ésta se abría, Soraya se ciñó la toalla al pecho; se lanzó como una flecha detrás de De Valery para recuperar sus prendas; y saltó a la cama.

Acurrucada en el centro, envuelta en la toalla, esperó hasta que el monje entró en la habitación para correr una de las cortinas de la cama y así taparse tras ella.

—¿Qué noticias traéis? —preguntó De Valery con la voz embotada por el sueño.

—Ha ocurrido algo —el monje jadeaba de tal manera que Soraya supuso que había subido los tres pisos a la carrera.

Soraya empezó a vestirse a toda prisa.

—¿Tenéis algo de vino? —preguntó Ricardo.

—No.

—Bien, conseguid algo. Tenemos que hablar.

—Soray —ordenó el caballero—. Baja a la cocina y que traigan comida y vino.

Ella se puso apresuradamente los pantalones, se levantó de la cama y recogió las sandalias. Luego esquivó al hombre santo y salió corriendo escaleras abajo.

Cuando volvía de la cocina oyó voces de hombres en el corredor y se escondió en el guardarropa para escuchar lo que decían.

—¿Lo vendería? —preguntó uno—. ¿A los templarios? Pero de dónde sacaríamos una suma semejante para la compra?

—Mirad en vuestras arcas, Giles. Hay oro de sobra escondido allí.

—¡Por todos los demonios!

—Los ingleses carecen de paciencia, Giles. Tenemos que pagar.

Soraya salió corriendo tan pronto como las voces se alejaron.

Cuando regresó a la cámara ya se habían llevado la cuba. En cambio, sobre la tosca mesa de madera apoyada contra el muro, había una jarra de vino, una hogaza de pan, un platillo con aceite de oliva y algo de queso. De Valery estaba medio vestido con una larga y holgada camisa que debía de haber encontrado en el arcón de madera a los pies de la cama, y cuya tapa estaba ahora abierta. El hombre santo se paseaba arriba y abajo por la habitación.

—No porfiéis conmigo, De Valery. Ya está hecho.

Soraya entró con cuidado, caminando por el perímetro de la sombría estancia, pegada a la pared y procurando no aproximarse al hombre santo. Al llegar a la cama pegó un salto y se metió detrás de la cortina.

—Será peligroso —advirtió el caballero antes de posar con estrépito la jarra de vino en la mesa, lo que hizo que Soraya diese un respingo.

—Ya es peligroso —replicó el monje—. Nos marcharemos antes de los laudes. Dormid un poco.

Ricardo salió de la habitación dando un portazo.

—Dios nos libre de Inglaterra —masculló el caballero, andando con paso suave hasta la ventana.

Chirriaron los postigos, y Soraya se aventuró a echar un vistazo desde detrás de la cortina: vio a De Valery con la frente reclinada en el marco superior de la ventana y con los brazos apoyados en el la pared.

—Dios santo —susurró Marc—, el plan es una locura; y él también está loco.

Soraya se tumbó en la cama. No comprendía lo que estaba pasando, pero tampoco le importaba demasiado quién compraba a quién en aquel bárbaro lugar. «Que los caballeros francos se peleen entre ellos». El mensaje del tío Khalil, el comunicado secreto que ella llevaba para el rey inglés, estaba a salvo en el cuerpo del caballero De Valery, aunque éste lo ignoraba. Ella pronto lo recuperaría y entonces buscaría el modo de entregárselo a su destinatario.

Pero primero debía descubrir dónde estaba oculto el rey de Inglaterra, antes de que los enemigos de Saladino dieran con ella. La matarían con tal de destruir el mensaje.

Dios, estaba atrapada por partida doble. Si fracasaba, el propio Saladino acabaría con su vida, y el líder sarraceno tenía espías por todas partes.

En aquella quietud, presagio de nada bueno, Soraya se acurrucó, dejó que sus ojos se cerrasen e intentó dormir.

Diez

Después de que el rey se hubiera ido dando un portazo, Marc se quedó dándole vueltas a las últimas palabras que le dijo. «Dormid un poco. Pero tened vuestra espada a mano». De Valery, inquieto, caminó de un lado a otro de la habitación hasta que hizo caso del consejo del rey: debía dormir. Puso una rodilla sobre el colchón de paja, pero se echó bruscamente hacia atrás al notar algo contra su muslo.

Dios santo, era el chico, que dormía profundamente acurrucado a los pies de la cama. Marc se rió en voz baja. Hacía falta ser un sirviente muy audaz para reclamar un espacio en la cama del amo. Pero en vez de echarlo y que durmiese en el suelo, optó de mala gana por hacerse un sitio: estaba demasiado cansado para enzarzarse en una de las argucias dialécticas del chico.

La próxima cosa que supo fue que algo le despertó.

Una extraña luz rojiza iluminaba la habitación y Marc se levantó de inmediato.

¡Fuego! La fortaleza estaba en llamas y ellos se hallaban a tres pisos sobre el suelo, atrapados. Empujó al chico con el pie.

—Despierta, muchacho.

El chico reaccionó al instante.

—¿Qué sucede, mi señor?

—Problemas —no sabía qué era lo que pasaba exactamente, pero podía imaginárselo.

Era muy probable que los enfurecidos chipriotas no aceptasen la impulsiva venta secreta de su tierra natal a los templarios.

Un estruendo se elevó desde el patio interior, y Marc se lanzó a la ventana. Soray había llegado antes. El muchacho debía de tener el oído de un perro de caza.

—Mirad —susurró el chico. Marc se asomó por la ventana.

Una turba blandiendo antorchas encendidas y haciendo gestos amenazadores se aglomeraba en el patio. Sobre el hedor de los cuerpos sin lavar y de la brea ardiente, Marc casi podía oler la furia de la multitud. Comerciantes, musulmanes, judíos con kipás negros y clérigos de fe griega inundaban la fortaleza como una corriente de lava. Nubes de humo negro se elevaban hacia el cielo.

Alguien había filtrado la noticia del acuerdo del rey con los templarios. Ricardo era valiente, pero corto de miras hasta decir basta. Los habitantes de la ciudad, los propietarios de tierras, los religiosos de muchos países diferentes se sublevarían antes de permitir que los templarios los gobernasen.

Ya había visto suficiente.

—Rápido —ordenó al muchacho—. Mi loriga y mi cota de malla.

Los dedos del chico eran rápidos y eficientes, aunque Marc notó cómo le temblaban al atarle los cordones de la ropa interior. Cuando tuvo puestas la cota de malla y las calzas, tomó el cinturón de la espada y las botas.

—No hagas ningún ruido —le ordenó—. Los enemigos están por todas partes.

Agarró el plato de aceite de oliva de la mesa, que estaba sin tocar, y lo vertió sobre las oxidadas bisagras de la puerta de la cámara para engrasarlas.

—Vamos.

Entreabrió la puerta con cautela. Marc respiró aliviado cuando ésta se abrió sin hacer ruido alguno, pero un escalofrío le recorrió la espalda al oír el estruendo de la turba que venía de abajo. Para escapar debían llegar a la planta baja antes de que la masa enfurecida derribase la puerta principal.

—Permanece cerca de mí y en silencio —le ordenó—. Desenvainó la espada y empezó a descender por la retorcida escalera. Detrás de él, el chico, jadeando pero sin emitir una sola queja, trataba de seguir su paso. Marc se detuvo en seco al final de la escalera. Ricardo estaba esperándolos allí.

—¡Hay que ir a las cuadras! —declaró la ronca voz del rey.

—¡Por la cocina! —gritó Marc.

Una vez llegados al piso de abajo, corrieron hacia la cocina. Al pasar por la enorme chimenea, Marc percibió el asfixiante olor del humo. Luego oyó el ruido que hacía la madera al romperse. Habían conseguido entrar por la puerta principal. Los enloquecidos chipriotas estaban inundando el gran salón e incendiando el lugar.

Marc se giró, tomó al chico por la cintura con el brazo que tenía libre y se lanzó a través del estrecho corredor; el rey iba pegado a ellos.

Próximos al muro de cerramiento interior, se sumergieron en las sombras y se encaminaron hacia la caballeriza. Cincuenta pasos más allá de las cuadras se encontraba la poterna, una puerta menor poco usada que daba al foso. Ojalá pudieran pasar sin ser vistos.

—¿Hay un barco? —preguntó a Ricardo.

—Sí. Genovés, un barco de dos mástiles.

Marc resopló en voz baja. ¿Cómo había convencido Ricardo a Guy de Lusignan para que les consiguiese un barco? ¿O simplemente lo compró, con capitán, tripulación y cargamento?

Llegaron a la puerta de la caballeriza y se metieron dentro. En aquella densa oscuridad, Marc silbó a su montura; cuando Júpiter apareció, soltó al chico, buscó a tientas la brida y echó la pesada silla sobre los lomos del animal. Ricardo aún no había localizado a su caballo.

—No montéis —le dijo Marc sin hacer ruido.

—Bien —dijo Ricardo.

Entonces, como por arte de magia, el rey ya estaba a la salida de la cuadra con un caballo gris castrado. Marc frunció el ceño. No era el de Ricardo, pero no tenía intención de preguntarle por qué ya estaba ensillado. Por lo visto, el rey había previsto problemas.

Marc los condujo a la poterna y la abrió de un tirón. En ese momento, un puñado de hombres que aparecieron por detrás de la armería blandiendo antorchas, se abalanzaron sobre Marc y el rey dando gritos enloquecidos.

¡Dios santo! ¡No podían saber que el monje era el rey Ricardo disfrazado! Pero enseguida quedó claro. No era al rey a quien buscaban, sino al propio Marc. ¡La soliviantada muchedumbre lo había confundido con un templario!

Empujó con el hombro al rey para que pasara por la puerta, desenvainó la espada e hizo frente a los atacantes. Las piernas le temblaban ante el panorama que tenía delante.

Soray se había colocado en la trayectoria de la masa. El muchacho estaba allí de pie, solo, con los pies separados, y con un robusto fuste de lanza en la mano, sin duda sustraído de la herrería. Marc se sintió orgulloso de la insensata valentía del chico.

Un hombre vestido de negro fue el primero en arremeter, y Soray le propinó un golpe en la espinilla que le hizo caer de rodillas. Marc se puso al lado de Soray, y sin intercambiar palabra alguna juntos hicieron frente a los agresores. Soray golpeaba en las piernas, y cuando alguien se caía, Marc le pegaba con la espada plana en la cabeza. Los hombres caían como sacos de grano y se quedaban gimiendo en el suelo.

—¡Ve por mi caballo! —gritó. Soray salió disparado; en seguida Marc sintió el aliento de Júpiter en el cuello. Soray le puso la correa de la brida en la mano, Marc montó y atravesó la puerta a lomos del caballo.

El chico vaciló, pero luego se fue tras él, cerró la puerta con gran estruendo y usó el fuste de fresno para atrancarla. No aguantaría mucho, pero ganarían un tiempo precioso.

Soray dio un gran salto y se subió a la grupa de Júpiter.

Galoparon hasta el borde del foso.

—Nademos —dijo Marc a Ricardo, a punto de saltar con su montura dentro de aquella agua ligeramente salobre y maloliente, de aspecto aceitoso.

El rey se lanzó detrás, y los dos caballos lo cruzaron en silencio. Cuando su montura consiguió atravesar el foso, Marc lo espoleó en una carrera frenética por alcanzar la seguridad del barco. Soray iba firmemente sujeto a la cintura del caballero, y Ricardo los seguía de cerca.

Al llegar al muelle, De Valery vio tres embarcaciones de dos mástiles fondeadas en el puerto. Ricardo dio un grito e hizo un gesto. Un grupo de marineros descalzos gritó en italiano vulgar desde el barco más pequeño al tiempo que colocaban una estrecha plancha para que pudieran subir. Los dos caballos treparon por la pasarela de madera hasta la nave.

Desde su posición privilegiada detrás del caballero, Soraya descubrió otro capitán de pelo negro, otra pila de sacos de fruta pudriéndose y otra vela agitándose al viento sobre su cabeza. Se sintió abatida. El olor del agua del mar le empezó a producir arcadas.

Cinco días después atracaron en Talamone, cerca de la Toscana. El aire olía a mar y a pescado ahumado, y el puerto bullía de actividad. Hordas de comerciantes clamaban por un pasaje en el barco. Pescadores con las caras morenas como ciruelas maduras descargaban las capturas. Un mono corría y brincaba a las órdenes de un juglar chabacanamente vestido.

Un caballero solitario esperaba a lomos de su caballo al final del muelle. Tenía puesta la cota de malla, pero llevaba el yelmo de hierro bajo el brazo. Marc y el hombre santo aflojaron el paso. Aquel hombre desmontó y se acercó a ellos mientras estaban desembarcando.

—¡De Valery! —saludó a Marc con un abrazo de oso.

—¡Roger de Clare! ¿Qué demonios estáis haciendo aquí?

De Clare no prestó atención al monje.

—Vine por vos, amigo mío.

—Y aquí me tenéis, pero ¿por qué? ¿Cómo sabíais dónde encontrarme?

—El Maestre templario, Giles Amaury, me dijo dónde os dirigíais. Mi barco arribó ayer, y desde entonces he estado esperándoos.

A Marc le invadió un sentimiento de aprensión.

—¿Por qué? —preguntó. Su tono se hizo más acuciante—. ¿Por qué?

Roger puso una mano en el hombro de Marc.

—Traigo noticias que os atañen —le hizo un gesto para alejarse un poco y hablar sin que nadie les oyera.

—¿Qué noticias? —inquirió Marc. No le gustaba cómo sonaba la voz de su amigo. Un oscuro presentimiento se apoderó de él.

De Clare permaneció callado y con la mirada sombría. Entonces agarró con fuerza a Marc.

—Noticias de vuestro hermano.

Todo en él le decía que impidiese a de Clare continuar, que no lo escuchase, que se negase a creer lo que estaba a punto de oír.

—Henry está con Felipe de Francia, en Escalón —se adelantó Marc.

—Ya no —Roger habló con suavidad, pero sus palabras enfurecieron igualmente a Marc.

—Os digo que sí. Lucha al lado de Felipe.

Roger dudó.

—No, amigo mío.

No era verdad. Marc cerró los ojos.

—Mentís.

—Ojalá fuera así, Marc. Vos sabéis que no miento.

Dios, no. Apartó la vista del consternado semblante de Roger. ¡No!

—Está enterrado en Ascalón —dijo Roger en voz baja—. Hay un cementerio cristiano.

Marc quería golpear cualquier cosa con el puño hasta desahogarse.

—Hay algo más, amigo mío, si queréis oírlo.

—No —zanjó—. No quiero oír nada más —se alejó unos pasos trastabillando. Oyó a Roger hablar sosegadamente con Ricardo, y algo en su interior se desmoronó.

De pronto se encontró a su amigo, Roger de Clare, y al rey montados a caballo flanqueándole. Júpiter resopló a su espalda.

Ojalá no sintiera nada. Ojalá pudiese sumergirse en un profundo sueño.

—Hay una posada cerca de aquí —dijo Ricardo señalando un callejón—. Pasaremos la noche ahí.

Marc asintió. Tenía los miembros entumecidos y la mente confusa. Sólo deseaba dormir; incluso, no despertar jamás.

El chico, Soray, se puso discretamente a su lado, deslizó su pequeña mano en la de Marc y la agarró con fuerza.

—Debéis comer, mi señor —le susurró el muchacho al oído con una voz cálida, pero Marc era incapaz de abrir los ojos.

—No —se dio la vuelta en el catre.

—Debéis hacerlo, mi señor.

—¿Ahora das las órdenes? —dijo con voz cansada—. Sólo eres mi sirviente, Soray, y no tengo hambre.

—Cierto, mi señor, pero si morís, ya no seré más vuestro sirviente.

—No voy a morir. No puedo. Me necesitan en Escocia.

—Hay algunos melones maduros aquí, mi señor. Los tomé prestados de un amable vendedor de fruta en el mercado.

Marc sonrió pese a la nube de tristeza que pesaba sobre él. No había mercado que estuviera a salvo de los hábiles dedos de Soray. Abrió los pesados párpados y vio cómo lo miraban aquellos ojos verde claro del chico.

—Tal vez coma luego.

—Ahora —insistió el chico con delicadeza.

Marc recorrió con la vista la pequeña habitación encalada.

—¿Está el monje por aquí?

—El hombre santo descansa en la cámara de al lado. Vuestro amigo, Roger de Clare, cena con él.

Marc refunfuñó. Tarde o temprano Roger reconocería al rey de Inglaterra. Todo el ejército cruzado se enteraría pronto de la ausencia de Corazón de León, y no quería pensar en lo que pudiera pasar después.

Trató en vano de no pensar tampoco en Henry. Le venían a la mente los recuerdos de la infancia. Veía a su hermano colocarle la mano en la lanza, o compartir con él un melocotón robado con ojos de triunfo, mientras el jugo le goteaba por la barbilla. «Dios, Dios, nunca volveré a ver su cara».

Sin darse cuenta, Marc comenzó a hablar en voz alta.

—Recuerdo las tartas de miel que robábamos de la cocina; y las bromas que gastábamos a nuestros compañeros escuderos.

—¿No era eso una maldad, mi señor? —dijo Soray.

—¿Una maldad?, no. También nos gastábamos esas mismas bromas entre nosotros. Henry podía mantener un semblante completamente serio mientras yo luchaba por separar los cordones de mis botas de las riendas, o encontraba cosida la parte delantera de mis suspensorios.

El chico se rió sin estridencias.

—Sí, yo también me reía. La risa siempre me delataba. A Henry todo se le daba bien.

—Contadme más —Soray ladeó la cabeza mostrando un sincero interés.

—Más. Sí, hay mucho más. Henry podía apaciguar a un caballo susurrándole unas pocas palabras al oído. Y podía hacer otro tanto con una linda criada en menos de lo que se tarda en llenar una copa de vino. Ah, Dios, ojalá no recordase nada.

Marc volvió la cara hacia la pared. «Henry. Dios mío. Henry».

Llamaron suavemente a la puerta de la habitación. Soray se apresuró a contestar.

Once

Una mujer joven estaba en la entrada. Se trataba de una chica extremadamente bonita, de la misma edad que Soraya, ataviada con un vestido rojo de seda estampada cubierto con un manto corto, sin mangas.

—*Kalespera* —saludó la chica en griego.

—*Yasas* —contestó Soraya.

—¿*Poene andros*?

—¿Hombre? —Soraya repitió en la lengua nativa de la chica—. Dónde está, ¿qué hombre?

La muchacha griega se quedó observándola.

—Sí, el hombre. Me han enviado para él. Me llamo Irena.

Soraya se quedó con la boca abierta durante un instante. ¿Esa Irena estaba allí por De Valery, su caballero? La invadió un sentimiento de cólera.

—Creo que no —dijo tan cortésmente como pudo.

—Pero yo creo que sí —los grandes labios rojos de la chica dibujaron una sonrisa.

—No —Soraya la miró a los ojos. «No puedes tenerlo; es mío».

Irena era muy hermosa. Su cara parecía esculpida en marfil y tenía unas largas y negras pestañas. Era una cortesana, pero era limpia y estaba bien vestida. Soraya echó un vistazo a su propia túnica y a sus pantalones: estaban sucios y gastados.

—¿Quién os envió? —preguntó.

Irena rió suavemente.

—¿Por qué? Me envió el monje de la habitación de al lado. Me ordenó que consolara a su amigo; durante toda la noche —añadió con un provocativo tono irónico. Mantuvo la vista puesta en Soraya, y cuando ya se había formado un juicio sobre ella, añadió—: Y también a ti, mi joven amigo, si lo deseáis.

La mujer dio un pequeño empujón a la puerta y entró en la habitación dejando un rastro de perfume a flores.

Olía como una naranja pasada. La muchacha se deslizó hasta el catre y se inclinó sobre el dormido caballero.

—Qué apuesto es. ¿Cómo se llama?

Soraya apretó los puños.

—Su nombre es sir Marc de Valery.

Irena frunció el ceño

—¿Un templario?

La tentación de contestar que sí era irresistible. Los templarios no se llevaban mujeres a la cama. Pero no podía mentir.

—No, no es un templario —respondió dubitativa.

«¿Por qué siento tanta rabia?»

Irena se volvió a inclinar sobre el cuerpo tendido de Marc y le acarició la frente con la mano, suave y blanca. Soraya examinó sus propias manos. Bronceadas por el sol, las tenía callosas tras años de práctica con el arco: a diferencia de las de la cortesana, no eran ni suaves ni elegantes, ni gráciles ni balsámicas. Que Dios la ayudara, verdaderamente cada vez se parecía más a un chico.

El pelo de Irena, oscuro y ondulado, le caía por la espalda, aunque en la coronilla lo sujetaba una diadema con incrustaciones. Lanzando un suspiro, Soraya se tocó el turbante que ocultaba un pelo torpemente cortado.

—Despertad, mi hermoso hombre —murmuró la cortesana con una voz tan suave como la seda—. Ved las delicias que os traigo.

Soraya no podía soportar seguir escuchando aquello, así que salió corriendo por la puerta hasta el vecino aposento del monje; al llegar, llamó a la puerta.

—Perdonadme, mi señor, pero mi amo no requiere por el momento de mis servicios. Quizá pueda serle de alguna ayuda a vos.

El monje la recibió con una amplia sonrisa. Detrás del hombre santo, Roger, el amigo de Marc, se rió con ganas.

—Silencio, de Clare —le gruñó el monje. Ricardo la hizo pasar, le ofreció queso y pan de buen grano, y mientras ella comía, él se sentó enfrente y comenzó a cantar. Era algo sobre un príncipe perdidamente enamorado, pensó Soraya. Los francos del sur arrastraban las palabras al hablar y se comían las terminaciones.

Cuando concluyó la canción, el monje se inclinó hacia ella y le puso su gran mano sobre la rodilla. Soraya se sobresaltó y dio un respingo hacia atrás hasta toparse con las botas de Roger de Clare.

—Dejad al chico en paz —dijo Roger en voz baja. A sus espaldas, ella oyó el sonido de la espada del caballero contra la vaina.

—No acepto órdenes de vos —bramó el hombre santo; luego bajo el tono—. No le haría daño al chico, de Clare. Sólo deseo ser amigable.

—No haréis nada en absoluto —a una seña del caballero, Soraya se acurrucó en un camastro.

Pasó una noche de lo más desagradable; Roger se agitaba y roncaba, y el monje, que dormía apaciblemente, era igualmente ruidoso.

Hasta bien avanzada la mañana, Soraya se quedó tendida sin moverse, fingiendo estar dormida. Cuando por fin se levantó, se encontró sola en la habitación. Caminó de puntillas hasta el aposento de su caballero y miró a hurtadillas a través de la puerta, que estaba abierta.

—¿Dónde has estado? —retumbó la voz de De Valery desde el catre. Los ojos azules le brillaban de rabia.

—En la cámara de al lado, mi señor. Con el hombre santo y...

—¿Cómo? —saltó como un resorte.

—Estaba claro, mi señor, que no podía quedarme aquí.

—¿Y eso por qué? —inquirió con brusquedad.

—Porque...

—¿Por qué...? —rugió—. ¡Habla de una vez, muchacho!

—Porque habríamos sido muchos.

—¿Muchos? —el caballero sacudió la cabeza, mirándola de reojo.

Soraya comenzó a sudar bajo la túnica.
—Con ella, mi señor. La chica, Irena.
—Ah, Irena —sonrió.
Soraya se mordió los labios. Odiaba oír aquel nombre de su boca. Odiaba el olor a perfume que exhalaba la cama. Y sobre todo, odiaba imaginarse a su caballero desnudándose delante de la cortesana... y otras cosas. Soraya apartó la vista.
—Mírame, chico.
Nerviosa, hizo lo que se le ordenaba.
—Tampoco eres tan joven como para no saber de estas cosas, muchacho. ¿Qué es lo que crees que pasó aquí anoche?
Más de lo que era capaz de imaginarse.
—No lo sé, mi señor, y me da igual saberlo.
Marc la miró fijamente.
—No sucedió nada. La mujer, Irena, se acostó a mi lado mientras yo dormía, y esta mañana me dio un beso y se fue. No tuve trato carnal con ella.
—¿Pero por qué no? —espetó Soraya perpleja.
En lugar de responder, Marc puso un pie en el pulido suelo de piedra.
—¿Tienes hambre?
—No, mi señor, no tengo hambre —mintió, pero no pensaba que su estómago estuviese en condiciones de retener alimento.
—Bueno, yo sí. Acompáñame. Vamos al mercado —se ciñó el cinturón de la espada sobre el manto, que estaba arrugado.
Soraya notó que ya no llevaba la cota de malla.
—¿Irena... —carraspeó— va a volver?
—¿Qué? —Marc se quedó quieto—. Ah, quieres decir la chica. No creo, muchacho. Quedamos como

amigos, pero... —se detuvo—. No necesitas saber tanto. Además —añadió con una sonrisa—, la chica era un regalo para mí, no para ti —le dio a Soraya unas palmaditas en la cabeza—. La próxima vez —añadió.

¡La próxima vez! ¿Es que habría una próxima vez?

—No me gusta dormir cerca del monje, mi señor —no quería decir eso, pero le salió así.

Marc frunció el ceño.

—Lo celebro. Vamos, ¡huele a salchichas!

El mercado estaba tan abarrotado de gente y de carros que era difícil abrirse camino hasta los puestos. La plaza adoquinada, llena de color y olores exóticos, vibraba con el bullicio de la gente.

¡Y luego estaba el ruido! Soraya creyó que se le iban a reventar los oídos. Ella y De Valery se comunicaban por medio de signos: era más fácil que hablar a gritos.

Al pasar por un puesto de frutos secos y dulces, Soraya le hizo un gesto: ¿algo de esto?

En respuesta, las manos de Marc dibujaron en el aire una forma redonda e imitó algún tipo de animal que gruñe. Ajá, salchichas.

Ella negó con la cabeza, pero él pasó de largo por el puesto de dulces. En otro lugar puso las manos formando un círculo. ¿Un melón?

Ella asintió y señaló a una mesa con frutas a unos pasos detrás de él.

Esta vez él también asintió y se volvió hacia la mercancía, pero justo en ese momento aparecieron el monje y Roger. Soraya observó cómo los dos hombres saludaban a Marc con una palmada en la espalda, pero no pudo escuchar nada de lo que decían.

Despacio, los tres se dirigieron hacia el puesto de

melones, y Soraya se lanzó como una flecha hacia ellos. ¿Acaso sabían los caballeros francos elegir melones?

Mientras el monje tanteaba los melones, hablaba con Roger. Marc estaba inspeccionando uno con manchas, y ella se acercó a ayudarlo a elegir. En ese preciso instante, Soraya vio algo por el rabillo del ojo: la imagen borrosa de un movimiento seguido de un grito gutural.

El alboroto atrajo la atención de Marc, que soltó el melón y se volvió hacia el hombre santo y se echó encima de él para protegerlo.

Soraya tropezó con el fornido cuerpo de Roger de Clare, quien la agarró del brazo y tiró de ella hacia un montón cercano de adoquines. La gente comenzó a correr en todas direcciones, dando gritos y pisoteándose unos a otros en la estampida.

Una figura oscura se precipitó hacia ella blandiendo una reluciente espada curva. Soraya abrió la boca para gritar. Notó una ráfaga de aire en la espalda y luego un dolor punzante en la piel. Durante un momento no oyó otra cosa que un zumbido en el interior de su cabeza; después, la voz de Marc.

—¡Corred! ¡Seguidme!

El caballero y el hombre santo salieron corriendo por un estrecho callejón. Ella se puso de pie de un salto y los siguió a la carrera. Roger iba detrás de ellos. Al doblar la esquina, pasaron por otra plaza, más pequeña, y luego continuaron por una calle flanqueada por casas de brillantes colores. Por fin llegaron a una zona tranquila al otro lado del puerto.

Roger se echó bajo un árbol, seguido del monje y de Marc. Jadeando, Soraya se dejó caer a los pies de Marc.

Los hombres formaron un círculo cuando recuperaron el aliento.

—¿Visteis su cara? —preguntó el monje.

—No —contestó Roger—. Pero llevaba una túnica marrón y un arma.

—La túnica era negra —repuso Marc.

—Yo creo que era de un color parecido al lodo, entre marrón y negro —medió el hombre santo.

Soraya se incorporó.

—Perdonadme, mis señores, pero estáis en un error. El hombre llevaba una túnica como la vuestra —señaló a De Valery—, pero de color verde, muy oscuro, como las agujas del ciprés. Y estaba salpicada de barro. ¿No lo notasteis?

Los tres se la quedaron mirando en silencio.

—¿Estás seguro de eso? —inquirió Marc.

—Sí, mi señor. Lo vi claramente. Y su espada... la hoja era curva.

—Ah —exclamó De Valery—, un arma sarracena.

—Sí, mi señor. Pero no pude ver bien su cara a causa de la tela que la cubría. Tenía unos ojos muy oscuros. Quizás, turco o kurdo, o incluso nubio. No puedo asegurarlo.

—En todo caso, mahometano —dijo Marc.

—Probablemente, mi señor. Aunque hay algunos que son árabes y a la vez cristianos, como los maronitas o los coptos.

—¿Quién de nosotros era el objetivo? —preguntó el monje.

—¿Queréis decir a quién querría matar un sarraceno? ¡A los tres! —se burló Marc.

—No lo creo —dijo Roger con voz seria—. Mirad —agarró con cuidado a Soraya del brazo y le dio la vuelta para que Ricardo y Marc pudieran verle la espalda.

De Valery lanzó un juramento.

—¿Qué sucede? —Soraya torció el cuello para mirar por encima del hombro.

—El dorso de tu túnica tiene un corte hasta la piel, muchacho. ¿No sentiste nada?

—Sólo una ráfaga de viento, y luego el pinchazo de una aguja que escoció como la picadura de una hormiga del desierto.

De Valery la tomó del hombro y le examinó la espalda.

—No fue una hormiga, sino una espada.

Soraya no sabía qué pensar.

—Pero, ¿por qué yo, cuando todos son... son...?

—¿Tan inequívocamente cristianos? —concluyó el monje con voz áspera—. ¿Dos caballeros y un monje para elegir, y el espadachín escoge a un chico árabe? —se quitó la capucha y miró a De Valery durante un largo momento. Soraya podía jurar que había algún tipo de comunicación entre ellos. Por fin, su caballero le tocó el hombro una vez más y ella se volvió hacia él.

—O bien era un espadachín muy torpe, que dejó escapar su presa —pronunció aquellas palabras despacio, como si estuviese sopesando lo que iba a decir—, o bien muy diestro, que sólo quiso enviar una advertencia.

Soraya se quedó helada. Sabía que era a ella a quien buscaba el árabe de la espada curva.

—Maldita sea —prorrumpió el hombre santo—. ¡El chico no es importante! Es a mí a quien...

— Si fuese vos, yo no hablaría tan a la ligera... padre —lo interrumpió Marc.

Roger sospechó algo y miró primero al hombre santo y luego a Marc, para volver de nuevo la vista hacia el monje.

—Por todos los santos... —dijo sacudiendo la cabeza—. ¿Quién está al tanto de esto? —preguntó de repente.

—Nadie excepto De Valery —dijo con calma el monje—. Y ahora vos.

Roger estaba a punto de arrodillarse ante el hombre santo, pero De Valery le advirtió.

—¡No!

Roger retrocedió.

—Estamos pasando algo por alto —señaló Marc—. Si es cierto que la espada del árabe no buscaba al monje, sino al chico, entonces la cuestión es: ¿por qué?

Inquisitivas, todas las miradas se volvieron hacia Soraya. De Valery se plantó delante de ella.

—¿Por qué?

Doce

El amenazador semblante del caballero De Valery se encontraba a tan sólo un dedo de distancia del rostro de Soraya. Los músculos de su mandíbula se marcaban según apretara o relajara la presión de los dientes.

—¡Habla, ladronzuelo!

—Yo, yo, no puedo explicarlo, mi señor —tartamudeó.

—¿No puedes? —bramó—, ¿o no quieres? Por Dios, debería...

—Dejad al chico tranquilo —dijo Roger con serenidad—. Hasta donde puedo ver, no ha hecho nada malo.

Soraya estaba a punto de lanzar un suspiro de alivio cuando observó la mirada que le dirigía el monje. La estaba escudriñando con el ceño fruncido.

—Exactamente, hasta donde podemos ver —repitió Ricardo—. Pero sabe Dios qué nos oculta —la agarró por el cuello de la túnica y, dando un bufido, la zarandeó.

Con mirada implacable y expresión de pocos amigos, el monje acercó su cara enrojecida por el sol a la de Soraya.

—¿Es cierto que no has hecho nada malo, muchacho?

Antes de que pudiera contestar, la tomó por detrás y le retorció un brazo contra la espalda; ella lanzó un grito de dolor. El hombre santo le dio un nuevo tirón del brazo, y ella sintió un dolor tan agudo como si le clavasen la punta de un cuchillo; un dolor que iba desde el cuello hasta el codo. Parecía que se le iban a romper los tendones.

«No gritaré, no lo haré.» El monje siguió incrementando la presión, y ella dejó escapar un gemido.

—Dejad al chico —lo desafió De Valery.

—¿Por qué? —replicó imperturbable el hombre santo —. He aprendido que un poco de dolor es de lo más efectivo —dijo mientras seguía retorciendo el brazo de Soraya.

—Deteneos —contestó el caballero—. Ni siquiera un sarraceno haría daño a un niño. Soltadle.

El monje no le hizo caso y siguió apretando más.

—El chico sabe algo —gruñó—. Lo puedo notar.

El semblante de De Valery mudó. Se acercó y agarró al hombre santo del cuello.

—Soltadlo —ordenó. Soraya vio cómo se tensaba el antebrazo de su caballero según ejercía más presión.

—De Valery —murmuró el monje—, estoy desarmado.

—No lo estáis —Marc continuó apretando con fuerza hasta que los nudillos de su gran mano se pusieron blancos.

El monje trató de retorcerse para zafarse, pero Soraya le bloqueó el paso.

—Marc —dijo Roger sin perder la calma—. Pensad en lo que hacéis.

—Sí —respondió el caballero—. Ya lo hago —el sudor le corría por la frente, pero no aflojó la llave.

El monje emitió una pequeña queja y soltó de repente el brazo de Soraya.

Para ésta, volver a estirar el brazo fue una auténtica agonía.

Cuando ella se hubo alejado lo bastante del hombre santo, se volvió hacia él.

—¿Así se me paga por aliviar vuestra fiebre? ¿Qué clase de hombre sois vos?

De Valery la agarró por el hombro y la trajo hacia sí.

—Un hombre poderoso, muchacho. Ten cuidado.

El hombre santo escupió a los pies del chico.

—Quisiera saber por qué un asesino te busca a ti en lugar de a mí.

Soraya no podía explicarles por qué el agresor iba tras ella sin revelar que llevaba un mensaje para el rey de los ingleses, el mensaje que Saladino había confiado originalmente a su tío Khalil. Pero enseguida se le ocurrió una idea. Quizá había un modo de decir la verdad. ¡Sí! Era brillante, tan brillante que le habría gustado a Khalil. Por fin tendría la excusa que precisaba para pedirle a Marc que le devolviera la daga.

—Os diré lo que deseáis saber, mi señor —se dirigió no al monje, que la había lastimado, sino a su caballero—, porque mentir es un pecado contra Dios.

El monje puso los ojos en blanco, y Roger, detrás de él, contuvo la risa. De Valery no dijo nada, pero la miró de forma penetrante con aquellos ojos azules y aguardó. Su mirada era tan transparente y franca que Soraya se imaginó que podía verle el alma.

—No soy lo que aparento ser —dijo simple y llanamente—. No soy un esclavo; ni siquiera un criado.

—Ah, claro —se burló el caballero—. Y yo soy un santo.

El monje se acercó a ella.

—Entonces, ¿quién eres, chico?

—Os lo diré si...

—¿Si qué? —urgió impaciente Ricardo.

—Si prometéis no golpearme.

—¿Golpearte? Nada me complacería más, pero... —volvió la mirada a Marc y levantó las manos con las palmas hacia arriba—. Por lo visto tienes un paladín.

—Dos —corrigió Roger de Clare.

El monje se rió.

—¿Así que estoy rodeado? Muy bien, no te pegaré.

Soraya se tomó su tiempo, sopesando cuánto debía revelar. Lo justo para garantizarse su propia seguridad, pero no lo bastante como para levantar sospechas.

—Como dije, mi señor, no soy lo que aparento ser. Mi tío Khalil, que en paz descanse, es... era un espía de Saladino.

El hombre santo soltó una carcajada.

—¿Un espía de Saladino, dices? este chico tiene demasiada imaginación.

«Bien, No me cree», pensó Soraya.

—Viajé siempre con mi tío. Cuando era... cuando murió, me hice cargo de su misión.

—¿Y qué misión era ésa? —preguntó el monje entre risas.

—Debía entregar un mensaje.

El monje tomó una bocanada de aire.

—¿Y para quién era ese supuesto mensaje?

Soraya casi sonrió.

—Para el rey de los ingleses.

Los tres hombres se rieron a mandíbula batiente. Sin embargo, de pronto Marc se puso serio y frunció el ceño.

—Mientes —dijo.

—No, mi señor, no miento.

—Ya has mentido antes.

—Es cierto, pero ahora no.

—Qué historia más absurda. Eres un ladrón y un mentiroso. Cuentos de *djinns* para entretener a los niños.

—No, mi señor, creedme.

—Sólo eres un chico árabe a mi servicio, y yo soy el hombre del rey. No lo olvides.

—Claro —lo imitó—, y no olvidéis que yo soy el mensajero de Saladino.

—Esperad, De Valery —intervino el monje; se volvió hacia Soraya—. ¿Cómo pensabas encontrar al rey inglés?

—No lo sé. Cuando mi tío llegó al campamento franco con el mensaje, tenía que dárselo a cierto hombre para que a su vez se lo llevara al rey, pero... —lanzó una mirada a De Valery—. Mi tío murió antes de poder entregarlo.

De Valery resopló.

—Jamás he conocido a un cuentacuentos más imaginativo que tú, muchacho. Harás que nuestro viaje a Francia sea mucho más ameno.

Soraya sonrió con secreta satisfacción. Nadie la creía. En caso contrario, no se detendrían hasta apoderarse del mensaje.

—Así que —resolló el monje entre carcajadas—

afirmas que alguien no quiere que ese mensaje llegue a manos del rey.

—Y al estar muerto tu tío, según dices —terció Roger alzando la voz—, ¿ese alguien te busca a ti en lugar de a tu tío?

El monje dejó de reírse. De Valery se la quedó mirando fijamente. Dio una vuelta alrededor de ella y recorrió con la mano la rasgadura que tenía en el dorso de la túnica.

—¿Y si esas historias fuesen ciertas? —dijo cambiando el tono.

—*Et alors* —Roger rompió el súbito silencio—. Deberíamos... buscar al rey.

—¡No! —gritó De Valery—. Tendríamos que enviarle un mensaje... a Jerusalén.

Roger lo miró extrañado.

—Exactamente —se apresuró a confirmar el monje—. A Jerusalén.

Soraya titubeó.

—Entonces, mis señores, debo partir con rumbo a Jerusalén enseguida.

Todas las miradas confluyeron una vez más en ella.

—No puedes irte —dijo De Valery.

—Ah, me echaréis en falta, ¿verdad? —bromeó—. Pero vos mismo podéis aprender cómo elegir un melón maduro, mi señor. E incluso —del interior de la túnica sacó una hogaza de pan y un puñado de dátiles— cómo tomar prestada comida más sustancial.

—¡Válgame Dios, demos cuenta de eso! —De Valery tomó el pan y arrancó un pedazo—. Me muero de hambre —mientras masticaba intercambió una larga mirada con Roger de Clare.

Roger agachó la cabeza.

—Sí, supongo que también debo regresar a Jerusalén —dijo despacio.

—Y cuando volváis a Jerusalén —dijo el monje cuidando cada palabra—, transmitid mi saludo a su Real Majestad.

De Valery se acercó al hombre santo.

—Nuestro disfraz tal vez proteja al rey por un tiempo —le susurró—, pero no protegerá al chico. Apuesto que no buscan al rey, sino el mensaje.

Los ojos de Ricardo y Marc se posaron en Soraya.

—El mensaje —dijo el caballero con voz queda—, ¿dónde se encuentra?

—Aquí, mi señor, conmigo.

—¿Dónde? —insistió.

—No os lo diré. Debo entregárselo al rey de Inglaterra. Corazón de León, lo llaman.

—Tenemos medios para obligarte a hablar —la amenazó el monje.

—¿Me tomáis por estúpido? Podéis torturarme hasta la muerte, pero no defraudaré a mi amo.

—Valiente cháchara —se burló el monje— para un pequeño y enclenque muchacho desarmado y con las ropas raídas.

Ricardo lo agarró de forma brutal y asfixiante.

—En verdad no soy valiente —dijo entre dientes Soraya—, pero mi corazón es fiel —lanzó una rápida mirada a De Valery—. Imprudente quizá, pero fiel.

—Creo que el chico dice la verdad —dijo Marc al oído del monje—. Es cierto, su tío murió… accidentalmente; un acto que todavía me entristece y por el que siempre deberé pagar penitencia. El resto es un cuento demasiado inverosímil para que un hombre sensato lo ignore.

El caballero se acercó hasta ella.

—¿Confías en mí, muchacho?

—Sí, mi señor; hasta cierto punto.

—¿Qué te parece si te confieso algo a cambio del mensaje?

El monje la soltó de inmediato en medio de un repentino ataque de tos.

—Tened cuidado, De Valery —le advirtió.

—Daos cuenta de que el rey no estará a salvo si desconoce el mensaje de Saladino —le dijo al hombre santo—. ¡Debemos conocer su contenido!

Durante un segundo el monje lo miró furioso, pero luego apartó la vista.

—Haced lo que debáis, De Valery, pero si se demuestra que el chico miente, os mataré a los dos.

—Ven, muchacho —De Valery encaminó sus pasos de vuelta hacia la ciudad—. Tengo algo que enseñarte.

—¡Marc! —gritó Roger—. ¡Deteneos! Es inútil.

—Ya veremos —repuso en voz baja.

El hombre santo bufó contrariado.

—Dejad que se vaya, Roger. Aunque el chico lo vea con sus propios ojos, nunca lo creerá.

—No estoy tan seguro. Es astuto como él solo.

—¡Ja! —exclamó incrédulo el monje—. Robar pan en el mercado es un juego de niños. Esta intentando distraernos para salvar su miserable pellejo.

De Clare sonrió abiertamente a Ricardo.

—Me juego mi caballo a que sí existe ese mensaje.

—¡Trato hecho! —aceptó el rey.

En la posada, Marc fue derecho hacia su catre, levantó el colchón y sacó de debajo su bolsa de cáñamo. El chico lo miraba imperturbable. Detrás, Roger de Clare y el rey con su atuendo de monje entraron en la alcoba, se apoyaron contra el muro y observaron lo que hacía Marc.

Cuando éste encontró lo que estaba buscando, miró a Ricardo y luego sacó un pequeño objeto envuelto en seda blanca. Lo desenvolvió con cuidado y dejó caer un pequeño objeto de metal en la palma de su mano.

—El sello privado del rey inglés —dijo mostrándoselo a Soraya.

El chico se inclinó hacia delante, lo examinó desde todos los ángulos y, desconfiado, puso un dedo en el sello y le dio la vuelta.

—Hay un rostro —murmuró—. Con una corona en la cabeza.

—Un rey —corrigió Marc—, y la insignia de Ricardo Plantagenet.

Los inquisitivos ojos verdes de Soray se encontraron con los de Marc.

—No es la misma imagen que se veía en el estandarte sobre la gran tienda en el campamento franco; no es un león.

—Tienes buena memoria, muchacho.

—Y buena vista —agregó Roger dando un ligero toque al monje en el hombro.

—¿Qué te parece esto, muchacho? —el rey señaló con un gesto el sello de metal.

Soray levantó la cabeza y miró a Marc directamente a los ojos.

—Me parece que el caballero De Valery es más ladrón que yo.

—¡Ajá! —Ricardo se rió satisfecho dando a Roger un ligero empujón—. Entonces, chico —dijo despacio—, si, como dices, no estás tejiendo una tela de araña de medias verdades, déjanos ver ese mensaje que llevas.

—No, no puedo. No es para vuestros ojos.

Se hizo un silencio sepulcral en la pequeña habitación.

—Ya lo veis, Roger —dijo al fin Ricardo—. Después de todo era un farol. No existe el mensaje de marras. El chico no es un espía: sólo es un sirviente con una febril imaginación —le dio a Roger con el dedo en el pecho—. Me debéis vuestro caballo.

De Clare gruñó por su derrota. Ricardo se limitó a reír, satisfecho consigo mismo y por haber ganado la apuesta. Marc, sin embargo, miró a Soray.

—Creedme, muchacho —dijo con tranquilidad—. Corazón de León está cerca.

—¿Dónde pues?

—Aquí, entre nosotros.

—¿Por qué debería creeros?

—Porque soy yo quien te lo dice. Y porque, como tú dijiste, mentir es un pecado.

—Entonces —la voz del muchacho se convirtió en un susurro—, uno de los aquí presentes es el rey en persona.

Con mucha parsimonia, Soray se movió hacia Marc y tomó la daga del cinturón del caballero. Marc agarró la mano del chico, pero la volvió a soltar de inmediato. Algo en el tacto del chico, quizás la suavidad de su piel, lo turbó. Quería proteger y estrechar aquel pequeño cuerpo entre sus brazos.

De Valery se quedó de pie sin moverse, observando cómo los dedos de Soray rozaban el cinturón y sacaban la hoja.

¿Qué le ocurría? Se había quedado clavado, incapaz

de moverse mientras los pausados gestos de Soray lo mantenían embelesado. Los extraños ojos del chico parecían reírse de su desasosiego. Luego la expresión del muchacho se transformó en algo que no tenía nada que ver con la risa.

El chico levantó el arma. A Marc ni siquiera se le pasó por la cabeza ponerse en guardia; algún vínculo tácito ente él y el muchacho le aseguraba que no había peligro.

Soray pasó una mano sobre la empuñadura y con un movimiento seco y rápido extrajo el rubí. Un diminuto pedacito de pergamino arrugado cayó en la mano del chico.

Ricardo y De Clare, sorprendidos, contuvieron la respiración. Soray alisó el fragmento y, sin mirarlo, se lo pasó a Marc.

Estaba escrito en elegantes caracteres árabes.

—«A Ricardo de Inglaterra, en señal de hermandad» —tradujo Marc en voz alta, volviéndose hacia Ricardo.

—Seguid leyendo —el rey se puso tenso y se alejó unos pasos de la pared.

Marc entornó los ojos para leer aquella hermosa caligrafía.

—«Guardaos del águila que yace con el lirio. Estáis en inminente peligro».

—¡Ah! —saltó Ricardo—. El águila de Austria y la flor de lis de Francia: Leopoldo de Austria y Felipe de Francia.

—Hay una firma —anunció Marc—: Saladino.

—Es una artimaña —espetó Roger—. El sarraceno no envía notas de amor al enemigo cristiano.

—Sí lo hace —murmuró Ricardo—. Saladino es

un sarraceno, cierto, pero es honorable como ningún otro caballero que haya conocido. Además, antes de embarcarnos en Jaffa, acordé con él una tregua.

—Si no es una treta —afirmó Roger—, entonces el chico verdaderamente es un espía de Saladino.

Marc escudriñó a Soray. Por todos los santos, el semblante del muchacho era una máscara impasible. Pero no negó la acusación de Roger.

—Sal conmigo —ordenó al chico.

Marc se puso en cuclillas delante de su criado en el corredor.

—Me vas a responder algunas preguntas.

—Sí, mi señor —sus grandes ojos verdes lo miraron sin arredrarse.

—Y sólo me responderás con la verdad, o te mataré con mis propias manos.

—Sí, mi señor —la joven voz sonaba clara y segura.

Dios era testigo de que Marc sentía simpatía hacia el muchacho. El bribonzuelo se las había arreglado para ganarse un lugar en el corazón del caballero. A pesar de lo que había dicho, no le resultaría nada fácil matarlo.

—En primer lugar, ¿quién eres? Y no me digas que eres un criado. Ya sé que no lo eres.

—Cierto, no lo soy. Los árabes me raptaron y mataron a mi familia. Me llevaron a Damasco y me vendieron al harén del jeque. Mi tío, Khalil al-Din, me compró a la edad de diez años en una subasta de esclavos en el harén donde me crié. Él me entrenó como espía.

—¿Entonces él no era en realidad tu tío?

—En verdad, no; pero en la práctica, sí. Khalil fue muy bueno conmigo. Nunca pasé hambre en su casa.

—Intentaste matarme. ¿Era ése el deseo de tu tío?

—No. Trataba de vengar su muerte, pero al final... al final, descubrí que no podía hacerlo.

—¿Por qué no? —Marc contuvo la respiración aguardando la respuesta.

—Por muchas razones. Porque con ello no habría devuelto la vida a mi tío. Porque las sagradas escrituras enseñan que matar está mal. Y porque... —el chico bajó la mirada—, porque vos también fuisteis bueno conmigo. Estáis cansado de la guerra, harto de matar. Eso es misericordioso. Os he tomado cariño.

Marc sintió un estremecimiento.

—¿Por qué no llevaste el mensaje de tu tío directamente al rey?

A Soray le brillaron los ojos.

—Pensad, mi señor. Mi daga obraba en vuestro poder, y es en ella donde figura la nota de Saladino. Por lo tanto, tenía que seguiros adondequiera que fueseis. Y no podía pediros que me devolvierais el arma porque habría levantado vuestras sospechas. Vos pensabais que quería mataros.

Marc reflexionó durante un momento.

—Aquel espadachín árabe en el mercado... Quería evitar que entregaras este mensaje al rey. ¿Lo reconociste?

—No, pero hay asesinos árabes por todas partes. No es difícil comprar sus servicios.

—El águila y la flor de lis —murmuró Marc—. Sin duda quienquiera que desee interceptar este mensaje volverá a intentarlo. Nadie sabe que el rey está aquí, disfrazado.

—Entonces mi misión ha terminado.

—Hay hombres que matarían con tal de interceptar el mensaje, y asumirán que todavía no ha llegado a manos del rey. No estás seguro en ninguna parte.

—¿Y si regreso a Jerusalén con vuestro amigo De Clare?

—¿Por qué no te quedas aquí, con nosotros? Cuando el rey se encuentre a salvo en Inglaterra, el mensaje de Saladino carecerá de importancia. Ahora sería muy peligroso que volvieras a Jerusalén.

En realidad Marc no quería que el muchacho se fuera. Ahora que su hermano Henry había muerto, Marc luchaba diariamente por sobrevivir al dolor de semejante pérdida. Soray había sido el único rayo de esperanza que había confortado su espíritu esas pasadas semanas.

Cuanto más cerca estuviera Marc de su Escocia natal, más necesitaría de la alegre compañía de su increíble criado.

—¿Deseáis que os deje, mi señor? —Soray lo miró a los ojos.

—No —Marc acompañó su respuesta con un movimiento de cabeza.

Un destello de alegría brilló en los ojos del chico, pero al instante agachó la cabeza.

—¿Acaso no dudáis de quien una vez quiso mataros?

—Muchos son los hombres que desean mi muerte: normandos, sarracenos, incluso escoceses de clanes rivales, especialmente ahora que seré el señor de Rossmorven. El mundo no es un lugar seguro. La tuya, muchacho, es la amenaza más insignificante de todas.

—¿Insignificante? —Soray se irguió tanto como pudo.

Marc se rió.

—No te preocupes, muchacho. Ya crecerás

Sí, admitió Soraya. «Eso es lo que me da miedo».

Cada día su cintura se hacía más estrecha y los senos, constreñidos por el vendaje de lino, le aumentaban de volumen. Su instinto le decía que sería peligroso viajar como mujer por aquellas tierras extrañas y malvadas donde los caballeros traicionaban sus votos y las mujeres vendían sus favores en el mercado. Llamaría demasiado la atención.

A veces experimentaba una sensación inquietante inspirada por la presencia del caballero que ahora estaba allí de pie, delante de ella en el corredor.

El caballero extendió el brazo y le alzó la barbilla con el dedo.

—Es tu decisión, muchacho.

Ah, no, ella ya lo había decidido hacía tiempo. En el fondo, no se podía quitar a Marc de Valery de la cabeza. Aunque fuera un caballero franco, no soportaba la idea de abandonarlo. Nunca lo haría.

—¿Soray? —su voz sonó dulce—. ¿Qué decides?

Ella obedecería los dictados de su corazón, pero jamás podría decirle por qué.

—Me quedaré con vos, mi señor. Si os complace.

Trece

Guarecidos a la sombra de unos árboles, Marc escudriñaba el abarrotado callejón por el que habían salido corriendo.

—Estamos perdiendo el tiempo —dijo echando una ojeada al rey, que seguía vestido con su disfraz de monje.

—Por Dios, De Valery, dejadnos descansar —protestó Ricardo.

—No puedo. Tenemos que irnos esta noche sin ser vistos.

—¡Bah! Cerrarán la puerta al ponerse el sol. ¿Cómo vamos a sacar los caballos de la ciudad? ¿Volando?

—Esperaremos hasta que anochezca y luego saldremos por la puerta justo antes de que el guardián la cierre.

—Ricardo refunfuñó, pero se acomodó bajo un árbol a corta distancia de Marc, Roger y Soray. Sin intercambiar palabra, esperaron hasta la puesta de sol.

Marc aguardó hasta que fue casi de noche, y entonces hizo un gesto a Roger y al rey. En silencio, él y los otros dos hombres llevaron los caballos por el sombrío callejón hasta que estuvieron a tiro de piedra de la puerta oeste de la ciudad. Soray caminaba al lado de Marc, agarrada a la amplia manga de su manto.

Dos mercaderes, cuyas mulas iban cargadas de mercancías, entraron rezagados en la ciudad. Marc redujo el paso hasta que éstos desaparecieron por una de las calles que conducían a la plaza del mercado. Luego, apresuradamente, les hizo señas a Ricardo y a Roger para que pasaran delante. Roger sería el primero en salir de la ciudad; luego, el rey. Marc sería el último en hacerlo.

El vigilante comenzó a cerrar la puerta, y los enormes goznes de hierro chirriaron con estrépito.

—¡Esperad! —le gritó Marc. El hombre no prestó ninguna atención, sino que dobló la espalda para empujar el pesado portal. De estrecharse un poco más la abertura, los grandes caballos no podrían pasar.

Echando pestes, tiró de su montura. No iban a conseguirlo.

De pronto Soraya le soltó la manga y salió disparada como una flecha. Marc volvió a jurar. ¿Es que aquel muchacho no podía dominarse?

Soltó la correa de Júpiter y corrió tras él. Apremiado por detener al chico, lo agarró por el pecho. En ese momento, notó algo suave y redondo. Casi como...

¡Como los pechos de una mujer!

Soray lanzó un grito y Marc lo soltó. Se quedó mirando estupefacto al chico, que siguió adelante, alcanzó al guardián de la puerta y comenzó a tirarle del brazo.

—¡*Vatene, furfante!* —el vigilante lo intentó ahuyentar sin éxito.

Soray trató de comunicarse con el guardián mediante gestos.

Marc se quedó mirando la túnica que cubría la esbelta figura del muchacho. Notó cómo la oscura seda se estiraba con cada uno de sus movimientos, revelando unas caderas suaves y redondeadas, y una cintura estrecha. ¿Cómo no se había dado cuenta de ello antes?

Soray y el guardián de la puerta no dejaban de discutir, y Marc comprendió lo que pretendía el chico: entretenerlo para que Roger, el rey y él pudieran pasar. Soray insistió tanto que, dándose por vencido, el centinela volvió a abrir la puerta.

—El chico nos ha despejado el camino —dijo Ricardo volviéndose hacia De Valery—. ¡*Allons!*

Marc no se podía mover. Estaba hechizado por aquel cuerpo que ocultaba la túnica del muchacho. ¡Dios, Marc quería estrangularlo —estrangularla— por semejante engaño!

—¿Qué os sucede? —Ricardo lo miró impaciente—. Estáis pálido.

—Un... sólo es un ligero dolor —inconscientemente se llevó la mano al corazón.

—No hagáis caso —le gruñó—. ¡Usad las piernas que os ha dado Dios y moveos!

Marc reaccionó y se dirigió rápidamente hacia la puerta, todavía abierta. En ese momento, Soray se despidió del guardián y salió justo antes del caballero. Éste, furioso, se fue tras ella. Soray era una chica. ¡Una mujer! Lo había engañado. De aquellos labios sólo había salido una mentira tras otra. ¡Maldito chico! Había confiado en Soray.

¡Todo lo que se había preocupado por él chico, por no dejar que se acercara demasiado a Ricardo, por proteger su inocencia! Se rió con amargura. El muchacho y él se habían reído juntos; habían soportado calor, polvo y sed; hasta le había hablado de la muerte de su hermano Henry. ¡Por Dios, le había llegado a tomar cariño!

Parecía mentira que le hubiera tomado el pelo de aquella manera. Marc recordó las pequeñas y ágiles manos quitándole las botas, atándole los cordones del gambesón, ayudándolo a abrocharse el cinturón de la espada... frotándole el cuerpo desnudo con un jabón perfumado.

Se habían bañado en el mismo cuarto. ¡Incluso habían dormido en la misma cama! «¡Por todos los santos, debo de haber estado ciego!»

Se hizo completamente de noche. Se dirigían hacia el norte, la dirección que Marc había indicado, juntos, sin perderse de vista unos a otros.

En un arrebato innoble, Marc pensó por un momento en la posibilidad de abandonar a Soray en las montañas de Umbría. Desde luego, era algo impropio de un caballero, pero estaba tan furioso por haber sido engañado de aquel modo que la idea no le repugnó a su ofuscado cerebro. Además, no había que olvidar la responsabilidad añadida que representaba viajar con una mujer.

—Llegaremos a Montiano al amanecer —anunció a Roger y al rey de mala gana—. Dormiremos de día y viajaremos de noche.

De noche, cuando no tuviera que mirar a Soray; de noche, para poder pensar en otra cosa que no fuera en la joven sirviente por quien tanto cariño sentía.

Marc apretó la mandíbula y escudriñó la oscuridad. Descubrió un poco más adelante las ruinas de la muralla de una vieja fortaleza. Soltó a Júpiter y agarró a Soray del brazo. Les hizo una seña a Roger y al rey para que siguieran cabalgando, y sacó al chico bruscamente fuera del camino. Estaba tan enojado que tenía miedo de cometer alguna locura.

Parte de Marc no podía sino admirar el coraje y la inventiva del chico, de la chica, a pesar de todas las mentiras. Pero otra parte quería castigarlo hasta oírle suplicar piedad.

Al lado de la desmoronada muralla, Marc obligó a Soray a mirarlo a la cara. El caballero nunca había visto tal rebeldía en unos ojos: resplandecían de orgullo y arrogancia. Dio un paso hacia ella, pero ésta no se amilanó. Él agarró el turbante y se lo quitó. Los cortos y negros rizos de su pelo cobraron vida, pero ella seguía sin moverse. Alargó el brazo y le tocó un pecho, pequeño y suave, pero enseguida retrocedió. Las manos de Marc temblaban como hojas movidas por el viento, y para disimularlo metió los pulgares en el cinturón de cuero.

—Así que no eres un chico —apenas pudo mantener la voz firme.

—No, no lo soy.

Marc apretó los dientes.

—¿Cómo te llamas, pues?

—Mi nombre es Soraya —entonces, antes de que él pudiera reaccionar, le propinó un rodillazo en los genitales; y cuando se dobló en dos, le dio un puñetazo en la nuez.

—¡No me volváis a tocar jamás! —le gritó.

Marc, retorciéndose de dolor, oyó aquella la voz como si viniese de muy lejos.

—Te podría matar por esto —dijo él con voz ahogada—. Estaría en mi derecho.

—Matarme, ¿por qué? —lo desafió—. ¿Por protegerme a mí misma?, ¿o por engañaros? ¿Tan grande es vuestro orgullo, De Valery, que no podéis soportar un poco de humildad?

Él se enderezó y la miró durante un largo rato.

—No te atrevas a hablarme de esa manera. Sólo eres un sirviente — se volvió y se llevó ambas manos a sus partes mientras maldecía.

—No soy vuestro sirviente —sus palabras apenas fueron audibles.

Marc se quejó a causa del dolor en la entrepierna.

—Tengo una poción que aliviará...

—¡Al demonio con tus pociones! —la interrumpió.

Todo lo que quería era alejarse de ella. Llegó como pudo a su caballo, montó con cuidado y espoleó al animal hasta llegar al lado del rey.

—Es una noche suave y tranquila —comentó Ricardo.

Casi no pudo contener las ganas de reírse. Aquella noche era todo menos tranquila. Con un quejido, Marc encaminó a Júpiter en dirección a la estrella polar. Enseguida, Soray-Soraya trepó detrás de él y puso sus delgadas manos en el cinturón de la espada. Él no dejó de sudar hasta empapar el cuello de la túnica.

Cabalgaron en silencio hasta la salida de la luna, y de repente ella se inclinó hacia delante.

—Oigo algo, mi señor —le susurró—. Caballos.

—Yo también —contestó en voz baja. Que dios lo ayudara, ahora se sentía doblemente responsable de ella porque era una mujer.

El caballero dudó por un momento; luego sacó la daga con la incrustación de rubíes del cinturón y se la pasó por encima del hombro.

—Tómala. Deberías llevar un arma; además, es tuya. Si todo lo demás falla, podrás obtener protección a cambio del rubí.

—Os lo agradezco, mi señor —murmuró.

Soraya se echó hacia atrás para meter la daga debajo de la túnica y luego, descansar la mejilla sobre el manto del cruzado, volvió a asirse con fuerza a su cintura. Parecía que Marc llevara un pequeño y caliente sol ardiendo en la espalda.

Él apartó sus pensamientos de ella y dio un pequeño silbido. Roger bajó hasta su lado.

Sin aflojar el paso, Marc se inclinó hacia su amigo.

—Alguien nos sigue. Desviaos hacia el este con Ricardo. Yo continuaré hacia el norte y nos reuniremos mañana en Montiano, en el monasterio de San esteban.

—Dios mediante —le murmuró Soraya al oído.

Marc observó cómo el rey y Roger se alejaban hasta perderlos de vista en la oscuridad. Hizo una mueca de contrariedad por el ruidoso tintineo de las bridas y el crujido de las sillas de montar; sonidos que podían delatar su presencia.

Detrás de él, Soraya ladeó la cabeza y, de pronto, le dio con el codo para llamar su atención.

—Son dos los jinetes, mi señor.

Sólo dos. Marc suspiró aliviado. ¿Pero quiénes eran? Un franco iría tras el rey, pero un sarraceno querría a

Soraya o el mensaje de Saladino; o las dos cosas. No sería fácil deshacerse de dos jinetes bien armados llevando a la chica a la grupa.

—Creo que son francos —susurró Soraya—. Los jinetes árabes viajan en silencio. Los francos cabalgan como vos, mi señor, todo tintineo y ruido de cascos.

—Tu oído es agudo —refunfuñó.

—Al igual que vos, no deseo morir. Los asesinos de Saladino son tan silenciosos como sombras.

—Si Dios quiere, ambos saldremos con vida de ésta. Nos procuraremos refugio más adelante, en las ruinas de aquel molino —sin alterar el paso, lento pero regular, el caballero condujo el caballo hacia la derecha.

El pozo, o lo que quedaba de él, no era sino un montón de piedras cubiertas de sal. Marc se bajó del caballo, llevó a Júpiter hasta el otro extremo y lo obligó a tumbarse. Luego él y Soraya se agacharon al lado del animal.

—Esperaremos —los ojos del caballero sondearon la oscuridad.

No percibió ningún movimiento, pero oyó un leve ruido. Soraya estiró la cabeza en dirección al ruido e, inmediatamente, él le puso los dedos en la boca.

—No hables —le ordenó en voz baja.

Notó cómo se movían los labios de ella contra su piel, tersos y suaves como pétalos de flores. Retiró la mano con una sensación de culpabilidad.

El tintineo se hizo más fuerte, y se oyó cerca la voz de un hombre.

—*¡Beeilon sie sich!*

Soraya se acurrucó contra la tripa del caballo, y Marc le bajó la cabeza. Dios santo, incluso el suave turbante le quemaba los dedos.

Uno de los jinetes que se acercaba empezó a cantar en alemán una canción con una letra obscena; algo sobre un caballero hambriento y una joven campesina con los pechos tan blancos como la leche. El estribillo, de ritmo vigoroso, le hizo a Marc sentir vergüenza. Rogó por que Soraya no entendiera la lengua.

Pero los hombros de ella se movían. ¡Comprendía la canción! Se estaba riendo en silencio de aquella letra subida de tono.

Él le acercó la boca al oído.

—Si haces un solo ruido, te estrangularé aquí mismo.

Ella asintió con la cabeza, pero su delgado torso siguió moviéndose. Marc contuvo la respiración mientras los dos viajeros pasaban con ritmo lento y pesado a su lado. Por fin, el único sonido era la risa hiposa de Soraya. Estaban a salvo.

—No hay arte alguno en una canción franca —declaró ella—; sólo palabras groseras, nada de poesía.

Marc se incorporó para permitir a Júpiter levantarse.

—¡Poesía! ¿Qué sabes tú de poesía?

—Mucho, mi señor. Ovidio y Omar Khayyam, incluso el *Cantar de los Cantares* de Salomón.

—Mientes —espetó.

—No miento. «Qué hermosa eres —citó—, amada mía... Tus ojos son palomas...»

—¡Basta! ¿Cómo es que has sido educada por encima de lo que necesita un criado?

—No preguntéis —replicó con una voz extrañamente suave—. Pero sabed esto: soy sirviente sólo de vos.

—¿Entonces los espías sarracenos sí que están bien

entrenados? —se dio cuenta del tono de enojo que reflejaba su voz, pero no hizo ningún intento por controlarlo.

—Sí, mi señor, si así lo creéis —ella montó detrás, pero sin pegarse a él y guardando un estricto silencio mientras cabalgaban.

Horas más tarde el cielo comenzó a clarear. Si tenían la suerte de llegar a Montiano y al monasterio, Marc exigiría algunas respuestas a sus preguntas.

Catorce

Soraya apoyó la frente sobre la espalda de Marc y cerró los ojos. Tenía los brazos agarrotados de cabalgar tantas horas con los pulgares enganchados en el cinturón de la espada. Además, sentía calambres en el estómago producidos por el hambre. El olor a mar había dejado paso al olor a tierra de viñedos y olivares según se habían ido alejando de la costa. Pasaron por un pequeño edificio de piedra oscura. Por el olor que emanaba, Soraya se imaginó que sería un lagar, y se le hizo la boca agua, ya que tenía la garganta reseca.

El aire de la noche olía a polvo, y cerca de las ciudades la brisa transportaba el asqueroso hedor de la basura en putrefacción. Se levantó un viento frío, cuyas ráfagas azotaban la espalda de Soraya, apenas cubierta por una túnica de algodón. Tiritaba y le castañeaban los dientes. Apretó la boca con fuerza y presionó la nariz contra el caliente cuello de Marc.

Inmediatamente él puso la espalda recta.

—No os alarméis —murmuró Soraya—. No pienso manchar vuestro delicado manto.

El cuerpo de Marc se agitó levemente. ¿Acaso se estaba riendo de ella?

Soraya levantó la cabeza.

—¿Qué encontráis en esta fría y ventosa llanura que sea tan divertido? ¿No será mi nariz?

—No, no es la nariz —respondió—. Ahora que conozco el secreto que se esconde bajo esa túnica andrajosa, es difícil no imaginar lo que me roza, y no es precisamente tu nariz.

Soraya se echó hacia atrás.

—No penséis en eso —se apresuró a decir.

—Un caballo sediento busca saciar la sed —se rió.

—Vos no sois un caballo. Además, dudo que os estuviera rozando, ya que me vendé con una faja de...

—En efecto, soy un hombre —la interrumpió—, y como hombre tengo imaginación.

A pesar de estar tiritando de frío, Soraya sonrió. ¡Su caballero la tenía presente! Era consciente de quién era o, al menos, de qué era. Notó cómo la invadía una extraña sensación.

—Sí —aceptó—. Sois un hombre —por San Juan, aún estaba furiosa con De Valery por haberse propasado antes. Cierto, en represalia, lo había golpeado donde más le dolía, pero de alguna manera no le parecía suficiente.

—Quiero deciros algo —dijo ella—. Sentí vuestro dominio sobre mí cuando me tocasteis. No pude hacer nada para impedirlo porque sois mucho más fuerte que yo, pero estaba tan enfadada que quería mataros.

—No fuiste lastimada, Soraya. En cambio, yo sí.

—Pero me hizo pensar. Me podríais romper las piernas y los brazos, golpearme la cabeza con el puño de vuestra espada, abalanzaros con vuestro caballo sobre mi cuerpo indefenso y pisotearme en el polvo. Contra vos no tengo otra arma que mi inteligencia y...

¿Y qué? ¿Qué poder podría tener sobre un hombre una mujer?

—El poder de una mujer no reside en la fuerza bruta —dijo Marc agitándose en la silla.

—¿De veras? ¿En qué consiste? —inquirió Soraya.

—Por amor de Dios, dejad ya vuestra cháchara —y estuvo en silencio durante tanto tiempo que ella se preguntó si él había olvidado la pregunta que le había hecho.

De pronto tuvo la respuesta. Él mismo le había facilitado la pista: un hombre imagina cosas... ¡El poder de una mujer radicaba, sencillamente, en ser mujer!

Ella no podía dejar de sonreír. Ahora sabía de algo que le afectaba, y era algo que ella controlaba. Desde ese momento, no iba a poder resistirse a provocarle en su orgullo, en su arrogancia masculina, con un arte que casi había olvidado: ser mujer. Se vengaría por lo que le había hecho en el pozo.

—En el harén —comenzó bajito—... En el harén donde pasé diez veranos, a las otras chicas les enseñaron ciertas cosas, el poder de las palabras melifluas y de las suaves caricias. A mí no me enseñaron nada de eso, motivo por el cual en aquel tiempo no significaban gran cosa para mí. Pero ahora...

Marc se puso tenso.

Soraya se rió. Ahora entendía algo más. Ahora sentía un instinto en su interior que no había reconocido hasta ese momento; un anhelo.

Que Dios la ayudara, anhelaba que Marc la tocase. Como le había advertido su tutor, se trataba de una hoja de doble filo: «Ten cuidado de sentir su picadura antes de haber atrapado a tu presa».

Así lo haría.

—No estamos lejos del refugio —anunció él—. Montiano se encuentra al otro extremo de este valle.

Ella miró detenidamente por encima del hombro de Marc, pero no pudo ver nada que no fueran las espesas y negras sombras de la noche.

—¿Podéis ver entonces en la oscuridad? —preguntó Soraya.

—Conozco este camino. Lo he recorrido antes.

—¿Y vuestro rey? ¿También lo conoce?

—Sí, lo conoce —dijo con voz cansada—. Siempre y cuando preste atención y no se descuide. La hermana del rey, Juana, es reina de Sicilia: Ricardo le tiene afecto. Y su mujer, Berengaria, también es de allí. Dos palomas en una jaula de halcones.

—Ah, sé lo que es eso. En el harén yo era un pájaro rodeado de gatos. Salvo que los eunucos no tienen...

—¡Basta! —ordenó Marc—. Por el amor de Dios, mantén tus labios cerrados.

—No me deis órdenes. No soy vuestro esclavo.

—Mientras estés conmigo, Soraya, harás lo que yo diga.

Ella soltó las manos del cinturón de la espada y le puso los dedos en las costillas inferiores.

—Por supuesto —dijo con su voz más suave.

—Eres insolente —la recriminó.

—Sí, pero, como vos habéis descubierto, también puedo ser... sorprendente.

—Pones a prueba la paciencia de un hombre, Soraya.

—Sí —dijo de nuevo—. Me entrenaron para eso.

Marc puso a Júpiter a medio galope, y ella tuvo que agarrarse firmemente a su cintura para no caerse.

—Allí arriba —señaló el caballero—. El monasterio; más allá de aquellos árboles.

Por fin, pensó Soraya. Un santuario para resguardarse del frío y del viento, y del lacerante dolor de sus muslos. Necesitaba un respiro de las incomodidades del viaje. Un respiro de él. Sola, podría asearse la piel y el pelo, y quitarse el vendaje que le oprimía los pechos, dolorosamente hinchados a causa de la fuerte presión.

Un muro de piedra gris, silencioso y oscuro, se levantaba ante ellos. Una única puerta negra de hierro lo aislaba del mundo.

El muro era liso, sin los típicos adornos y arabescos que se ven en los lugares santos del Oriente. ¿Acaso aquellos monjes no honraban al Señor mediante la ofrenda del arte?

—No me gusta esta tierra romana —soltó ella—. Sus aldeas huelen a comida podrida y sus edificios son demasiado austeros.

—No tienes ni idea —refunfuñó Marc—. Roma es la sede del Sacro Imperio.

—Constantinopla es la sede del Sacro Imperio —lo retó—. este lugar es extraño.

—Para un cristiano, este lugar es el centro del universo —guió con suavidad a Júpiter hacia la entrada del monasterio; al llegar, tiró de la cuerda de la campanilla.

—El centro del universo, por supuesto —se burló Soraya—. Incluso la Tierra sobre la que estamos no es el centro del universo.

—Así lo creemos los cristianos.

—Los cristianos educados no creen eso —de nuevo sintió cómo se tensaban los músculos de la espalda de Marc.

—¿Qué sabrás tú del universo, si no eres más que una muchacha?

—En el harén, me enseñaron...

—¡No quiero saber más de tu harén! —rugió.

—Me tomas por una infiel, ¿verdad?

La mano que sujetaba las riendas se movió nerviosamente.

—¿Acaso no lo eres?

La rejilla de la puerta se abrió con un chirrido, y una cara apareció detrás del forjado.

—La paz sea con vos —dijo una voz.

—Y con vos —respondió Marc—. Somos viajeros buscando refugio para esta noche.

—¿Cuántos sois?

—Dos.

—Muy bien —la puerta hizo un ruido y luego se abrió—. Entrad en paz. Soy el hermano Andreas. Otros viajeros ocupan la cámara de huéspedes, pero hay otro...

—¿No tenéis dos cámaras? —interrumpió sorprendido.

El monje miró a Marc y frunció el ceño.

—No somos una orden opulenta, *signore*. Sólo disponemos de una cámara. Suficiente para vos y... —aquellos ojos azul pálido examinaron a Soraya, montada a la grupa de Júpiter—. Y vuestro sirviente.

Pasaron con el caballo, y el monje cerró la puerta tras ellos. Marc volvió a formularle a Soraya la misma pregunta en voz baja.

—¿No eres una infiel?

—No —le murmuró al oído—. Mis padres eran cristianos. Fui educada como mahometana porque mis tutores profesaban esa fe. Pero yo siempre he sido cristiana.

Marc contuvo el aliento.

—Sí, olvidé que fuiste vendida como esclava.

—Siempre me he sentido sola, incluso en el harén, rodeada de gente. Yo... no me integré.

Marc se quedó con la mirada perdida en los austeros muros del monasterio de San esteban. «Siempre he me he sentido sola». Aquellas palabras se le clavaron en el pecho. Pensó en su hermano recién fallecido. Henry lo había acompañado desde que podía recordar. Le había enseñado a montar, a entrenar halcones, incluso cómo dirigirse a una noble dama; cómo reír.

Nunca volvería a ver a su hermano: ahora él también estaba solo. Se le hizo un nudo en la boca del estómago.

Le inundó un poderoso deseo de proteger a Soraya. Lo había sentido antes, en la travesía hacia Chipre, cuando sólo la conocía como Soray, un chico. Algo en la valerosa muchacha había despertado su admiración y la preocupación por su bienestar.

Su bienestar. Por Dios, una tupida red se estaba tejiendo alrededor de su corazón. No podía dejarla a su suerte, del mismo modo que no pudo abandonar a Henry cuando éste se cayó del caballo; ni abandonar a Ricardo, su señor, en su viaje de vuelta a Inglaterra.

El monje, que llevaba una túnica blanca, se apartó

para observar cómo el caballo de Marc entraba en el patio. Todavía aferrada al ancho cinturón del caballero, Soraya hizo una reverencia con la cabeza al pasar por delante del monje, y éste enarcó sus pobladas cejas.

Soraya reparó en su cara: era redonda y brillante como la luna. Se fijó también en sus manos, en la piel pálida y en los dedos largos y limpísimos. Ella sabía que los santos hermanos compartían el trabajo de cultivar la tierra y recoger la cosecha; sin embargo, este monje de cara redonda no parecía agricultor, sino un hombre que trabajaba en el interior, lejos de los rigores del frío del invierno y del caluroso sol del verano.

No le dio buena espina. Había algo en el hermano Andreas, como él mismo decía llamarse, que resultaba extraño: quizás la dulce, casi infantil, expresión de su rostro. O el hecho de que insistiera en observarla con tal curiosidad en su mirada.

—La caballeriza está por ahí, *signore* —indicó el monje—. Ya hay dos soberbias monturas en el interior, pero queda un compartimiento vacío.

—Muchas gracias, hermano Andreas —Marc separó las manos de Soray, que le rodeaban la cintura, y ella saltó al suelo; luego desmontó él.

La muchacha lo oyó reírse entre dientes y mascullar para sí:

—¿Una soberbia montura? ¿Esa bestia renqueante que compré para Ricardo por una módica suma?

El hombre santo izó un pequeño farol hecho de metal troquelado.

—Venid —atravesó con paso lento el patio adoquinado hasta una destartalada estructura de madera enclavada cerca del muro occidental del monasterio. La puerta de doble hoja se abrió soltando un chirrido, y

Marc y el hermano Andreas desaparecieron en su interior.

Soraya contempló lo que podía verse de los oscuros edificios del monasterio. Unos soportales con techos de madera bordeaban el patio interior. Se oían voces de hombre entonando canciones religiosas. Qué paz se respiraba en aquel lugar. Al fin se encontraban a salvo, protegidos del mal tiempo y de los bandidos.

Pero cuando Marc salió de la cuadra, seguido del hermano Andreas, su expresión era de pocos amigos.

—Vuestra alcoba se halla en esta dirección —anunció el hermano Andreas—. Cerca se hospedan los dos viajeros que llegaron antes de vos.

—Hablaré con ellos —afirmó Marc.

—¿Cómo?, ¿ahora? Ya han pasado las vísperas: estarán durmiendo —el monje se detuvo al lado de una puerta redonda, la abrió y la iluminó con el farol.

La habitación sólo tenía una estrecha cama, con algunos manojos de paja sobresaliendo de la funda. Había un sencillo arcón de madera en la pared de enfrente.

Con una dulce sonrisa, el hombre santo colocó el farol sobre el arcón y les hizo una señal para que entrasen.

—Que Dios os conceda un descanso reparador, *signore*.

Quince

La puerta de la alcoba se cerró de golpe. Soraya observó el pequeño catre; luego vio la expresión mal encarada de Marc.

—¿Qué pasa?

El caballero se acercó hasta la ventana, protegida con rejas. Mirando hacia la oscuridad, farfulló dos palabras:

—Los caballos.

—¿Qué les pasa? —preguntó Soraya.

—El hermano Andreas tenía razón: ambos ejemplares son formidables. Pero ninguno pertenece a Roger de Clare ni al rey.

Soraya contuvo la respiración.

—¡Pero ellos están durmiendo en la cámara de al lado! ¿Cómo pudieron llegar hasta aquí sin…?

Marc frunció el ceño.

—No han venido. Se han perdido, o demorado o… Los viajeros que se alojan aquí son forasteros.

—¿Cómo podéis estar tan seguro? Sólo porque sus caballos…

—Que Dios me perdone —exclamó Marc— ¿Qué es lo que he hecho? ¡Juré proteger al rey!

Salió de la habitación dando grandes zancadas, cerró la puerta de un portazo y entró en el oscuro soportal. Soraya oyó el ruido que sus botas hacían contra las piedras del patio.

—¿Adónde vais? —le preguntó yéndose tras él.

—A ensillar mi caballo. Debo encontrar a Ricardo.

Ella se quedó sin saber bien qué hacer. ¿Sería cierto que el rey y Roger no habían llegado? No tenía sentido. Marc estaba equivocado. Tenía que estar equivocado. Seguramente su amigo y el rey estarían durmiendo en la alcoba de al lado.

Se lo demostraría antes de que pusiese su vida en peligro a causa de aquel desmedido sentido del honor. Se dirigió de puntillas hacia la cámara adyacente y observó el sencillo tirador.

Puso su mano en el grueso cerrojo de hierro y lo empujó hacia la izquierda sin hacer ruido, hasta que dio un fuerte chasquido.

—¿Quién está ahí? —tronó una potente voz—. ¡Dejaos ver!

Una segunda voz gritó algo en alemán.

Ella volvió a cerrar la puerta y salió como una flecha hacia su alcoba. Marc no se había equivocado después de todo. Ninguno de los dos hombres era el rey Ricardo ni Roger de Clare.

Una tenue luz cruzó el patio interior. Un grito, luego ruido de cascos, y oyó abrirse la puerta del monasterio. Ya se había marchado. Podría ser una locura, pero estaba comenzando a entender mejor a aquel hombre por el que se sentía tan atraída. Él iba a arriesgar su vida por cumplir con su palabra.

Se tumbó en la cama a esperarlo, sin intención de dormirse. Pasaron las horas y no regresaba. Por fin, antes de que amaneciera, oyó la campanilla de la entrada. ¡Había vuelto!

Saltó de la cama, abrió los postigos de madera y miró a través de las rejas de la ventana.

El primer caballo en pasar por la puerta fue la yegua de lomo hundido del rey. Pero era Marc quien iba montado en ella; Roger y el rey iban detrás en dos caballos. Era lógico: de ser atacados en el camino, el rey estaría más seguro con Júpiter.

Soraya se mordió el labio. ¿Qué sería lo que les habría pasado? Salió apresuradamente a los soportales y cruzó el patio.

—Marc... —de pronto se dio cuenta de que el rey y Roger aún la tomaban por un criado—. Mi señor, ¿estáis bien?

Su caballero se bajó de la yegua y cayó al suelo. Tenía un aspecto lamentable; no parecía estar bien. ¿Estaría herido? ¿O enfermo? Ella se arrodilló a su lado.

—¿Mi señor?

Lo recorrió con la mirada. No había sangre. Las lágrimas le escocían bajo los párpados.

—Marc —susurró, mirándolo a los ojos.

—Lo encontré en una taberna, con una cerveza... —De Valery se ahorró el resto—. Y Roger... como el buen normando que es, yacía borracho debajo de la mesa. Qué dos.

Soraya se rió, en parte porque le hizo gracia; en parte porque se sintió aliviada. Marc no estaba herido y había encontrado al rey. Al mirarse el uno al otro, la expresión de la muchacha se convirtió en una generosa sonrisa. Pero Marc no se levantaba del suelo.

—¿Por qué os caísteis del caballo? —preguntó ella. Seguramente él podía oír los latidos del corazón de Soraya.

—Tengo las manos tan frías que no pude agarrar las riendas. Fue un milagro que ninguno de nosotros muriese congelado.

Soraya miró a Roger y al rey, aún a lomos de sus monturas, pero encorvados sobre los cuellos de los de los animales. Ricardo parecía embotado, pero tenía una expresión de felicidad. Roger tenía un color verde, como de agua estancada.

—Borrachos —murmuró Marc—. Los dos.

—¿Adónde van a dormir? Las alcobas están llenas.

—En la caballeriza. Huelen como un carro de cebada podrida por la lluvia.

Soraya observó al hermano Andreas llevarse los dos caballos, con sus respectivos jinetes, hasta la cuadra. Rápidamente agarró las riendas de la yegua y lo siguió.

Marc se sentó despacio. Estaba reuniendo fuerzas para levantarse y llegar hasta la cama. Estaba tan enojado con Ricardo que optó por no dirigirle la palabra: ya hablaría con su señor por la mañana.

Bostezó, se puso de pie y se encaminó tambaleándose hacia la alcoba. La delgada figura de Soraya, vestida con una camisa y unos anchos pantalones, se deslizó bajo su hombro para ayudarlo.

—Debo bañarme, Soray —dijo entre dientes—. Estoy plagado de pulgas de taberna, y tú... —pasó su brazo por los hombros de ella— ... tú hueles como una oveja mojada.

—No lo dudo —susurró—, pero recordad que huelo como una oveja, no como un carnero.

Él apartó su brazo y carraspeó.

—Sí, ahora lo recuerdo, aunque hubiese preferido no hacerlo.

—Aquí, mi señor —le hizo pasar a la habitación.

Marc echó un vistazo al catre, adonde llegó dando trompicones; exhaló un suspiro y se estiró en el jergón.

Así que ella olía como una oveja, ¿no? ¡Y él había olvidado que era una mujer! La había llamado Soray como si aún fuera su criado. ¡Dios santo, apenas se fijaba en ella! ¿Era éste el valiente caballero que admiraba? ¡Para él era tan importante como un hueso en una olla de sopa!

Se lo quedó mirando hasta que le escocieron los ojos. Y había pensado en conquistarlo con su recién descubierta feminidad. ¿Eran tan ingenuas todas las mujeres?

Qué se le iba a hacer.

Soraya había alcanzado a ver un estanque de peces en uno de los extremos del patio, así que decidió descolgar una palangana de metal que pendía de un clavo en la pared del cuarto e ir a recoger un poco de agua para asearse.

El agua estaba helada, pero se restregó y chapoteó a la sombra de un viejo ciprés usando como trapo para lavarse la faja del pecho. Tiritando de frío, se puso de rodillas al lado del estanque, se quitó el turbante y sumergió el pelo en el agua. Le dolieron los oídos de lo fría que estaba.

No tenía jabón, pero se sintió más limpia con tan sólo quitarse de encima el polvo acumulado del camino. Le había crecido el pelo; pronto tendría que cortárselo otra vez como hizo antes de abandonar Damasco con Khalil.

Se escurrió el agua del pelo. Al menos era mejor oler como un pez que como una oveja.

Se detuvo a la entrada de la habitación para contemplar el cuerpo inerme de Marc. Tenía un brazo doblado sobre la cara. El tórax se movía al ritmo de su respiración. Podría bailar descalza sobre su estómago y él no se despertaría.

Enseguida tomó una decisión.

—Correos a un lado —farfulló, y acto seguido subió al catre y se puso de tal manera que se acurrucó de espaldas contra su pecho.

La misión para Saladino había terminado, aunque el líder musulmán no lo sabría hasta que Ricardo pisara suelo inglés. En todo caso, ella había cumplido con su deber. ¿Tenía sentido proseguir ese penoso viaje con un hombre que pensaba primero en su rey y luego en una mujer? Marc ya había olvidado que ella no era un criado, sino una chica; una mujer que había recibido educación. Tal vez todo eso le daba igual.

—Mañana —se dijo en voz baja mientras se le cerraban los ojos. No importaba cuánto le gustase «su» caballero; al día siguiente pediría a Roger de Clare que la llevara de vuelta a Jerusalén.

Marc soñó con su hermano. Henry estaba herido y se encontraba solo en un árido desierto. Entonces llegaba él para ayudarlo, para aliviarle el dolor y evitar que muriese. Lo estrechaba entre sus brazos, pero el cuerpo de Henry comenzó a volverse más y más ligero hasta que se le escapaba de las manos y se elevaba hacia el cielo.

—¡Esperad! —gritó Marc angustiado—. ¡Esperad!

Se despertó dando un grito. Las piernas le temblaban y parecía que el corazón se le iba a salir del pecho. ¡Henry, Dios santo!

Sólo había sido un sueño. Permaneció tumbado sin moverse hasta calmarse. Luego cambió de postura.

De pronto se dio cuenta de que tenía algo suave y caliente estirado a su lado. Se incorporó sobre un codo y vio a Soray. Estaba acurrucada junto a él.

¡Dios mío, no era Soray quien dormía a su vera! Una mata alborotada de rizos negros le tapaba media cara y desprendía un aroma fresco y ligeramente dulce.

¡Soraya! ¡Era Soraya quien estaba allí tumbada!

Lanzó un suspiro y contempló la inequívoca forma de una mujer. La túnica se adaptaba a la curva de sus pechos, y su cuello doblado hacia delante le dejaba al descubierto la nuca. La piel parecía blanca y suave, sin tacha.

Se arrimó más a ella. Parecía tan pequeña, tan indefensa. Y, ay Dios, olía tan... femenina.

Tenía la boca algo abierta. Su aliento olía a menta y a algo más dulce.

Él contempló sus facciones: la negra hilera de pestañas posada en su cremosa mejilla; una boca que parecía tan suave como la pulpa de una ciruela madura. Una oreja pequeña, perfecta, asomaba por entre la maraña de pelo negro. Bajo las capas de polvo y arena del desierto se escondía una belleza.

Con cuidado, se volvió a estirar sobre el catre y se quedó mirando el techo de madera. No podía pretender nada; no tenía derecho alguno: a una mujer tan deseable como Soraya la tenían que estar esperando numerosos pretendientes en Damasco.

Se volvió hacia ella despacio y, con delicadeza, le puso el brazo sobre la cintura. Debía velar por su bienestar. Protegerla del frío y de la enfermedad, de los bandidos, de los verdugos de Saladino.

Exhaló un pequeño gemido y cerró los ojos. Protegerla de sí mismo.

Dieciséis

Soraya se inclinó y le dijo algo al oído a Roger de Clare. El caballero soltó una carcajada.

—Imposible —aseguró—. De Valery ha jurado proteger a su rey. Lo comprendes, ¿no, chico? Es un asunto de honor para un caballero cumplir con su palabra.

—Pero...

—De Valery no puede hacer esto solo, no importa lo valiente que sea en la batalla. No puedo permitírselo, muchacho. Con enemigos ansiosos por destruir a Ricardo, será difícil, incluso peligroso, llegar a Inglaterra. Yo le he jurado a Marc lo que él ha jurado a Ricardo. No regresaré a Jerusalén hasta que el rey descanse a salvo en suelo inglés.

Soraya separó las manos y asintió con la cabeza.

—Lo comprendo. Volveré a plantearlo cuando sea oportuno.

—Cuando lleguemos a Inglaterra —corrigió Roger con amabilidad—. Tú eres ahora parte de esta empresa. De Valery sirve al rey, y tú sirves a De Valery. Te necesita.

Soraya se quedó con la boca abierta.

—¿Me necesita? —susurró—. Su corazón se llevó una gran alegría—. ¿De veras lo pensáis?

Roger le dio una palmadita en el hombro.

—Mantienes su moral alta, Soray. No sé cómo lo haces, pero desde que te uniste a él se ha reído más que en todo el tiempo que ha pasado en Tierra Santa. Ni siquiera con la muerte de su hermano se ha visto tan afectado como después de Acre. Eres bueno para él, chico. Estamos en deuda contigo por este servicio.

Soraya se quedó mirando fijamente al caballero. ¿Era buena para Marc? ¿De verdad le importaba?

— Si cuando llegue la primavera todavía lo deseas, te llevaré conmigo a Jerusalén; suponiendo que sigamos vivos, claro.

—¿Todos los caballeros son así? ¿Todos cumplen su palabra de honor?

—Sí —contestó Roger mientras se masajeaba las sienes—. Es la costumbre entre hombres cristianos civilizados.

Ella se sentó sobre los talones y lo observó.

—Tengo hierbas que aliviarán vuestro dolor de cabeza. ¿Queréis que os prepare un...?

—Por Dios, no —la interrumpió—. Eres un buen muchacho, Soray. Un chico valeroso e inteligente, pero ahórrame tus remedios. Ricardo aún se queja del té que le preparasteis.

—Pero lo curó, ¿no?

—Bueno... sí, eso dice. Pero después de la última

noche, mi estómago no está lo bastante asentado como para asimilar nada.

Marc miró medio dormido hacia el espacio vacío que había a su lado en el jergón. Dios mío, ¡Soraya se había marchado! Pero, ¿a dónde?, ¿a robar pan y queso de la mesa del refectorio?

Se terminó de desperezar. Soraya no era tan estúpida como para abandonar sola el monasterio. De hecho, sabía perfectamente que era demasiado inteligente.

Marc se dirigió hacia la puerta de la cámara sin ponerse las botas ni la cota de malla, y salió al patio. El aire de la mañana era tan frío que le escocía en los pulmones.

La caballeriza: sin duda sería allí donde ella iría para «tomar prestado» un caballo. Abrió la puerta de la cuadra y aguzó la vista para ver en la penumbra.

El rey Ricardo estaba tumbado sobre la paja, con la cabeza apoyada en sus grandes manos. Junto a Roger, de rodillas e iluminada por una cuña de tenue luz proveniente de la puerta, estaba Soraya, otra vez con el pelo oculto bajo un grueso turbante y el pecho plano como un plato para trinchar.

Ella se puso de pie al lado de Roger, pero se quedó mirando al suelo. Un sentimiento irracional de rabia invadió a Marc. ¿Por qué estaba Soraya al lado de su amigo?

—¿Y qué conspiración tenemos aquí? —dijo con voz seca.

—Quédate con tus hierbas, chico —murmuró Roger—, que yo no diré nada del otro asunto. Ahora, ayúdame a levantarme.

Con la ayuda de Soraya, y pese a la debilidad que sentía en las piernas, De Clare consiguió ponerse de pie y volver con cuidado la cabeza.

—No hay ninguna conspiración, Marc. Sólo un hombre arrepentido con un terrible dolor de cabeza.

—Ya somos dos —se oyó la voz del rey—. ¡Cerrad esa puerta, De Valery, antes de que la luz me deje ciego!

Marc cerró la puerta de la caballeriza de una patada.

—Tenemos que hablar —espetó.

El rey se estremeció.

—Tranquilo, hombre. Tengo un jabalí pisoteándome la cabeza.

—Sí, sí, menudo jabalí, señor. Yo diría que lo que tenéis es demasiado vino.

—¡No gritéis, maldita sea! Y por lo que más queráis, no es el momento de que recordéis nada.

Marc lanzó una mirada asesina a Ricardo.

—Fue una peligrosa imprudencia por vuestra parte meteros en una taberna.

—¡Tonterías! —gruñó Ricardo—. No dije una palabra a nadie salvo a la criada con quien... —miró hacia Soraya—... que me atendía.

Roger se apartó de Soraya.

—No volverá a pasar. Lo juro.

Marc se dio la vuelta y se puso a caminar de un lado a otro.

—Un «monje» no coquetea con mujeres. Eso llamaría la atención de cualquiera, lo que sería peligroso.

—Claro —protestó Ricardo—, ¿entonces debo permanecer célibe todo el viaje hasta Inglaterra? ¿Quién da aquí las órdenes: yo o vos?

Marc maldijo entre dientes.

—Yo —respondió sereno—. Me confiasteis vuestra vida, mi señor, y haré lo que deba para salvaguardarla, tanto si os...

—Si, ¿qué? —le interrumpió.

—Perdonadme, excelencia. Tanto si os gusta como si no.

Ricardo se puso de pie dando un rugido de dolor y se tapó los ojos con una de sus enormes manos; la otra la puso sobre el hombro de Marc.

—Sois un buen hombre, De Valery.

Marc volvió la vista hacia el techo del establo.

—¿Podéis montar?

—Sí —contestó Roger.

—No —refunfuñó el rey al mismo tiempo.

—Ensillad los caballos —ordenó Marc con un tono que no admitía contradicción.

Roger frunció el ceño.

—¿No desayunamos?

—No.

El rey hizo un gesto con la cabeza.

—¿Quizás el chico, Soray, podría...?

—¿Robar algo para confortar vuestra barriga? De ninguna manera —se giró hacia Soraya—. Además, es...

Iba a decir «mi sirviente», pero en lugar de eso se quedó mirando al lugar donde ella había estado hacía un momento.

—Se ha ido —¿dónde se habría metido esta vez?

Una hora después, los tres hombres sacaban a las bestias, ya ensilladas, fuera de la caballeriza. Marc acarició el costado de Júpiter y luego le pasó la mano por el musculoso cuello.

¿Dónde estaba Soraya? No podían retrasarse más. Ricardo se subió torpemente a la yegua. Roger, con el estómago revuelto, trató por tres veces de meter el pie izquierdo en el estribo.

Aún no había rastro de Soraya: ¿dónde demonios estaba?

Las voces del coro en el templo cantando maitines llegaron hasta la parte trasera del patio. Había pasado mucho tiempo desde que no escuchaba misa. Reparó en ello cuando supo de la muerte de su hermano Henry, pero de algún modo sentía que no tenía derecho: aún tenía el alma teñida de rojo por la espantosa matanza de Acre.

Ahora que deseaba a una mujer, se sentía todavía menos digno; una mujer disfrazada de chico, exasperante e impredecible, pero una mujer al fin y al cabo.

Volvió la cabeza en dirección al canto de los monjes. Según escuchaba la ascendente melodía, le invadió un mar de soledad. Su alma ya no estaba en armonía con su cuerpo de guerrero; echaba en falta algo. Tal vez el simple roce de un camarada de armas, una palabra, un gesto, incluso una palmada en el hombro; simplemente algo que le dijera que su vida tenía sentido, que era merecedor de vivir y respirar en medio de tanta destrucción y muerte.

El hermano Andreas apareció por el patio de las caballerizas llevando un poni de aspecto saludable. Detrás de él iba Soraya bailando y sonriendo como si acabase de comer dulces y leche.

—¡Mirad! —dijo señalando al pequeño caballo marrón—. ¿No es preciosa?

En verdad, el animal parecía haber recibido buenos cuidados.

—Es una montura demasiado pequeña para Ricardo, ¿así que por qué...?
—Es mía —anunció llena de orgullo.
Marc resopló.
—Lo ganaste a los dados, ¿verdad?
Soraya le lanzó una mirada desafiante.
—Lo compré.
—No me digas. ¿Debo creerlo? ¿Lo compraste con qué? ¿O has vendido mi cota de malla?
—La compré —le respondió en el mismo tono que él empleaba— con moneda de ley. Un bezant de oro.

Marc observó la rebelde inclinación de la barbilla de Soraya. No la creyó ni por un instante, pero también sabía que era mejor no desafiarla. En caso contrario, improvisaría alguna historia que terminaría por convencer al rey, y él parecería un tonto. Ojalá Soraya pudiera quedarse allí: en el monasterio estaría a salvo, protegida.

Y él podría dejar de pensar en ella.

Soraya se apartó del hermano Andreas y miró a Marc a la cara.

—Debéis admitir, mi señor, que es mejor que compartir la misma montura.

Él se la quedó mirando fijamente.

—Sí que lo es —concedió—. ¿Dónde robaste el bezant de oro para pagar el animal?

—Yo no robo, mi señor.

—Ah, lo olvidaba, tú «tomas prestado». Eres peor que una plaga de langostas. Ojalá te hubieras quedado...

Ante la mirada de curiosidad del rey, Marc hizo un esfuerzo por contenerse. Ojalá se hubiera quedado en Jaffa, pensó; ojalá hubiera seguido siendo un chico.

—No podemos volver atrás —dijo ella sin alzar apenas la voz.

Marc negó con la cabeza.

—Tenemos que hacerlo.

—Entonces seremos compañeros, como antes. Por ese motivo compré el poni.

Marc se inclinó hacia ella.

—Podrías quedarte aquí, en San esteban —dijo sin que nadie más lo escuchara—. Estarías segura. Dejaría dinero para tu cuidado.

—Prefiero ser vuestro compañero —murmuró—. He comprado este animal para nuestros viajes —ella le echó una ojeada de soslayo—. ¿Acaso no he sido un buen compañero?

Marc palideció al escuchar aquello. Debía ser sincero. ¿Se sentía su compañero?

Dios santo, la respuesta era que sí, y más que eso. Se había encariñado con Soray antes de descubrir que era una chica. Ahora era incluso peor: le tenía aún más apego.

No, era algo más. Por una parte, quería deshacerse de Soraya, dejarla allí en el monasterio y olvidar la extraña atracción que ejercía sobre él. Por otra, no quería separarse jamás de ella.

Marc reprimió un gemido, se subió a la montura y se dirigió hasta la entrada del monasterio. El hermano Andreas le hizo un gesto a Soraya para que se subiera al poni y se adelantó para abrir la puerta.

—Que Dios os guarde —exclamó el monje, al tiempo que le daba a Marc una bolsa con comida.

Los tres hombres salieron a caballo del monasterio.

—Que Dios os guarde —respondieron.

Soraya se acomodó en la manta de lana doblada que le servía como silla de montar y aceptó la cuerda que a modo de riendas le entregó el hermano Andreas. Ella miró su tersa y dulce cara.

—Gracias por darnos hospedaje, hermano Andreas.

Una sonrisa beatífica se dibujó en aquel semblante redondo y lustroso.

—Que Dios os conceda un viaje seguro, señora.

Ella se quedó de piedra. «¿Señora?» ¡El hermano Andreas sabía que no era un criado! ¿Pero cómo?

Clavó con fuerza los tacones en el costado del animal, salió corriendo por la puerta y alcanzó a Marc en el estrecho puente de madera sobre el río.

—¡Mi señor!

Marc se detuvo. El rey y Roger estaban cruzando el puente delante de ellos.

—Mi señor —nerviosa, se detuvo al lado de la del caballero—. ¡El hermano Andreas! ¡Sabe lo que soy!

Marc frunció el ceño.

—¿Qué importancia tiene?

—Algo anda mal —dijo Soraya—. Lo presiento. Si el hermano Andreas sabe que uno de nosotros no es lo que aparenta ser, ¿no podría sospechar lo mismo del resto? ¿Del rey?

A Marc se le heló la sangre al pensar en aquella posibilidad. En ese momento, desde el centro del puente, Ricardo comenzó a entonar una canción de amor. Dios santo, estaba cantando una balada de la corte de Aquitania en la lengua de oc.

De inmediato ojeó el paisaje salpicado de pinos. Lejos, hacia el norte, se levantaban montañas coronadas de nieve; allí, en el llano y verde valle, no había lugares propicios para que el enemigo pudiera tenderles una emboscada. Aun así, habría preferido que Ricardo no se hubiera puesto a cantar.

—A pesar de sus virtudes regias —farfulló—, Ricardo parece un niño juguetón.

—Travieso —coincidió Soraya—. Ricardo está jugando con vos. Espera ver cómo lográis conducirlo hasta su reino sorteando a los enemigos que tiene en Francia y en Austria.

Marc gruñó entre dientes.

—Lo amarraré y lo amordazaré a lomos de su caballo si no queda más remedio.

Soraya se quedó boquiabierta.

—¿Osaríais agredir a la persona del rey?

Marc apretó el paso, mirando hacia delante con semblante serio.

—Juré protegerlo, y eso es lo que haré.

—¿No estáis incurriendo entonces en una contradicción? ¿No se opone vuestro deber hacia vuestro señor con vuestro honor como caballero?

—Piensas demasiado.

—Sí, es cierto. El tío Khalil lo decía a menudo, pero en realidad le gustaba que fuera así. Mi educación y mis conocimientos me hacían más valiosa. La mayor preocupación de Khalil era que ningún hombre quisiera a una mujer así como esposa.

—También hablas demasiado —Marc había perdido de vista a Roger y al rey, que ya estaban al otro extremo del puente, así que aceleró la marcha para darles alcance.

Soraya lo siguió y le dirigió una sonrisa mal disimulada.

—Pero hablando se pasa el tiempo, ¿no? Algunas veces hasta os hace reír. ¿O querríais cabalgar en silencio hasta Inglaterra?

—Querría... —se mordió la lengua.

—Yo sé lo que vos queréis —dijo con voz queda—. Deseáis ser el hombre del rey y un honorable caballero. Deseáis regresar a vuestra tierra. Y —añadió muy despacio—, cuando lleguéis a Escocia, querréis casaros.

—Dios santo, ¿qué os hace pensar eso?

—Sois un hombre, ¿no? Además, sir Roger me contó que vuestra prometida aguarda a que regreséis.

—No he visto a Jehanne de Chambois desde que nos prometimos cuando éramos niños.

—Y ahora es una mujer. Y vos, un hombre que lleva el sentido del deber grabado en el corazón, querréis cumplir con vuestra palabra.

—No es tan simple —Marc se acordó de la muchacha griega, Irena. No había aceptado lo que le ofrecía porque… porque…

No por Jehanne, sino porque no sentía nada hacia la cortesana. Irena le ofrecía sólo su cuerpo. Después de Acre, después de las muchas noches que pasó en vela y afligido buscando lo que era auténtico y verdadero en la vida de un hombre, sólo sabía una cosa: no bastaba con poseer el cuerpo de una mujer.

Que Dios le ayudara. No quería seguir profundizando en aquellos pensamientos. No hasta que el rey estuviera sano y salvo junto con la gran Leonor y en el trono de Inglaterra. Sin Ricardo, Francia se apoderaría de los territorios angevinos, y el avaricioso hermano del rey, Juan Sin Tierra, chuparía la sangre a sus súbditos.

—Además, bien sabía Marc que Juan tenía puesto su insaciable ojo en Escocia. Había que salvar a Inglaterra y a Ricardo a toda costa.

Soraya cabalgó en silencio hasta que llegaron al centro de puente, y entonces se quedó paralizada. El caballo de Ricardo, delante de ella sobre el puente, giró de pronto hacia un lado. El rey se inclinó haciendo un movimiento extraño hasta caerse de su montura e ir a parar directamente a las aguas del río.

Al oír el chapoteo, Roger se volvió, pero Ricardo había desaparecido bajo las aguas. Marc no daba crédito a lo que acababa de ver.

—¡El rey! —gritó—. ¡En el río!

Marc espoleó su caballo adelantando a Roger.

—¡Aprisa! ¡El muy imbécil no sabe nadar!

Diecisiete

Marc se bajó del caballo, se zambulló en las gélidas aguas y se las arregló para agarrar a Ricardo de la túnica justo cuando se hundía por tercera vez. Lo tomó del cuello y lo arrastró hasta la orilla.

El rey yacía en la orilla del río como una ballena varada. Le escurría agua de la nariz y de la boca, pero no se movía.

Marc empujó a Soraya a un lado, puso el cuerpo del rey bocabajo y se dejó caer sobre sus anchas espaldas.

—¡No podéis morir! —hizo presión con los puños, cargando todo su peso—. ¡Respirad, maldita sea!

El agua salió a borbotones de su boca.

Roger llegó adonde se encontraban.

—Debe de haberse quedado dormido sobre el caballo. Se cayó al río antes de que pudiera evitarlo.

—No sabe nadar —espetó Marc—. El estúpido

borracho no sabe nadar —y volvió a oprimirle la espalda.

Ricardo tosió.

—Cuidado con lo que decís, De Valery —le ordenó con una débil voz—. Nadie llama al rey de Inglaterra «estúpido borracho».

Marc se levantó haciendo un gran esfuerzo y se alejó. Le temblaban las manos. La seguridad de Ricardo era su responsabilidad: tenía que vigilarlo más de cerca.

Al volver se encontró a Roger y a Soraya despojándolo de la túnica mojada y secándolo con la manta del caballo de la muchacha. Bajo la túnica, las medias de Ricardo rezumaban agua del río.

—En...encontradme u.. una túnica. ¡Estoy congelado! —dijo el rey tiritando.

Marc se volvió hacia el rey.

—Una túnica no. Os podrían reconocer. Envolveos en esto —le puso la húmeda manta en los brazos—. Encenderé un fuego.

Soraya ya había juntado piñas y ramas secas. Para cuando las llamas empezaron a crepitar, a Ricardo le castañeaban los dientes.

La muchacha alimentó el fuego y preparó una infusión de hierbas que el rey se tomó a grandes sorbos mientras su túnica se secaba sobre una improvisada estructura de madera.

—No pongáis esa cara, Marc —dijo el rey afablemente—. Sólo es un pequeño retraso.

Marc maldijo en voz baja.

—Mirad el cielo —gruñó.

Negros nubarrones se cernían sobre las cumbres nevadas hacia el norte. En la distancia, el estruendo de los truenos anunciaba tormenta, y todo indicaba que se les iba a echar encima.

—Vestíos —ordenó Marc—. Nos vamos.

Llovía a cántaros. El turbante, la túnica y hasta los pantalones de Soraya no tardaron en empaparse. Las ráfagas de viento helado enfriaron aún más su ya de por sí tembloroso cuerpo. Delante de ella, los tres caballos caminaban lenta y pesadamente por el barro; el agua corría a raudales por las piedras de la vieja carretera romana que conducía hacia el norte.

Ya no podía sentir los dedos, ni la nariz. El frío le había entumecido las orejas y agarrotado las manos, que a duras penas podían sujetar las riendas.

¿Qué estaba haciendo en aquella miserable tierra de Umbría, en la más terrible de las mañanas? Odiaba aquel lugar. ¿Por qué, por qué tenía que querer a un hombre que prefería el inclemente tiempo boreal al seco y cálido desierto?

Delante de ella, Marc detuvo su gran caballo, se giró en la silla y gritó algo. El ruido de la lluvia era tal que le impidió oír nada, aunque trató de adivinarlo leyéndole los labios. Puso una mano en la oreja para indicar que no lo había oído.

En respuesta, el caballero trazó un movimiento circular con un brazo levantado. Que se diese prisa, adivinó Soraya. Ésta lo fulminó con la mirada. Podría ir más rápido si el agua helada no se le estuviese metiendo por los ojos y la nariz. Marc la observó durante un largo momento, luego se encogió de hombros y prosiguió la marcha. «Dios santo, por favor, haced que pare la lluvia y que el sol salga de entre las nubes».

Justo cuando pensó que ya no podía resistir más la lluvia, empezó a nevar. Una espesa cortina de copos de nieve cubrió lentamente el camino, los pinos, las tierras de labranza, el cuello de su poni; hasta le cubrió las manos e incluso las pestañas. Tenía que pestañear a cada poco para poder ver. ¿Volvería alguna vez a sentirse seca y caliente?

Salvo por el tintineo de los arneses y el ruido de los cascos sobre las piedras, el mundo estaba en silencio, y un aterciopelado manto de nieve lo cubría todo.

Marc estaba muerto de frío y hambre. Echó un vistazo a Soraya, que aún iba a lomos de su poni, blanqueado por la nieve. Se parecía a la reina de las nieves de quien su madre le había hablado cuando era niño. Si osabas tocarla, te convertías en una estatua de hielo.

Soraya estaba temblando. Con la cabeza agachada para protegerse del viento, iba calzada con unas delgadas sandalias y los pies se le estaban poniendo azules. ¡Cómo debían de dolerle!

Marc dirigió su vista hacia unas cuantas chozas de paja que estaban dispersas más adelante. Había nieve acumulada en los tejados, y de algunos se elevaban volutas de humo hacia el cielo. Sin embargo, ningún sonido, humano o animal, perturbaba aquella fantasmagórica quietud. Con un gemido de frustración, Marc pasó al lado de una choza y se encontró con una rudimentaria plaza desierta.

Su estómago protestó decepcionado. Llevaba todo un día sin comer, cuando él y Soraya habían compartido una rebanada de pan negro y un poco de queso de cabra. No le preguntó de dónde había sacado la comida.

Se volvió para echarle otra ojeada. Su poni avanzaba aún más despacio, y vio cómo se llevaba la mano a la boca. ¡Por los cuernos del diablo, estaba comiendo algo!

Se puso furioso. La pequeña serpiente había robado comida del monasterio. ¡Maldita ladrona!

Dio la vuelta a su montura y se interpuso en el camino de Soraya.

—¡Arpía mentirosa!

Soraya detuvo el poni y lo miró a los ojos.

—¡Cómo os atrevéis a acusarme de mentirosa! ¡No os he mentido desde hace tres días!

—¿Que cómo me atrevo? —repitió Marc—. Eres obra del diablo.

Soraya movió el poni hacia su izquierda, se inclinó hacia el caballero y le propinó una bofetada con la mano medio helada.

—No blasfeméis.

Él se frotó la cara con la mano.

—¿Entonces qué estás comiendo?

Soraya lo miró llena de cólera.

—Una manzana —se lo dijo rechinando los dientes—. La tomé de un árbol que había en un huerto.

—¿Qué huerto?

—El huerto de manzanas por el que pasamos después de que Ricardo se cayese al río, nada más cruzar el puente.

Marc retrocedió con el caballo.

—Ah, estaba distraído. Perdóname entonces si te he acusado erróneamente.

—¿Cómo que «si»? —dijo indignada, mirándolo a la cara.

Cobarde.

Pero no era un cobarde; lo sabía después de haberlo

visto arriesgar la vida para salvar al rey. Esperó a ver qué haría a continuación.

Sin decir palabra, Marc avanzó lenta y pesadamente a través de la desolada plaza. Soraya apretó los dientes y lo siguió.

Un tiempo después, Marc se volvió a girar en la silla. Esta vez le dirigió una amplia sonrisa mientras señalaba hacia estrecho callejón. ¡Una choza! Todo indicaba que se encontraba desocupada, pues no salía humo por el tejado.

La nieve cubría la empinada techumbre y se acumulaba contra el combado tablón de la entrada, pero no estaban en situación de elegir. ¡Podían dar gracias a Dios por que al menos habían encontrado refugio! Pronto Soraya podría calentarse y zamparse otra manzana arrugada.

Al penetrar en la callejuela siguiendo a Marc, hubo algo que captó la atención de Soraya: había un hombre sosteniendo un violín al lado de una puerta. Estaba abrigado de pies a cabeza y llevaba unos mitones de punto; cuando Soraya lo miró, levantó el instrumento y se lo puso debajo de la barbilla.

Como por arte de magia, en medio de aquel silencio, sonó una melodía. En ese momento se le resbaló la bufanda gris que le protegía el cuello y el mentón. Soraya se quedó de piedra: aquel hombre tenía una cara redonda y lustrosa, y una dulce sonrisa que le resultaba familiar. Sin apartar los dedos del violín, agachó la cabeza a modo de saludo. Los ojos eran del mismo azul claro que…

Soraya azuzó al poni. La música había dejado de escucharse cuando alcanzó a Marc, y éste le hizo una seña para que desmontase.

—Ya tenemos alojamiento —dijo—. Ahí dentro —señaló a una puerta achaparrada.

—Aquel... aquel hombre —dijo ella tartamudeando.

—¿El músico? ¿Qué le pasa?

—Es... es igualito al hermano Andreas.

—Estás completamente loca; debe de ser la nieve. El hermano Andreas se encuentra en el monasterio a muchas leguas de aquí. Vamos, entra y caliéntate.

Soraya se acercó al caballero.

—Marc, dijo sin alzar la voz—. Escuchadme. El hermano Andreas no está en el monasterio. Está aquí, tocando el violín a la entrada de una casa.

Él la miró directamente a los ojos.

—Estás teniendo alucinaciones. O eso o es que eres...

—No lo digáis —saltó—. No os atreváis.

—Sí lo diré. Recolectas manzanas de árboles que nadie más ve. Hablas de un fraile de una abadía que se halla muy lejos hacia el sur. ¿Qué será lo próximo?

Enojada, Soraya le tiró las riendas a las manos y se fue para la puerta de la choza, pero en lugar de entrar, se giró en seco y se encaró con él.

—Si de verdad queréis proteger a nuestro rey-monje, sir Corto de Vista, os sugiero que prestéis más atención a cualquier indicio con el que os topéis.

—Hablas como una mujer, imaginándote fantasmas en cada armario.

—Hablo como una espía —replicó llena de rabia—. No puedo creer que seáis tan tonto como para ignorar lo que veo con mis propios ojos.

Marc se puso nervioso.

—¡No es que te ignore! Dios santo, hago todo lo

que puedo para no pensar en... —se detuvo bruscamente—. Iré a comprobar lo del músico —cambió de tema.

—¡Estaré esperando vuestras disculpas! —le gritó, anticipando con fruición ese momento.

Soraya encontró al rey Ricardo y a Roger intentando en vano avivar un fuego mortecino dentro de aquella primitiva vivienda. Salía abundante humo, pero las llamas no aparecieron hasta que no se cerró la puerta y el aire comenzó a fluir a través del agujero en el techo que tenía la habitación a modo de chimenea.

Apiñados alrededor del fuego para entrar en calor, ella observó incrédula cómo el rey de Inglaterra se despojaba sin miramientos de la túnica de monje y de la calada ropa interior hasta quedarse en cueros.

Ricardo tiró el fardo de ropa empapada a las piernas de Soraya.

—Ahí tienes, Soray. Cuélgalo cerca del fuego para que se seque.

—Sí, mi señor —a pesar de mantener la cabeza gacha, fue incapaz de evitar ver sus partes pudendas y de ruborizarse.

—¿De qué te sonrojas, chico? ¿Nunca antes habías visto a un hombre desnudo?

Soraya tragó saliva. Recordó el atlético cuerpo de Marc sin ropa, la expresiva boca, los ojos iluminados desde dentro... sus generosos atributos masculinos.

Se puso colorada. Los pechos se le hincharon bajo la faja de seda que la constreñía y un hormigueo entre los muslos recorrió sus zonas más femeninas, como si una mariposa la acariciase batiendo las alas contra su piel.

—Soray —rugió el rey—. Muévete y pon a secar mi ropa.

Se puso de pie de un salto y colocó las prendas mojadas sobre una de las vigas más bajas del techo. Cuando volvió a sentarse se quedó mirando para el suelo.

—Mirad al muchacho, De Clare, es tímido como una virgen.

Roger se rió.

—No hay duda de que el chico es virgen, señor. Y apostaría a que no aprenderá mucho de esta materia viajando con Marc. Desde lo de Acre, nuestro escocés no muestra interés alguno ni siquiera por la mujer más dispuesta.

—¡Ajá! —se burló Ricardo—. Aquella matanza lo castró, ¿verdad?

—Creo —dijo Roger con cuidado— que lo cambio en otro sentido. Embotó su ánimo más que sus destrezas.

—Sí —asintió Ricardo—, pobre hombre. Un gran guerrero en la batalla, ¡el mejor! Pero maldecido con una conciencia.

—Los escoceses son un misterio. En parte, poetas; en parte, fieros guerreros.

Ricardo soltó una carcajada; luego se llevó la mano a la frente.

—La cabeza me da vueltas como un molino de viento.

—Necesitáis comida —aventuró Soraya—. Bueno, todos la necesitamos. La plaza está desierta, pero podría... —palideció al darse cuenta de lo que iba a decir: otra hora más en aquel frío helador y se le congelarían los pies.

Marc la salvó al aparecer por la puerta con una bolsa, una gruesa capa de piel y unas medias infantiles de lana.

—¡Comida! —exclamo el rey con satisfacción—. ¡Huele a queso! —Roger se lanzó sobre la bolsa—. ¡Vino! Y pan: ¡cuatro hogazas! ¿Cómo conseguisteis todo esto?

—Se lo compré a un vendedor ambulante.

Sonrió a Soraya con sus profundos ojos azules, y ésta se ruborizó. Ella todavía esperaba que Marc se disculpara por lo del hermano Andreas.

—Estas medias son demasiado pequeñas para mí, DeValery —dijo el rey.

—No son para vos, señor.

—Pero la capa... —Ricardo trató de agarrar la suave piel, pero Marc la puso fuera de su alcance.

—Eso tampoco es para vos, mi señor; es para Soray.

Sus miradas se entrecruzaron y ella pudo leer en sus ojos una petición de perdón.

Algo arañó la puerta, y los hombres se quedaron quietos. Se hizo un silencio sepulcral en el interior de la choza. Luego volvió el ruido, esta vez acompañado por un gemido. Soraya saltó hacia la entrada.

—No —gritó Marc.

Demasiado tarde. Soraya ya había abierto la puerta.

Un pequeño perro negro con el pelo apelmazado y unos ojos marrón claro estaba tiritando en el umbral. Dando un aullido, el perro entró de un salto y se dirigió derecho hacia el fuego, donde se sacudió a conciencia. El agua acumulada en su lanudo pelaje salpicó el trasero del rey.

—¡Caray! —gritó—. ¡Deshaceos de este chucho!

Marc trató de agarrar al animal, pero Soraya llegó primero y se agachó sobre el perro como una gallina que protege un huevo recién puesto.

—¡Échalo afuera! —ordenó Marc.

—No —repuso, serena, mientras lo acariciaba con cuidado—. Tiene frío y está mojado, pero no está herido ni enfermo. A lo sumo, tendrá hambre. Y... —puso la mejilla sobre el pelo rizado y húmedo del perro— es muy suave.

—No podemos alimentar otra boca —dijo Marc sin elevar el tono—. No puedes quedártelo.

El rey hizo un gesto con la mano.

—Dejad que el chico dé de comer al maldito perro. Éste no durará mucho cuando la tripa del muchacho empiece a gemir.

—Mi señor —dijo Marc exasperado—. No conocéis a este chico como yo. Soray le dará su propia comida...

—Por Dios, dejad que se quede con el chucho. Os lo ordeno, De Valery.

Soraya levantó aquella bola mojada de pelos y lo estrechó entre sus brazos. Una áspera lengua le lamió la barbilla, luego la nariz, y ella se rió. Lo llamaría Saqii, que en árabe quería decir escarcha.

Dieciocho

El odre de vino dio tres vueltas por el círculo alrededor del fuego antes de que el rey Ricardo, para su disgusto, apurase la última gota.

—Quizá podría aventurarme ahí fuera y buscar más vino.

Marc le puso una mano sobre uno de sus pecosos brazos.

—No, mi señor. Os podrían reconocer.

—¿Con este atuendo? El rey levantó la falda de su túnica de monje—. Bromeáis, De Valery.

—No bromeo sobre este asunto.

La agilidad mental de Ricardo, su energía y sus imperiosas necesidades forzaban a Marc a anticiparse continuamente a sus movimientos. Marc vivía en una constante preocupación por la seguridad del rey, y no veía el momento de llegar a Inglaterra.

Muchos eran los peligros que acechaban. Marc no

podía quitarse de la cabeza las sospechas de Soraya acerca del trovador que había visto: según ella, el hermano Andreas. Sin embargo, cuando había ido a echar un vistazo, las pequeñas casas de madera a lo largo de la estrecha calle estaban a oscuras y en silencio. No había oído ninguna música ni visto a nadie, y mucho menos a un violinista.

No obstante, algo le preocupaba. Soraya no se inventaría una historia así. Estaba aprendiendo a tener en cuenta sus observaciones. Aunque su primer impulso fue ignorar lo que le decía, ahora sabía que debía prestarle más atención; tendría que confiar más en ella.

¿Por qué no le había hecho caso hasta ahora?

En parte, por hábito; en parte, porque con independencia de las palabras, su sola voz le avivaba el deseo y le estimulaba el cuerpo de una forma comprometedora. ¿Acaso la guerra le había trastornado? Contuvo una carcajada. No, no era la guerra: estaba trastornado a causa de una mujer.

Se fijó en ella. Sentada, envuelta en la capa de piel, estaba mordisqueando un bocado de pan negro. Se maravilló de que ni Roger ni el rey vieran lo que él veía: una criatura ligera y llena de gracia, con unos ojos verdes como el jade y unas facciones increíblemente finas. Por todos los santos, tenía que alegrase de que Ricardo apenas la mirase. Soraya era muy bella.

Y Ricardo era Ricardo.

Roger, por su parte, era cortés y amable, pero nunca prestaría la menor atención a un sirviente.

El rey se estiró delante del fuego y se quedó mirando a las llamas.

—Muchacho, debes quitarte la ropa y colgarla para que se seque, como hiciste con la mía.

—Sí, mi señor.

—Entonces desnúdate —ordenó Ricardo. Marc iba a protestar cuando Soraya le advirtió con la mirada para que no dijese nada.

Soraya formó una especie de tienda con la capa y se metió debajo. Cuando se hubo desvestido, estiró el brazo y sacó dos prendas mojadas.

Marc se imaginó el cuerpo desnudo de Soraya: suave, suave como la seda más delicada. Y los pechos... Ay, Dios, aquellos pechos y muslos, tan tentadores, serían del color de la leche.

De Valery se dio la vuelta para disimular su excitación. Ricardo se puso de pie, recogió las prendas de Soraya y las colocó en el mismo sitio que ella antes. Marc reprimió una carcajada: era testigo de cómo el rey de Inglaterra, disfrazado, hacía de criada para una criada que también estaba disfrazada.

—Vos también, De Valery. Todos somos vulnerables a la fiebre. Lo mejor que podéis hacer es despojaros de esa ropa y secaros.

Mientras se desnudaba, Marc se quedó con la vista puesta en la capa de piel que había en el centro de la choza. Ahora también él estaba sin ropa. Indiferentes, Roger roncaba acurrucado en una esquina y el rey se preparaba para dormir en otra.

Sin embargo, la situación era distinta para Soraya y para Marc: ambos desnudos y ambos sabedores del estado del otro. Marc sintió una súbita excitación en la entrepierna.

Puso su ropa al lado de la túnica y los pantalones de Soraya, se sentó cerca de ella y comenzó a sacar brillo a la cota de malla usando un trozo de cuero.

El fuego de la chimenea ardía humildemente. Las

sombras se hicieron más densas. Ricardo estaba tumbado boca arriba y cantaba en voz baja. «*M'amie, j'noublie rien*». «Amor mío, no me arrepiento de nada».

El leve movimiento debajo de la carpa de Soraya captó la atención de Marc. Una pequeña mano salía sigilosamente sujetando un poco de queso. El perro que había adoptado contra su parecer saltó hacia delante, se zampó el pedazo y se metió debajo de la capa de piel.

Marc se dijo a sí mismo que sólo tenía celos del chucho por lo caliente que estaría, pero en realidad le habría gustado estar tan cerca de ella como estaba el animal.

La cota de malla se resbaló desde su regazo hasta el suelo de tierra apelmazada. Marc se inclinó hacia delante y hundió la cabeza entre las piernas.

Ricardo comenzó a entonar otro verso de la balada. Tenía los ojos cerrados como si estuviera durmiendo, pero movía los labios dejando escapar sugerentes palabras.

—Por vuestros besos, moriría con el mayor agrado...

Marc trató de no pensar en Soraya. Ni en su boca, ni en sus manos. Cerró los ojos e intentó no prestar atención a la canción.

El fuego de la chimenea ardía con una llama parpadeante mientras la luz en la habitación se apagaba. El caballero se tumbó al lado de la capa de Soraya, rodeándola con su cuerpo. Enseguida sintió el suave roce del pelo contra sus hombros.

Estiró el brazo y lo posó sobre la chica. Por un momento pensó en echarse al lado de la puerta para evitar que alguien entrase, pero al inhalar el aroma de Soraya ya fue incapaz de alejarse de ella.

La chica sintió el peso de aquella mano caliente sobre las costillas, y de pronto quiso llorar. Había algo tierno en ese gesto; algo cariñoso y amable. Sin embargo, cuando se enfadaba Marc podía ser obstinado y resultar exasperante.

«Lo odio.

Lo amo.

Que Dios me ayude, moriría por él».

Marc se despertó con un dolor punzante. Al abrir los ojos vio al perro de Soraya mordisqueándole el pulgar de una mano.

—¡Chucho, largo de aquí! —exclamó, mientras notaba cómo Soraya se reía debajo de la capa.

Ella estiró la mano, agarró al animal y lo acurrucó en sus brazos.

—¿Estáis herido? —preguntó en voz baja.

—Aún tengo la mano entera. Es mi orgullo el que se resiente.

—Me alegró —susurró ella.

—¿Por mi mano o por mi orgullo?

Otra vez se rió.

—Vuestro orgullo, mi señor, se basta por sí solo.

—Dios —murmuró él—, eres una descarada.

Ella se volvió hacia él.

—Os equivocáis, Marc —dijo al fin—. Valgo más de lo que podéis imaginar.

El aliento de Soraya le acariciaba el cuello, y él quería besarla, estrecharla fuertemente entre sus brazos, hundirse en ella y reclamarla como suya. El cuerpo le tembló de deseo. Quería poseerla.

Soraya se tumbó a su lado, respirando despacio,

mientras Roger y el rey seguían durmiendo. Con cuidado, Marc le acarició con los dedos la nuca. Ella contuvo la respiración. Sentía que le iba a estallar el corazón. Qué maravilloso era que un hombre la tocase.

El deseo la roía como un dulce dolor, la penetraba hasta la sangre y los huesos, le quemaba la piel. Inmóvil, escuchaba el ritmo irregular de su respiración. El pulgar de Marc se movía a lo largo del nacimiento del pelo de Soraya, provocándole una oleada de sensaciones que se expandían por el vientre y los muslos. La sangre le latía con fuerza entre las piernas, como si estuviera pidiendo algo a gritos.

Los dedos de Marc le tocaron la oreja para luego enredarse en su pelo. Podía notar el suave aliento del caballero acariciándole la piel.

—Soraya —susurró él.

Y eso fue todo. Tan sólo el nombre de ella y la voz y el aliento de él, pero era suficiente, más que suficiente. Desvelaban el deseo de Marc, su pasión cuidadosamente contenida. Ella se puso bocarriba y luego se volvió hacia él. La mano del caballero le tocó la mejilla, y ella —que Dios la ayudara— la tomó y la deslizó hasta el pecho. Marc estaba tumbado sin moverse, pero poco a poco se fue ladeando hasta juntar la frente con la de ella.

—Soraya.

—Sí, Marc.

Él permaneció inmóvil, y ella lo comprendió: Roger o Ricardo podían despertarse en cualquier momento.

El descubrimiento de lo que estaba a punto de estallar entre ellos fue deslumbrante. Ella le puso la mano en la boca y sintió fluir el aire agitadamente entre los dedos. No hacía falta que él la tocara; de cualquier manera, estaban unidos.

Fue el momento más extraordinario de su vida.

Ya había amanecido. Soraya se apresuró a ponerse la túnica y los pantalones, que ya se habían secado. Luego entreabrió la puerta de la choza y echó un vistazo. Las viviendas de la aldea apenas se podían reconocer bajo el prístino manto blanco. Delante de las puertas se habían formado pequeños montículos de nieve.

El cielo era de un azul tan intenso como el mar. Las nubes lo atravesaban como cabrillas. Los tejados brillaban bajo el sol, y la intensa luz le hacía daño a la vista. Al empujar la puerta hacia fuera, ésta chocó contra un montón de nieve que se había acumulado en la entrada durante la noche.

Enseguida el frío aire de la mañana le congeló la nariz y las orejas. Tenía que encontrar algún lugar protegido para bajarse los pantalones y hacer sus necesidades matutinas. Una pequeña parcela de tierra, un jardín o un corral le servirían. Se arreglaría con cualquier cosa.

Pasó al lado de los caballos y del poni, que Marc había atado al costado de la choza más resguardado del viento. Encontró un pequeño rincón formado por el encuentro de dos paredes y, con los dedos ateridos de frío, buscó a tientas la pretina del pantalón.

En ese momento vio con el rabillo del ojo una sombra; luego, otra. Levantó la vista y gritó.

Delante de ella, dos hombres vestidos con túnicas negras habían desenvainado las espadas. Soraya volvió a gritar, y entonces se abalanzaron sobre ella.

—Mátala ya —dijo una voz gutural en árabe.

—Ahora no, estúpido.

Uno de los hombres la levantó de un tirón. La muchacha se agarró los pantalones y se las arregló para subírselos hasta la cadera, aunque no pudo atarse el cordón a la cintura. El hombre la empujó delante de él y ella dio un trompicón, pero logró sujetarse el pantalón con una mano. El otro individuo, más alto y delgado que el primero, pasó en primer lugar.

—Marc —gritó ella.

Al instante una mano le tapó la boca y le apretó la cabeza contra los pliegues de una voluminosa túnica. Soraya sintió náuseas por el asfixiante olor a hierbas y humo.

El hombre más alto la agarró del brazo y la llevó a rastras por un largo callejón hasta la desierta plaza, donde los esperaban un par de caballos atados a un poste. Una vez allí, la echaron bocabajo a lomos de un caballo como si fuera un saco de trigo.

—¡Vámonos! —dijo el hombre más alto.

—¿Por qué no la matamos ahora? —preguntó el otro. Al no recibir respuesta, montó detrás de ella y se la puso en las rodillas—. No nos es de ninguna utilidad.

—Todo a su hora. Primero nos dirá lo que sabe.

Al quitarle su apestosa mano de la boca, Soraya volvió a gritar el nombre de Marc, pero algo la golpeó la cabeza sumiéndola en la más completa oscuridad.

Diecinueve

Marc se despertó sobresaltado. Se levantó, y notó en el cuello un soplo de aire helado.

—¿Soraya? —susurró.

Su túnica y sus pantalones ya no colgaban de la viga del techo. Miró hacia la puerta. ¿Acaso había salido?

Pasaron los minutos, se levantó y comenzó a caminar de un lado a otro de la chimenea. Maldita mujer, ¿por qué tardaba tanto?

El rey bostezó y se estiró. Fue gateando hasta la esquina opuesta de la choza e hincó su pie descalzo en el costado de Roger.

—Tengo hambre.

—Idos al diablo —farfulló Roger.

—Prefiero enviar a Soray a que «pida prestado» algo para desayunar —propuso Ricardo riéndose.

«Debe de ser eso», pensó Marc. «Está buscando comida. Dios sabe si encontrará algo con este frío».

El chucho le mordisqueó el pie.

—Fuera de aquí, demonio —levantó al animal del suelo y lo puso sobre la capa de piel.

El perro se acomodó sobre la capa y apoyó la cabeza sobre las patas.

Marc ya no podía soportarlo más. Dejó al chucho en el suelo, agarró la piel y, al abrir la puerta, recibió una ráfaga de viento gélido.

—Cerrad la puerta —gritó el rey—. ¡Hace un frío que pela!

—Entonces cubríos —espetó Marc.

Ricardo se puso rápidamente de pie.

—¿Qué os sucede, De Valery?

—El sirviente, Soray. Salió esta mañana temprano y no ha vuelto.

—Olvidadlo. Sólo es un sirviente. Sigamos nuestro camino.

—No —dijo Marc sin perder la calma—. Todavía no.

Ricardo se puso rojo de furia.

—¿No? Ningún hombre dice al rey de Inglaterra «no». Venga, De Valery. Digo que montemos.

Marc lanzó una mirada a Roger.

—No puedo.

El rey frunció el ceño.

—Pensadlo bien —le dijo Roger en voz baja—. Habéis hecho un juramento al rey. Vuestro deber es claro.

Marc dio la espalda a su amigo. «Sí, mi deber está con el rey, pero, Dios me perdone, mi corazón está con Soraya». Rápidamente se vistió, salió de la choza y cerró la puerta.

—Soraya —gritó.

No hubo respuesta. Marc inspeccionó a pie el tranquilo callejón; cada vivienda, cada cobertizo, buscando cualquier pista. La nieve virgen se había acumulado delante en las puertas de las chozas, y las escudriñó en busca de alguna huella.

No oyó ningún ruido en el cortante aire de la mañana. De forma irracional, pensó en los pies de Soraya con las sandalias de cuero, y en las calientes medias que había robado de un tendedero. Esperaba que las llevase puestas.

Ella era inteligente e ingeniosa, se dijo. Pero recordó al asesino en la plaza del mercado de Talamone. Soraya era la destinataria de aquella espada sarracena, no el rey.

Se paró de repente. Soraya estaba diez veces más en riesgo que Ricardo. Enseguida se dio cuenta de lo que le había pasado, y lo invadió un terrible sentimiento de rabia. Marc juró que si alguno de los asesinos de Saladino le hacía daño, volvería a Jerusalén y le rebanaría el pescuezo al sultán sarraceno.

Encontró una zona más blanda con pisadas de botas y huellas de dos caballos. Una de las marcas estampadas en la nieve era muy pequeña. El rastro conducía hacia la humilde tapia de piedra que rodeaba la aldea.

Volvió corriendo a la choza. Cada segundo podía ser vital.

—Vestíos —gritó irrumpiendo en la cabaña—. ¡Aprisa, montad y seguidme!

Ricardo, repanchingado al lado de la chimenea, lo miró con cara de pocos amigos.

—No, De Valery. Todavía no hemos comido...

—No hay tiempo —rugió—, se han llevado a Soray.

—¿Llevado? —el rey se levantó y fue con toda tranquilidad a recoger su túnica de monje—. No importa, Marc. Encontraréis otro sirviente en la siguiente ciudad.

Marc empezó a sudar. Se puso la cota de malla y tomó su bolsa de suministros.

—Me adelantaré.

—No —ordenó el rey—. Cabalgaréis conmigo. Jurasteis protegerme, y así lo haréis.

Roger se acercó despacio a su amigo.

—No tenéis elección, Marc —murmuró.

—Sí, sí que la tengo —replicó Marc entre dientes.

Marc se enfrentaba al dilema de traicionar al rey y caer en deshonra u obedecer y perder a Soraya. Ningún hombre debería tomar una decisión así.

De algún modo se las arregló para que el rey se vistiera sin montar en cólera.

Una vez fuera, Marc fue el primero en subirse al caballo y emprender la marcha.

—No vayáis tan aprisa, DeValery —gritó el rey antes de limpiar de nieve a la yegua, ensillarla y montarse en ella—. Nos llevaremos el poni de Soray con nosotros. Es demasiado pequeño para mí, pero quizás encontremos otro sirviente antes de abandonar Italia. Esta vez, una chica.

Marc reprimió un grito de rabia. El caballero aminoró la marcha hasta que no pudo soportarlo más. Entonces dio la vuelta al caballo y fue trotando hasta la plaza. El rey y Roger iban por el otro lado a paso de tortuga. El pequeño perro negro de Soraya iba tras ellos.

—¡Por aquí! —gritó Marc. Señaló hacia el norte, en la dirección que indicaban las huellas, y aceleró la marcha.

El perro lo siguió alegremente, olfateando todo cuanto había en el camino: un montón de estiércol, una carretilla abandonada, las botas de cuero de Marc, incluso una berenjena medio comida por los gusanos.

—Fuera —avisó Marc al perro, que meneó la cola

y soltó un ladrido, pero no obedeció. Al contrario, se pegó detrás de él, y sólo se desviaba ocasionalmente y de forma provisional para olfatear un arbusto cubierto de nieve o algún montón de heno. Ni los gritos ni las amenazas disuadían al testarudo animal. En cierto modo, le recordaba a Soraya.

—Al parecer os han adoptado —dijo el rey riéndose. Marc rechinó los dientes y apretó el paso para no oír las bromas de Ricardo.

El caballero guió a Júpiter a través de la dormida aldea, pasando por casitas pegadas a estrechos y serpenteantes callejones. Marc salió del pueblo por la puerta norte y continuó cabalgando hacia las colinas nevadas. Debía darse prisa; los rayos del sol no tardarían mucho en derretir la nieve y, por consiguiente, en borrar las huellas.

De pronto el rastro se bifurcaba. Uno apuntaba hacia el este; el otro, hacia el norte, en dirección a las montañas. Marc entornó los ojos para tamizar la cegadora luz del sol e inspeccionar las estribaciones montañosas que se elevaban delante de ellos.

Lo más directo sería seguir las huellas que se dirigían hacia el norte, pero también era lo más peligroso: podrían tener que vérselas con los bandidos y, a juzgar por los oscuros nubarrones que cubrían las cumbres, también con un tiempo inclemente. ¿Qué camino elegiría un árabe?

Optó por el camino del este y rogó a Dios no haberse equivocado.

Soraya tenía las manos atadas a la espalda, pero al menos la calentaba un brasero que estaba a su lado. Se arrimó a él todo lo que pudo y vio un daga de hoja fina entre el carbón. Por lo que parecía, el fuego no era para cocinar.

—Te lo pregunto de nuevo —dijo la áspera voz en árabe—. ¿Dónde se encuentra el rey inglés?

Soraya sacudió la cabeza. No estaba amordazada, pero sabía que no le serviría de nada gritar. La casucha de paja donde se hallaban estaba oculta en un denso pinar, y el árabe había borrado las huellas del caballo.

—¿Dónde está el rey Ricardo?

Guardó silencio.

—No es necesario que sufras —la levantó bruscamente de las muñecas—. ¿Dónde está el rey al que llaman Corazón de León?

—Sólo viajo con unos caballeros —dijo ella—: dos caballeros y simple un monje.

—¿Y cuatro caballos? —volvió a agarrarla de las manos y a tirar de ella—. ¿Dónde se encuentra el mensaje que tu tío tenía que entregar?

Soraya gimió de dolor. Debía proteger al rey y no revelar su secreto hasta que él, y Marc, estuviesen a salvo en Inglaterra.

Otro tirón. Parecía como si unos carbones incandescentes hubiesen reemplazado las articulaciones de sus hombros.

—¿Dónde está el mensaje? ¿Dónde?

No podría soportarlo mucho más. Y en caso de que empleara el cuchillo al rojo...

Se le cerró la garganta. Podía gritar todo lo que quisiera, pero nadie la escucharía.

—Ojalá os pudráis en el infierno... —profirió cada palabra directamente en su cara en un lento y cuidado árabe.

El hombre escupió contrariado y agarró la daga.

Veinte

Marc espoleó su montura. Detrás de él, cansado, el rey pidió hacer un alto. Por Dios, era demasiado pronto para detenerse. Todavía quedaba una hora de luz, pero lo único que le importaba en realidad era no perder el rastro del caballo que estaban siguiendo.

Observó las huellas dibujadas en la nieve. Eran demasiado pequeñas y poco profundas para ser las de un caballo cristiano. Se trataba de una yegua árabe que se movía veloz.

Marc fingió no haber oído la petición del rey y aceleró el paso.

—¡De Valery! —gritó Ricardo—. ¿Adónde demonios vais?

Marc apretó los dientes. «Al infierno, Ricardo. Voy al infierno. Estoy en el infierno cada segundo que no sé lo que le ha pasado a Soraya.»

—A un refugio, señor —le respondió—. Seguidme.

El pequeño perro negro aún corría al lado de Júpiter. Saqii, lo había llamado Soraya. Escarcha. Un extraño nombre para un animal más oscuro que el carbón, pero aquella muchacha tenía un gusto por las cosas que no eran lo que aparentaban ser. La angustia se apoderó de él. «Dios mío, por favor, permitid que encuentre a Soraya.»

—De Valery —bramó el rey—. ¡Deteneos! Os lo ordeno.

Marc tiró de las riendas del caballo. Justo cuando se giraba hacia el rey, el chucho se escabulló entre la maleza.

Ricardo le indicó con un gesto que desmontara. Marc se bajó de animal lanzando un suspiro de cansancio. En ese momento Saqii volvió y se puso a mordisquearle las botas. El caballero fue a arrearle una patada, pero el perro la esquivó. El cachorro hincó los dientes en el dobladillo de su manto y, gruñendo, empezó a tirar de él.

—¡Apártate! —la pequeña bestia se aferró a la tela y el caballero no lograba zafarse—. Suelta, maldito demonio.

El rey y Roger se rieron a carcajadas.

Marc ignoró las burlas del rey, y el chucho comenzó a ladrar mientras continuaba tirando de Marc.

Entonces el caballero oyó un grito agudo, y enseguida otro alarido que le puso los pelos de punta: de pronto entendió todo.

—¡À moi! —exclamó—. ¡A mí! —y comenzó a correr.

Ricardo dejó de reír y espoleó al caballo. Roger, con la espada desenvainada, adelantó al rey.

Medio escondida entre los pinos y la maleza, a los

pies de una loma, descubrieron la choza donde Soraya estaba siendo torturada. Marc, espada en mano, derribó la endeble puerta.

Sorprendido, el hombre con el turbante se dio la vuelta y se lanzó contra él blandiendo una daga. La hoja estaba manchada de sangre: Marc, con una escalofriante claridad, comprendió qué había interrumpido.

Soraya estaba tirada en el suelo de tierra al lado de un brasero, pero al ver cómo el árabe se abalanzaba sobre Marc se giró para interponerse en su camino.

Marc levantó la espada, pero el árabe lo esquivó y alcanzó la salida. Sin embargo, antes de que pudiera dar dos pasos, Ricardo lo abatió hundiéndole la espada.

Marc soltó su arma y estrechó a Soraya entre sus brazos. Tenía las manos atadas a la espalda y sufría de violentos temblores. Estremecido, Marc se dio cuenta de que tenía una gran quemadura en una de las muñecas. ¿Qué era lo que le habían hecho?

—Ahora estás a salvo —le susurró al oído—. A salvo.

Soraya no podía hablar. Sólo tomó una bocanada de aire y se aferró al manto de Marc.

El rey irrumpió en la choza. Se le cayó la capucha hacia atrás dejando al descubierto una cara rojiza y preocupada.

—¿Cómo está el chico?

—Vivo —contestó Marc lacónico.

Ricardo se acercó hacia él.

—¿Era a mí a quien ese diablo buscaba?

Soraya negó con la cabeza.

—¿A quién, entonces?

Ella trató de responder, pero su temblorosa voz era casi ininteligible.

—Quería...quería el mensaje de Saladino para Ricardo, pero no desvelé su contenido.

Ricardo extendió la mano y le alborotó el pelo.

—Eres un valiente, Soray.

Ella giró la cabeza hacia el cuello de Marc, y éste se volvió un poco para exponer las muñecas atadas.

—Cortadle las ataduras —le pidió a Ricardo.

Luego Marc soltó una maldición al verle otra quemadura.

—Ahora todo está bien, muchacho —dijo Ricardo con su potente voz—. Ya me he ocupado de ese bellaco.

Marc titubeó.

—Había también otro hombre, señor. Dos jinetes salieron de la aldea antes que nosotros. El rastro de uno de ellos se dirigía al norte; el de éste, hacia oriente.

—¿Dónde nos encontramos ahora? —preguntó Ricardo.

—Umbría.

—No nos arriesgaremos a ir hacia el oeste —masculló Ricardo—. Felipe sembrará de trampas toda Francia. Bordeemos aquellas malditas montañas que están enfrente de nosotros y dirijámonos al este, hacia Rávena.

Marc se puso pálido.

—Pensadlo bien, señor. Rávena nos acerca a Austria.

—¡Ja! El rey de los ingleses no teme a ningún austriaco. Me da más miedo Felipe de Francia que ese borrachín de Leopoldo.

—De acuerdo, pero viajar hacia Rávena sigue siendo poco juicioso.

—¿Insinuáis que soy idiota? —rugió Ricardo.

—Idiota no, mi señor, sino algo imprudente.

Marc deseaba seguir estrechando entre sus brazos a Soraya, pero sabía que si no soltaba al «chico» el rey terminaría por sospechar algo. La bajó con cuidado hasta que sus pies tocaron el suelo.

El rey se rió.

—¿Imprudente yo?

—Sí, majestad.

Ricardo le dio una palmada en el hombro.

—Sois un hombre valeroso, De Valery. Pocos se atreverían a hablar con tanta franqueza a Ricardo de Inglaterra.

—Soy sincero, señor.

—Sí —farfulló el rey—, demasiado sincero.

Soraya le tocó el codo a Marc.

—Lo que hace falta —dijo más tranquila y sin mirar a nadie— es astucia. Ni Felipe ni Leopoldo esperarán que viajéis en invierno hacia el norte atravesando esas montañas. Quizá deberíamos hacer justamente lo que no esperan que hagamos.

Ricardo sacudió la cabeza.

—No me gustaría morir congelado en una tormenta de nieve. Además, quiero ver esas iglesias de Rávena con cúpulas en forma de bulbo —dicho lo cual, subió a su yegua—. Traed el caballo árabe con nosotros. Vamos a Rávena.

Rávena no era sólo cúpulas en forma de bulbo. Era una ciudad de mucho movimiento. La plaza del mercado estaba abarrotada de puestos de carne y en las estrechas calles se vendían labores de encaje, hierbas y polvos curativos. Soraya hizo un gesto con la nariz: aquel lugar olía peor que Bagdad. Y era mucho más ruidoso.

Ricardo insistió en contemplar el trazado oriental de los tejados de todas las iglesias que hallaban en el camino, así como en visitar todas las tabernas de la ciudad y probar su vino. Soraya se rió con aquella planificación tan estricta de los viajes del rey: primero, la iglesia; luego, la taberna. Ahora se encontraban sentados en una sucia mesa en la taberna La bella putta.

Mareada por el olor a incienso de los templos y por los muchos sorbos de vino en las bodegas, Soraya se acomodó en el banco entre Marc y Roger, dejando pasar el tiempo mientras Ricardo, disfrazado, se divertía. Por lo visto el rey creía que la ropa de monje le hacía invisible. Soraya lo miró fascinada.

Los caballeros de Rávena eran unos cerdos. Llevaban los mantos sucios, las mallas oxidadas y hablaban a voces, por no mencionar las canciones obscenas que cantaban a gritos, entre jarras rebosantes de bebida. ¡En estas tierras los cristianos eran aún peores pecadores que los cruzados a las puertas de Jerusalén! Bebían al alba, oraban por la tarde y fornicaban por la noche.

—¡Cómo me gusta esta ciudad! —exclamó el rey entre un grupo de juerguistas. Se le cayó la capucha hacia atrás y Soraya y Marc intercambiaron una mirada. Roger alzó los ojos al cielo.

—Debemos sacarlo de aquí —masculló Marc.

Roger asintió.

—¿Fuera de la taberna o fuera de la ciudad?

—Fuera de Italia. Se lo está pasando demasiado bien. Monje o no, está llamando la atención —advirtió Marc.

Mientras tanto, el rey retó a un fornido sueco a ver quién era capaz de beber más vino.

—¿Y cómo lo convenceremos para que nos haga caso? —suspiró Roger.

Dejó de hablar mientras la tabernera depositaba un duro pedazo de queso y una barra de pan en la mesa. Marc partió un trozo del queso y le dio la mitad a Soraya. El cachorro, Saqii, dormitaba sobre su regazo.

—¿Le atamos de pies y manos? —sugirió Marc.

Roger negó con la cabeza.

—Amarrar a Ricardo sería traición.

—Decidle que su hermano Juan y Felipe de Francia se han unido para ir a la guerra contra él.

—Bien —sonrió Roger—. Ningún rey tolera la insubordinación, especialmente si es de un hermano que codicia su corona.

—¿Por qué no le decimos —aventuró Soraya— que hay un gran torneo y una feria esperándolo en...? ¿Cuál es la siguiente ciudad al este?

—Al este se encuentra Venecia. ¡Pero no podemos llevar a Ricardo a Venecia! ¡Es una ciudad todavía más corrompida que Rávena!

Roger posó la jarra en la mesa dando un fuerte golpe.

—Entonces iremos a Austria.

—Imposible —repuso Marc—. Leopoldo es duque de Austria. Ricardo le hizo parecer un cobarde en Jerusalén, y el duque tiene buena memoria.

Soraya levantó la cabeza.

—He observado que a Ricardo le gusta el juego. ¿Por qué no hacerle que apueste?

Marc se la quedó mirando.

—Sí que le gusta, pero, ¿qué tipo de apuesta?

—Una que para ganarla le obligue a dejar Rávena.

—También le gustan los caballos y la guerra —Roger echó una ojeada al monje, que parecía ir venciendo al sueco en la disputa por determinar quién podía beber más—. Y el vino.

—A Ricardo le gusta ganar —recordó Soraya—. Apostad con él a que no puede cabalgar doscientas leguas en tres días. No elegirá un camino montañoso, sino la llanura.

Marc sonrió y negó con la cabeza.

—Entonces irá hacia el norte, a Venecia.

—Hay peste en Venecia —murmuró Roger—. Se lo oí decir a ese mercader que está allí —hizo un gesto con la cabeza en dirección a la mesa de la esquina donde un hombre robusto con un sombrero de piel daba cuenta de un cuenco de estofado.

Soraya contempló al hombre, y de pronto un escalofrío recorrió su cuerpo. Incluso de perfil, aquel mercader se parecía a...

—¡El hermano Andreas! —dijo sobresaltada—. Aquél no es un mercader. Es el hermano Andreas.

—Eso es absurdo —espetó Roger.

Marc observó al hombre con cuidado. Tenía la piel tersa y rosada, y la cabeza redonda. El caballero tomó el pan y el queso y se levantó con rapidez.

—Soray tiene razón. ¡Vamos!

Roger se quedó sentado mirándole con los ojos abiertos como platos, pero Soraya saltó del banco, tomó a Saqii en brazos y, con la cabeza agachada, corrió hacia la salida.

Marc se abrió camino entre los caballeros borrachos que rodeaban al rey, se acercó a él y le musitó al oído una sola palabra.

—Espía.

Ricardo reaccionó como si le hubiese picado un escorpión. Sin decir nada, pasó al lado del tambaleante sueco y se abrió camino con dificultad entre los compañeros de juerga hasta que consiguió salir fuera de la taberna, al frío aire de la noche.

Roger había reunido los caballos, y Soraya ya estaba encima de su poni.

—¡Montad! —gritó el rey.

Marc saltó sobre el lomo de Júpiter.

—¡De Clare! —gritó.

—Detrás de vos —le contestó con voz serena.

Roger ya estaba subido al caballo. El rey bajó sobre su yegua en dirección a la iglesia de San Giovanni. Por un momento Marc pensó que iba a buscar refugio en la casa de Dios, pero Ricardo siguió cabalgando. Fueron dejando atrás iglesias, tabernas, posadas, casas de madera, incluso un hospicio de monjas.

—Salgamos de la ciudad —voceó Marc.

Roger se echó hacia delante sobre la silla de montar.

—Demasiado tarde. Las puertas estarán cerradas.

—En cualquier caso, debemos intentarlo. Dirigíos hacia el norte.

La puerta norte no estaba cerrada del todo, pero el espacio entre la hoja de roble reforzada con hierro y la muralla de piedra sólo era lo bastante grande para que pasara un caballo pequeño.

Marc refunfuñó. El poni de Soraya cabría por aquella rendija, pero no la yegua del rey, y mucho menos los dos grandes caballos de guerra. Habían dejado el caballo árabe en el patio de la taberna.

Un vigilante que tiritaba de frío estaba acurrucado

cerca de la abertura de la puerta. Se volvió hacia ellos según se aproximaban, pero no se levantó. Medio dormido, no dijo nada cuando Ricardo se dirigió a él. No hablaba francés, ni inglés, ni siquiera griego. Sólo italiano. Soraya trató de comunicarse mediante gestos, pero el guardián seguía bloqueando el camino.

De repente la muchacha comenzó a cantar una poesía en árabe. Sorprendido, el vigilante sonrió y se puso a mover la cabeza al ritmo de la música.

—El esfuerzo del chico es en balde —dijo el rey en voz baja—. Da igual cuánto le guste la melodía al centinela: ninguno de nosotros cabe por ese hueco.

—Soray sí —dijo Roger pensativamente.

El centinela continuó sonriendo y meneando la cabeza. Cuando Soraya terminó de cantar, el soldado le dedicó una elaborada reverencia. Ella se bajó del poni y, tirando de su montura, pasó por la estrecha abertura.

Marc no sabía decir cuánto tiempo llevaban esperando, pero su instinto le dijo que no tardarían en tener noticias de Soraya.

En efecto, después de unos angustiosos minutos, se oyó una voz nítida y aguda al otro lado de la muralla.

—*An hahr*.

—¿*Quoi*? —dijeron Ricardo y Roger al mismo tiempo.

—Que vayamos al río —dijo Marc—. El puente que lo cruza debe de estar a muy poca distancia de la puerta este.

Para cuando llegaron a la puerta este, el camino estaba obstruido con una muchedumbre que estaba contemplando las llamas que iluminaban el cielo fuera del recinto amurallado de la ciudad. El gentío se congregó en la barrera hasta que el guardián salió de su garita. Echó un vistazo a ver qué era aquella luz al otro lado de los muros y se dispuso a abrir la puerta con ayuda de una polea.

Marc y el rey se abrieron paso a empujones entre el gentío hasta que llegaron enfrente de la barrera. En el instante que la abertura fue lo bastante grande para su caballo, Marc se lanzó al galope. Luego se volvió para asegurarse de que el rey lo seguía.

Ricardo lanzó una maldición.

—¡Mirad eso!

Una torre de fuego flotante se deslizaba lentamente río abajo empujada por la corriente. Las llamas anaranjadas lamieron los ojos del viejo puente romano. A través del humo, Marc alcanzó a ver una barca de pesca ardiendo. Gracias a Dios, nadie la tripulaba.

¡Aquella fogosa escapada debía de haberle costado a Soraya otro bezant de oro! Incapaz de contener una sonrisa, espoleó a Júpiter en dirección al puente.

Veintiuno

Con el turbante embarrado y la túnica deshilachada por los costados, pero sonriente, Soraya estaba esperando sobre su poni en la otra orilla del río. Ricardo, que cruzó primero, le dio una palmada al pasar a su lado.

—¡Buen muchacho!

Roger le dirigió un saludó de honor a la manera caballeresca, con la palma de la mano en la barbilla.

Marc fue el último en saludarla. Por todos los santos, quería bajarse del caballo y arrodillarse a sus pies, pero aquello habría provocado la curiosidad de Ricardo, y Dios sabía que ya tenían bastantes problemas.

—¡Bien hecho! —le dijo.

—Estuvo bien, ¿verdad? —dijo Soraya con una amplia sonrisa—. Y fue muy sencillo, salvo porque al principio no podía encontrar fuego para prender la tea. Luego una amable anciana me ofreció…

Aquella cara sucia nunca había parecido más hermosa. Tenía tantas ganas de besarla que tuvo que hacer un esfuerzo por mantener las manos en las riendas.

—Algunas veces creo que eres demasiado lista.

Soraya lo miró a los ojos.

—Oh, no, señor. Soy sólo lo bastante lista para mantener vivo vuestro interés.

—Ven conmigo a Venecia —soltó de forma inesperada.

No era necesario preguntárselo, pero quería decirlo en voz alta. Había infinidad de otras cosas que también podría decir... Ven conmigo a la cama; ven conmigo a Escocia; a mi vida.

Pero no podía. Su deber era atender al rey, no a su corazón. Ella le sostuvo la mirada, y entonces él se dio cuenta de que no hacían falta las palabras para saber lo que el otro pensaba. Los ojos de ambos lo decían todo.

—Iré —dijo ella— dondequiera que vos vayáis —Soraya le dio la vuelta al poni y se fue al trote detrás de Roger y el rey.

Cabalgaron durante toda la noche. Ricardo estaba tan bebido que apenas podía mantenerse en la silla, y Marc y Roger, con cara de sueño, estaban agotados. Soraya pasó los brazos alrededor del cuello del poni y se reclinó sobre el lomo. Las quemaduras que tenía en las muñecas le escocían, y le dolía todo el cuerpo, desde la espalda hasta los muslos.

Pero, por encima de todo, quería estar con Marc.

Venecia era un caos. El caballo de Ricardo se quedó cojo al entrar en la populosa ciudad, y éste insistió en conseguir una nueva montura: un joven semental digno de un duque.

Marc discutió con él hasta enronquecer.

—Ya no parecéis un humilde monje, señor. Sobre un caballo tan noble, parecéis un rey pobremente disfrazado de monje. Es peligroso.

—Toda vida es peligrosa —bramó Ricardo.

—Ya tenemos suficiente —le recordó Marc— con soportar el duro invierno, que nos golpea sea cual sea el camino que tomemos; con la nieve y la lluvia, que ralentizan nuestra marcha. Nos estamos quedando sin dinero y, para colmo, el rey inglés no quiere ir de incógnito.

Las manos de Marc sujetaron con fuerza las riendas. Por si todo aquello fuera poco, dormir en los establos, como habían hecho las últimas tres noches, era peligroso por otra razón: tarde o temprano el rey descubriría el sexo de Soraya.

Aquel día al anochecer aún surgió otro problema. Una vez más, Soraya vio al hermano Andreas tocando el violín, esta vez en la plaza de San Marcos. Marc estaba ya convencido de que los andaban siguiendo. El hermano Andreas como tal no le inspiraba ningún miedo, pero sí aquéllos con los que el falso fraile pudiera hablar cuando no ejercía de juglar.

Al día siguiente abandonaron la hermosa ciudad. No habían recorrido una legua, cuando empezó a formarse una intensa tormenta de aguanieve y granizo.

—No sigamos —declaró Ricardo cuando llegaron a un cruce de caminos.

Roger miró al rey.

—¿Regresamos a Venecia?

Marc contuvo la risa. Ricardo había gastado su último denier de plata en un pellejo de vino, se lo había bebido él solo casi todo y estuvo vomitando toda la noche.

El rey miró a Roger con cara avinagrada.

—No me recordéis aquel lugar. Mal vino, aposentos fríos, comida indigesta... ¡puaj! Y sin mujeres. ¿Cómo es que los venecianos son tantos si no hay mujeres?

Refunfuñando, Ricardo continuó adelante. Marc lo observó.

—Esto es peor que hacer de niñera de un osezno —echaba chispas.

—¿Acaso eso no os convierte en mamá osa? —se burló Roger.

Marc le lanzó tal mirada que incluso Soraya se asustó.

—Juré protegerlo —gruñó—. Dios pudra su alma de juerguista. ¿En qué estaba pensando cuando acepté esta misión?

Roger le puso la mano enguantada sobre el antebrazo.

—Pensabais, con toda razón, en vuestro deber, Marc; en vuestro honor. Somos caballeros. Nuestras vidas están predestinadas; los días, consagrados al servicio de nuestro señor.

—No seré caballero por mucho más tiempo —replicó Marc—. En todo caso, no al servicio de Ricardo. Es posible que pase el resto de mis días impidiendo que los Plantagenet se hagan con la tierra de los escoceses.

Roger levantó las cejas extrañado.

—¿Lucharíais contra Ricardo de Inglaterra?

Marc se dio cuenta de que Soraya lo estaba observando con atención y que la había sorprendido con lo que acababa de afirmar.

—Saladino se reiría si escuchara algo de esto —dijo

ella—. Una cosa es luchar contra Felipe de Francia y Leopoldo, pero luchar contra los compatriotas...

—Los normandos no son mis compatriotas —espetó Marc interrumpiéndola—. Siempre defenderé mi hogar y mi tierra.

—Pero primero —insistió Roger—, debéis seguir siendo fiel al rey y honrar vuestro juramento.

—Sí, no traicionaré a Ricardo.

—Es una tarea que yo no me tomaría a la ligera, amigo mío. Nos hemos adentrado en las tierras de sus enemigos. Cada día que pasa estamos más cerca de Austria y de Leopoldo.

Marc soltó una maldición.

—Si Dios quiere, cruzaremos Austria sin que nos descubran, trazaremos un círculo hacia el este en dirección a Salzburgo y desde allí seguiremos viaje a Zúrich. Ricardo tiene en aquella ciudad parientes por parte de madre.

—Rogad a Dios para que alguien robe el semental que monta antes de que un caballero alemán lo desafíe, pese a las vestiduras de monje, y Ricardo responda en francés normando.

Ricardo iba por delante. Estaba lo bastante lejos como para no ser visto, pero no tanto como para no ser oído.

—¡Apresuraos, De Valery! Me muero de hambre.

—Ay, no —musitó Soraya—. Otra taberna no.

—Que el Señor nos asista —dijo Roger antes de salir al trote en pos del rey.

Marc observó cómo Roger se alejaba.

—El rey está siendo muy imprudente, ¿verdad?

—Ciertamente, mi señor —respondió Soraya—. Pero yo no le confiaría a nadie más tales palabras.

—No bromees. ¿Crees que lo podrían reconocer?

—Pronto lo sabremos, Marc. Ricardo no deja de llamar la atención.

Ricardo se detuvo en la primera posada que encontraron al olor de la comida.

—¡Conejo! Huele a conejo asado.

El rey bajó del caballo y se dirigió hacia el patio de la hostería.

Roger desmontó, agarró las bridas de los dos animales y lanzó a Marc una mirada interrogante.

—De acuerdo —masculló Marc—. Yo también tengo hambre. Además, necesitamos grano para los caballos.

Ya dentro de la cálida y ruidosa sala, Marc acompañó a Soraya hasta una mesa apartada, lejos del enjambre de viajeros que se había reunido a cantar alrededor del alto y amistoso monje.

Refunfuñó e hizo una señal al posadero, que les llevó una jarra de vino caliente, una bandeja de carne asada y tres pedazos de pan negro.

—¿Cómo pagaremos esto? —preguntó Roger mientras daba cuenta del pan.

—No lo sé, amigo mío. Parece que nos hemos quedado sin dinero. Pero comamos primero y preocupémonos luego.

Roger se rió y apuntó hacia Ricardo con una pierna de conejo. Era el centro de atención de toda la sala.

—Ya lo han invitado a beber los dos únicos hombres sobrios que quedaban entre estas paredes. Quizá gane la apuesta —dijo con sequedad.

Marc observó a un hombre situado cerca de la salida que ni se unía a la juerga ni se marchaba. Soraya también lo vio, y dirigió a Marc una mirada de advertencia.

—Excusadme, señor —Soraya se levantó—. Saqii y yo debemos ir a hacer nuestras necesidades.

Marc la miró.

—Ten cuidado —le dijo en voz baja—. No salgas del patio de la posada.

Ella tomó al perro en brazos y se dirigió hacia la puerta. Roger estaba entretenido con la comida y el vino, pero Marc la siguió con la mirada. Soraya le hizo un gesto con la mano al hombre que bloqueaba la entrada y éste, tras sonreír, se echó a un lado y la dejó pasar.

Había salido hacía bastante tiempo; demasiado. Marc se sintió repentinamente inquieto y mantuvo la mirada fija en la puerta.

Ya era suficiente. Se levantó para ir en busca de Soraya, pero en ese mismo instante ésta entró como una exhalación y atravesó la sala hasta donde se hallaba el rey. Poniéndose de puntillas, le dijo algo al oído. Ricardo se puso pálido.

Soraya lo agarró de la muñeca y, desesperada, lo empujó hasta la cocina, situada en la parte trasera de la hostería. Sin perder ni un segundo tomó un delantal sucio y se lo ató al rey a la cintura. Luego le puso un cuchillo en la mano y le guió el brazo hacia un conejo asado listo para trinchar.

La puerta de la posada se abrió de un golpe. Cuatro corpulentos caballeros con cascos de hierro y cotas de malla irrumpieron en la sala escrutando a los clientes. El rey se giró de espaldas y se inclinó sobre la tabla de trinchar, fingiendo que partía la carne del carbonizado conejo.

Roger hizo ademán de moverse hacia él, pero Marc lo agarró del brazo.

—No digáis nada —le susurró—, pero estad presto para la lucha.

Roger se sentó de nuevo en el banco y, sin hacer ruido, desenvainó su espada. Marc hizo otro tanto.

De pronto, uno de los caballeros dio un grito y señaló con su daga al monje. Los otros tres, dando grandes voces, penetraron en el espacio de la cocina.

Marc se lanzó corriendo hacia el rey seguido por Roger, y vio cómo Soraya estampaba una sartén de hierro en la frente del primer caballero. Otro la tomó por la cintura y la arrojó a un lado como si fuera un saco de cebada.

Ricardo se agachó con el cuchillo de trinchar en la mano, pero la punta de una espada sobre la nuez lo obligó a tirarlo al suelo. Despacio, con gran dignidad, el rey se irguió en toda su estatura. Los ojos le brillaban como llamas azules, pero no retrocedió ante la presión del acero en su garganta.

—¡Ricardo de Inglaterra! —gritó el caballero.

—Marc y Roger golpearon al hombre por detrás y éste cayó al suelo. Al caer, su espada le hizo a Ricardo un pequeño corte en el cuello.

—¡Alto! ¡No lo matéis! —gritó Marc, al tiempo que se apresuraba a defender al rey haciendo frente a cuatro espadas desenvainadas.

—No luchéis —le dijo el rey en voz baja—. Por el bien de Inglaterra, no ofrezcáis resistencia o primero me matarán.

Marc miró fijamente a sus atacantes y entonces vio cómo Roger le clavaba la espada al primero de ellos.

—¡Deteneos! —rugió el rey.

Demasiado tarde. Uno de los caballeros le asestó un hachazo a Roger que le perforó las calzas de malla y le penetró el muslo. Roger cayó al suelo con un grito de dolor.

El mismo caballero avanzó hacia el rey.

—¡Ricardo de Inglaterra! Sois mi prisionero.

Marc se aprestó para golpear con la espada, pero Ricardo le puso una mano en el hombro.

—No —le dijo desde atrás—. Si queréis servirme, llevad un mensaje a mi madre, la reina Leonor. Decidle que reúna el dinero para el rescate.

Uno de los caballeros se acercó a Marc y le hizo una seña para que le entregara la espada.

—Rendíos —le susurró el rey a su espalda—. A no ser que queráis verme atravesado como ese conejo.

Marc entregó la espada. Dos hombres le quitaron el grasiento delantal a Ricardo y le ataron las muñecas por delante. El tercer caballero yacía en el suelo entre gemidos, con la espada de Roger clavada en el cuerpo.

Roger trató de levantarse. Se las arregló para mantenerse en pie el tiempo suficiente para arrancarle la espada al caballero a quien había abatido, pero luego cayó de rodillas.

—No puedo montar, Marc. Buscaré a un médico y os alcanzaré más adelante.

—¡No! —dijo Ricardo con determinación—. De Clare, quedaos aquí y recuperaos de las heridas; luego regresad a Jerusalén. Marc viajará más rápido solo.

La última visión que tuvo del rey fue la de su pelo rubio rojizo al pasar al lado de Marc escoltado por los caballeros austriacos.

Veintidós

Soraya puso un bezant en la carnosa mano del posadero.

—Para los cuidados de sir Roger.

Con los ojos como platos, el rechoncho hospedero contempló primero la moneda de oro y luego dirigió la vista hacia el caballero que yacía sangrando en el suelo.

—No le faltará de nada.

Marc se arrodilló al lado de Roger.

—Lamento tener que dejaros, amigo mío. Haré que se ocupen de vuestro caballo hasta que podáis volver a montar.

Roger cerró los párpados.

—Id con Dios —musitó—. Y llevaos al chico con vos.

Soraya estaba contemplando la escena.

—Sí, si Sor... Si él así lo quiere.

En ese momento, ella supo que lo acompañaría hasta Inglaterra, pero también era consciente de que si lo hacía, nada volvería a ser igual. Su vida cambiaría para siempre y ya nunca podría regresar.

No podía soportar la idea de dejar solo a Marc ante los peligros de semejante viaje.

—Vamos —Marc la tomó del codo y la condujo hasta la puerta de la posada.

—Esperad —dijo ella—. ¿No deberíamos pagar lo que hemos comido?

—¿Pagar? —Marc torció el gesto—. ¿Con qué? Ricardo gastó en Venecia las últimas monedas que nos quedaban.

—Entonces pagad con esto —le entregó cuatro marcos de plata.

Él la agarró de la muñeca.

—¿De dónde lo has sacado?

—No lo he robado —lo miró a los ojos, y Marc reconoció en aquel gesto la extraña mezcla de arrogancia y honestidad que lo había fascinado desde el mismo momento en que la conoció.

Marc aguardó unos instantes.

—Bien, ¿y entonces? Una cosa es afanar fruta y queso en un mercado y otra muy distinta es robarle la bolsa a un hombre.

—No robé nada. Lo que hice fue vender algo.

—¿Qué? —inquirió—. ¿Qué vendiste?

Ella tragó saliva.

—Vendí el caballo del rey Ricardo.

Marc la miró boquiabierto.

—Vendiste el caballo del rey —repitió en tono de reproche, y la condujo afuera, al patio de la posada—. ¿Que vendiste el...?

—¡No me crees! —lo interrumpió—. Que mal rayo parta a los francos por las anteojeras que lleváis puestas. En Damasco mis palabras serían dignas de crédito y estima. Pero aquí, en esta tierra bárbara donde no se ve ni se escucha a las mujeres, excepto a las putas, se me ignora.

—No es cierto —Marc respiró profundamente—. ¡Cómo podría ignorarte!

—¿Y entonces?

La miró con el ceño fruncido.

—De acuerdo, ahora creo que sí vendiste el caballo de Ricardo. Si se hubiese enterado, te habría desollado viva.

—Tal vez. Un hombre me preguntó por el animal en el patio de la posada. Me dijo que pronto necesitaría otra montura, así que le pedí tres marcos de plata por la bestia y otro por la silla.

—Ni siquiera Ricardo se lo creería. Entonces, ¿en qué esperabas que montase?

Soraya ni parpadeó.

—Conseguí otro para Ricardo: una yegua de aspecto sencillo, más adecuada para un monje. ¿Recordáis que queríais libraros de aquel semental? Dijisteis que un animal así levantaría sospechas.

—Sí, lo recuerdo.

—Por tanto, hice lo que había que hacer. Sólo que... —apartó la mirada de Marc—. Hay algo más.

Marc protestó.

—Ya he tenido bastantes sorpresas por una noche —dijo con la voz cansada—. Se han llevado al rey; Roger se encuentra herido. ¿Qué más podría haber?

Soraya se acercó a él.

—El hombre que compró el caballo era uno de los caballeros que han capturado a Ricardo. Es probable

—dijo con una sonrisa traviesa— que allá donde lo lleven, el rey esté de nuevo a lomos de su querido semental y ni siquiera sea consciente de ello.

Marc se la quedó mirando fijamente.

—Así que ya veis, al tiempo que se cometía una gran injusticia, por otro lado se hacía algo de justicia —concluyó Soraya.

Marc no daba crédito. Subió al caballo sin abrir la boca; enseguida comenzó a reírse entre dientes y luego a desternillarse de risa. Siguió riendo hasta que no pudo más.

Dejaron atrás el pueblo. El sol se ocultó tras las cumbres de las lejanas montañas y el aire se volvió frío. Soraya, protegida con la capa de piel, llevaba a un tembloroso Saqii sobre su regazo. No tardó ella misma en comenzar a temblar, y Marc se dio cuenta.

—Descansaremos en aquel granero abandonado.

Soraya estaba tan aterida que apenas pudo asentir con la cabeza.

Marc desmontó e inspeccionó el lugar. En el interior no se veía nada y olía a paja húmeda.

—Hace casi tanto frío aquí dentro como fuera —dijo Soraya con la voz entrecortada.

Él procuró no mirarla; no podía soportar verla sufrir.

—No tenemos nada mejor —dijo con suavidad—. Somos mendigos; no estamos en disposición de elegir.

Quitó la pesada silla de montar de lomos de Júpiter y frotó al animal con un puñado de paja seca. Aquel gesto, lento y repetido, liberó su mente para pensar en la última orden que había impartido Ricardo: tenía que ir a la corte de la reina Leonor. Sí, lo haría... si es que eran capaces de llegar hasta Inglaterra con el invierno echándoseles encima.

Soraya se acomodó sobre suelo, se envolvió en la capa de piel y metió los pies con los calcetines de lana debajo del enmarañado pelaje de Saqii.

—¿Qué haremos ahora? —preguntó ella con la voz cansada.

—Pasaremos aquí la noche. Mañana… mañana no lo sé. El camino más rápido es atravesar las montañas y dirigirnos luego hacia Borgoña, pero en invierno es una ruta difícil. Además, nos lleva directos a las tierras de Felipe de Francia.

—¿Entonces…?

—Hacia el este hay otros peligros; entre ellos, Leopoldo y los barones alemanes.

Terminó de cepillar su montura, arrojó el puñado de paja, aflojó la cincha y volvió a poner la silla sobre el caballo. Luego repitió la misma operación con el poni de Soraya, pero lo hizo despacio, para poder pensar.

Los días serían peligrosos, pero las noches serían aún más difíciles. ¿Cómo podría tumbarse al lado de Soraya y no tocarla?

—Podría —dijo Marc titubeando— llevarte a la posada de vuelta con Roger. Cuando sus heridas cicatricen, él podría acompañarte hasta Jerusalén.

—¿No deberías preguntarme qué es lo que quiero hacer?

Él se volvió para mirarla.

—No eres consciente del peligro. He viajado por estas tierras antes y las conozco. ¿Por qué habría de preguntarte? —no tenía la intención de formularlo en un tono tan áspero.

Ella evitó mirarlo. Pasaron los minutos y la tensión que se respiraba en el ambiente fue en aumento.

—Sería estúpido no considerar con cuidado lo que nos espera. Y Marc, podrás ser muchas cosas, pero no eres ningún estúpido.

—Ojalá lo fuera. Ojalá pudiera darle la espalda al rey y al juramento que me obliga.

—Pero no podéis.

—Así es, ante Dios, no puedo —le dio al poni una última palmada, se acercó a Soraya y se arrodilló a su lado—. Pero tampoco puedo apartarme de ti. Sólo queda una opción.

Soraya se puso pálida.

—Os lo ruego, Marc, no me pidáis que me vaya.

—Debo hacerlo. ¿Acaso no percibes lo que está ocurriendo entre nosotros?

Ella lo miró a los ojos.

—Sí, sí que me doy cuenta.

—Por eso debo llevarte con Roger. Debes volver a Jerusalén.

—No deseo regresar a Jerusalén —repuso con la voz llorosa—. Quiero seguir... con vos.

Marc se levantó, la tomó por los hombros y la obligó a mirarlo.

—Soraya, no sé cómo decir esto.

Con lágrimas en los ojos, ella le puso los dedos en los labios.

—Entonces no lo digáis.

—Debo hacerlo. Dios sabe que no puedo continuar así, a tu lado día y noche.

—Yo también os diré algo. No consentiré que afrontéis este viaje solo. Perderéis un tiempo precioso si me lleváis de vuelta con Roger. El rey inglés apenas puede permitirse el lujo de semejante retraso.

Marc le lanzó una mirada penetrante.

—No puedes quedarte.

—Marc —dijo con suavidad—, en primavera, cuando hayáis cumplido vuestra promesa a Ricardo y ya no me necesitéis, entonces abandonaré Inglaterra.

—Por Dios, ¿qué estás diciendo? Siempre te necesitaré.

—Pensadlo, Marc. Estáis prometido en matrimonio. Al regresar a Escocia os tendréis que casar. Ningún hombre necesita dos esposas, y yo no seré una concubina. Debo...

—No —la interrumpió él. Marc echó la cabeza hacia atrás, y cerró los ojos un instante—. Puedo soportar el hecho de quererte y no actuar de acuerdo con mis deseos. Pero no sé si podría resistir que me dejaras.

A Soraya se le torció el gesto.

—No debemos pensar ahora en eso. Tenemos que pensar en cómo llegar hasta Inglaterra. Sé que os tenéis que casar, Marc. Quiero ir con vos como amiga, como amiga, pues eso es lo que ahora necesitáis.

Marc la miró a los ojos. Estaban tan humedecidos por las lágrimas que parecían dos esmeraldas.

—Podría renegar de Dios por haberos hecho mujer. Exceptuando a Roger de Clare y a Ricardo Plantagenet, tienes más valor y sentido del honor que la mayoría de los caballeros.

Ella miró para otra parte.

—¿Por qué habéis vuelto a ensillar los caballos?

—Porque creo que nos están siguiendo. Debemos estar listos para salir en cualquier momento. Los caballeros de Leopoldo no consentirán que la noticia de la captura de Ricardo llegue a Inglaterra.

Soraya no dijo nada. Tras unos instantes, recogió un montón de paja y la metió debajo de su capa. Marc se tumbó a su lado, como en forma de cuchara. Saqii se acomodó a los pies de ambos.

Se produjo un silencio incómodo. Podía oler el aroma de la piel de ella; mover con su respiración el pelo de su nuca. Le pasó el brazo por la cintura y ella se acurrucó contra el abdomen de él. Su miembro se hinchó y comenzó a dolerle, pero él no se movió. Aquellas escasas horas que pasaría junto a ella serían angustiosas, pero las recordaría el resto de su vida.

—Quisiera decirte algo —susurró él.

Ella asintió y permaneció quieta, esperando.

—Poco a poco se han ido borrando de mi memoria aquellos horribles recuerdos de Acre; y el dolor por la temprana muerte de mi hermano ya no es tan grande. Eres tú, Soraya. Tú eres la música que sana mi corazón.

Antes de quedarse dormida, Soraya pensó que siempre recordaría aquellas palabras.

Al amanecer, la apacible brisa de la mañana trajo ruido de cascos y tintineo de bridas.

—Jinetes —susurró Soraya.

—Sí, prepárate para montar.

Por el sonido, se diría que los hombres se detuvieron fuera del granero donde Marc y Soraya estaban ocultos. Marc, sin hacer ruido, apretó las cinchas de ambos animales, montó sin hacer ruido e hizo una señal a Soraya para que hiciera lo mismo.

Siguiendo el ejemplo del caballero, ella se tumbó sobre el poni todo lo que pudo y, conteniendo la respiración, esperó.

La desvencijada puerta del granero chirrió al abrirse. A través de la abertura, Soraya vio a cuatro, quizá cinco hombres toscamente ataviados entrar espada en mano.

—¡Cabalga! —gritó Marc, que cargó directamente contra el grupo de jinetes seguido a cierta distancia por Soraya. Dos de los hombres cayeron de sus monturas encabritadas; los otros se dispersaron como cuervos.

Dejaron atrás a sus perseguidores, cabalgaron sin parar durante una hora y finalmente permitieron descansar a los extenuados animales cerca de un campo de coles. Las hojas exteriores estaban marrones y arrugadas por la helada, pero Marc desmontó, ablandó el suelo alrededor de una de las plantas con su cuchillo y sacó un cogollo con manchas de moho gris.

Partió dos hojas del interior y le dio una a Soraya. Estaban heladas, pero aquello era mejor que morir de hambre. Devoraron la mitad y guardaron el resto del cogollo en la bolsa que colgaba de la silla de Marc.

Tan velozmente como pudieron, volvieron a montar y cabalgaron campo a través por medio de olivares y bosques poblados de pinos y enormes cipreses. Marc sabía que Soraya estaba exhausta; él mismo se hallaba más cansado de lo que le habría gustado admitir. Todos los seres humanos tienen determinada capacidad de resistencia: se preguntó si Soraya estaba acercándose a la suya. Era una mujer muy valiente, quizá demasiado: lo acompañaba en aquel viaje atravesando la mitad del mundo sin emitir una sola queja.

Bordeando las colinas cubiertas de nieve y evitando las antiguas calzadas romanas, demasiado expuestas, siguieron la marcha hasta llegar a Salzburgo. Alabado fuera Dios, por fin brillaba el sol.

—Una señal de Dios —dijo Marc mientras rodeaban las murallas de la ciudad.

—Parte de un ciclo natural —lo contradijo Soraya—. Todas las cosas en la naturaleza están en equilibrio. Después de la nieve viene el sol; después de la muerte viene nueva vida.

Ella sostenía una especie de bulbo del que salían pequeños brotes verde amarillentos. Marc se rió.

—Puedes idolatrar a una semilla si quieres: yo rezo a Dios para que haya sol.

Ella se cubrió la cabeza con la capucha.

—Es el sol el que hace el desierto —dijo con una pícara sonrisa—. Dios nos da un poco de todo: calor y viento fresco, a su debido tiempo.

—Así es —admitió Marc—. Pero espero que podamos atravesar aquellas montañas sin que se nos congelen los dedos de los pies —señaló dos altas cimas cubiertas de nieve—. Por lo tanto pido a Dios que tengamos sol.

Soraya contempló el imponente paisaje que tenían delante. No estaba lo que se dice asustada. Tenía demasiado frío y demasiada hambre como para sentir otra cosa que no fueran punzadas en el estómago.

¡Detestaba aquella tierra! Además de algunos graneros o establos vacíos junto a chozas desiertas, su único refugio era el hielo y el gemido del viento. Los escasos lugareños con que se topaban se los quedaban mirando como tontos; no respondían si se les hablaba y tampoco les ofrecían nada de comer. En Damasco, en Bagdad, incluso en la sitiada Jerusalén, las primeras palabras que se dirigían a un forastero eran siempre: «¿Habéis comido hoy?». A pesar de sus hermosas iglesias y lujosos palacios, los francos eran auténticos bárbaros.

Soraya se preguntó si también terminaría por odiar Escocia. Sería una extraña, una extranjera. No habría lugar para ella en el mundo de Marc.

Se aproximaron a la base del pico donde el reflejo del sol brillaba con fuerza cegadora sobre la nieve. Sin embargo, el astro rey no tardaría mucho en esconderse sobre las cumbres más elevadas. No tenían tiempo que perder. Bajaba la temperatura y las águilas sobrevolaban las cimas de regreso a sus nidos.

La angosta senda ascendente era rocosa y resbaladiza a causa del hielo. Los caballos subieron lenta y pesadamente por el traicionero camino hasta que Marc se detuvo e hizo un gesto a Soraya.

Ella se puso a su lado y miró hacia abajo.

—¡Oh! —exclamó—. ¡Qué hermoso! Otro mundo, todo blanco, vive en aquel valle al otro lado de esta montaña. ¡Mirad, hay pequeñas casas, y una iglesia! ¡Y graneros! Marc, nos esperan muchos pequeños y acogedores refugios.

—La tierra de los suabos —anunció. Suiza.

—¿Estamos a salvo entonces?

—Por el momento.

Soraya sólo podía pensar en comer y en lo calientes que tendría los pies junto al fuego, y entonces el aullido de un lobo le produjo un escalofrío.

Una nube tapó el sol del atardecer. No tardaría en oscurecer. Si se quedaban allí, los lobos los atacarían o morirían congelados.

Se escuchó otro aullido; esta vez más cerca.

Entonces un ruido sordo, que no presagiaba nada bueno, se propagó por la ladera de la montaña, haciéndose mayor según ella escudriñaba el abrupto paisaje de nieve que tenía ante sí. Soraya sintió un estremecimiento.

—¡Corre! —gritó Marc de pronto, y espoleó el animal para salir de allí a toda velocidad y desaparecer al otro lado de la cima. Soraya hizo otro tanto, pero antes de que el poni pudiera reaccionar, oyó un estruendo y la montaña pareció venirse abajo.

—¡Marc! —gritó.

Una masa de nieve se precipitaba por la empinada ladera, cada vez más rápido. El suelo tembló bajo los cascos del poni.

—¡Marc! ¡Marc! —siguió gritando hasta que dejó de escuchar su propia voz por el fragor de la nieve.

El poni avanzó de forma titubeante. Otro chasquido y la nieve se desmoronó bajo sus pies. Tiró de las riendas hacia la izquierda, pero el poni se hundió y trató desesperadamente de salir de allí.

Mucho más abajo de donde ella estaba, un punto oscuro salía disparado hacia un lado, como un hueso de aceituna.

No era un hueso de aceituna. Era un caballo, y un hombre, que caían dando vueltas hasta detenerse a un brazo de distancia sobre un pequeño montículo de nieve.

El semental logró levantarse; el hombre yacía sin moverse.

—¡Marc! —el eco le devolvió la llamada—... arc ... arc...

Cuando llegó donde se encontraba el caballero, Soraya no podía dejar de llorar y las lágrimas se le congelaban sobre las mejillas. Sin apartar la vista del cuerpo de su caballero, desmontó y avanzó con dificultad por la densa capa de polvo blanco.

Estaba tumbado boca arriba, con los brazos extendidos y una pierna doblada debajo de otra. Tenía la piel, incluso los párpados, grises. Se precipitó hacia él.

—¡Marc! ¡Marc, despertad!

Con las manos ateridas de frío, le agarró por un hombro y le zarandeó tan fuerte como pudo.

—¡Marc! ¡Maldito seáis, abrid los ojos! —le quitó la nieve del pecho y miró si tenía alguna herida. Yacía tan inmóvil que pensó que no podía estar vivo.

Le despejó el hielo de la frente y de la cara, y de repente él recobró la consciencia.

—Estoy muerto, ¿verdad? —dijo vacilante.

—¡No! —le respondió ella, y comenzó a llorar de nuevo.

Él abrió los ojos.

—Entonces —dijo, esforzándose por respirar—, ¿no eres un ángel?

—No, no soy un ángel. Los ángeles no llevan turbante ni pieles. ¡Marc, despertad!

—Ah —ella notó un tono de decepción en su voz y de repente se sintió muy enfadada.

—¡No os atreváis a preferir a un ángel antes que a mí!

Lanzando un gemido, Marc extendió un brazo, alcanzó la nuca de Soraya y la acercó hasta que sus labios se tocaron. La besó con tanta pasión que ella se mareó.

—Soraya —murmuró él—. No me des órdenes.

Sólo había un dedo de separación entre sus bocas. La cálida y jadeante respiración de él olía tan dulce que ella quiso llorar de placer.

—¿Estáis herido? ¿Tenéis algún dolor?

—Gracias a Dios sólo tengo frío. Y hambre —y le dio otro beso, y luego otro, presionando con fuerza la boca de ella contra la suya, casi con avaricia. Un fuego se encendió en su interior.

Cuando ella abrió los párpados, él la contemplaba con expresión perpleja.

—Soraya —musitó, cerró los ojos y susurró de nuevo—. Soraya.

Les llevó hasta bien entrada la noche descender hasta el valle y dar con un establo abandonado, medio enterrado bajo la nieve.

Mareados por el cansancio, se desplomaron sobre el basto suelo de madera y, sin decir nada, se abrazaron. Se cubrieron con la capa de piel y durmieron hasta el alba.

Veintitrés

Viajaron durante semanas. Pasaron por Innsbruck y Zúrich, luego por Besançon y Auxerre. Durmieron en establos de vacas, en bosques e, incluso, en cuevas. Se ocultaron de otros jinetes, especialmente de los que llevaban cotas de malla, y de los comerciantes con turbante, venecianos o árabes. Y de los monjes: nadie sabía mejor que ellos que las vestiduras de un monje podían ser un perfecto disfraz. Comieron cuándo y lo que pudieron.

Bordearon el sur de París y dos días más tarde entraron en el ducado de Anjou, en Alençon, empapados por la lluvia y llenos de barro. Parecía que nunca iba a dejar de llover. Y cuando por fin llegaron a Normandía y Bayeux, fue incluso peor. Un día tras otro, el agua descendía en canalillo desde el turbante de Soraya hasta el dorso de su mugrienta túnica, calando las embarradas medias de lana que Marc le había procurado tiempo atrás.

Soraya odiaba aquella tierra triste y húmeda, incluso más que Austria, donde las montañas cedían bajo sus pies. Parecía que no tenía pies: desaparecían de los tobillos para abajo en los charcos o en el limo.

Con sus tejados de tejas rosas, la ciudad portuaria de Barfleur parecía aún más fría que las montañas. Tenía un puerto en forma de media luna en el que el viento batía sin cesar contra todo tipo de embarcaciones.

Tenían que buscar un barco. Después de viajar durante semanas, ya no podían seguir rumbo norte a no ser que cruzaran el canal a nado. Pero encontrar un barco resultó más complicado que afrontar las calamidades del invierno.

—*Non* —le espetó a Marc a la cara otro rubicundo capitán—. No con este tiempo. Cuando cambie, ya veremos. Tal vez entonces os lleve hasta Inglaterra. ¿A Portsmouth, decís?

—A cualquier lugar en suelo inglés. No puedo esperar más tiempo. Llevo un mensaje para la reina.

—¿Vos? ¡*Mon Dieu*! No tenéis pinta de mensajero real; ni vos ni vuestro muchacho. Más bien parecéis dos ratas de agua a punto de ahogarse. Contadme otra broma, *mon ami*.

Sin decir nada, Soraya tomó la bolsa de cáñamo de Marc y rebuscó dentro. Luego le entregó a Marc un pequeño objeto envuelto en seda blanca.

—Supongo que sí creeréis esto —con cuidado, quitó la envoltura para mostrarle al capitán el sello real—. Ricardo el rey, ¿veis? Me ha enviado vuestro duque y rey de los ingleses, Ricardo, al que llaman *Coeur de Lion*. ¿*Compris*?

—*Oc* —tartamudeó el capitán en provenzal—. Sí,

sí. Vos sois un caballero cruzado, ¿no? ¿Uno de los que marcharon a Jerusalén con Ricardo? Decidme, señor, ¿se ha conquistado la Ciudad Santa?

Marc no hizo caso de la pregunta.

—Estoy a las órdenes de Ricardo, y necesito que me ayudéis y así ayudéis a vuestro duque.

—Lo que sea —dijo el capitán—. Cualquier cosa por el duque Ricardo. Y también por la reina Leonor. Provengo de Aquitania, ¿*compris*?

El capitán echó una ojeada al puerto, con escasa actividad a esa hora, y al mar, donde un viento furioso levantaba grandes olas.

—Lo que sea, excepto cruzar el gran canal con semejante tormenta. Mi barco zozobraría, yo nunca volvería a ver a mi esposa ni a mi hijo y vos y vuestro mensaje se perderían para siempre.

—¿Cuándo entonces? —inquirió Marc.

—Cuando el viento del norte amaine. Arriesgaría mi vida por Ricardo Plantagenet, pero no mi barco. Ni siquiera por él haría algo así.

Marc envolvió el sello de bronce y se lo devolvió a Soraya.

—Entonces esperaremos. ¿Hay alguna posada cerca?

El capitán señaló un edificio de dos plantas con tejado rojo y un amplio patio situado en un callejón.

Por fin iban a dormir en una cama. A Soraya le dolían los huesos de pasar tantas noches durmiendo en el suelo o en fríos y húmedos graneros.

Un chico de no más de siete u ocho años descargó la bolsa de provisiones de Marc y se llevó los cansados caballos. Marc se echó al hombro la bolsa de cáñamo y él y Soraya entraron en la acogedora y abarrotada posada. Discretamente ocuparon un banco en una esquina poco iluminada. El fuego crepitaba en la chimenea de la cocina, y con el apetitoso olor de la comida a Soraya se le hizo la boca agua. ¿Salchichas? ¿Pollo asado?

La posadera les lanzó una mirada y Marc levantó dos dedos. No tardó en salir de la cocina con dos jarras de cerveza, algo de pan, un trozo de queso blanco y duro, y un plato de jugosas salchichas para compartir.

—En verdad —dijo Soraya tras el primer bocado— nunca he probado nada tan delicioso.

Tenían tanta hambre que no volvieron a pronunciar palabra alguna hasta que no se hubieron terminado las salchichas y bebido la segunda cerveza.

Marc se comió el último pedazo de queso y sonrió a Soraya.

—El hambre es una lección de humildad, ¿verdad? Y ahora... —hizo una señal a la posadera— una cama.

—*Oui*, tenemos alojamiento, *monsieur* —informó—. Si no os importa compartir con otros cinco señores. Uno de ellos está sentado justo allí —indicó con el dedo a un hombre sentado solo detrás de Marc.

Soraya estiró el cuello para ver por encima de Marc y soltó una exclamación.

—¡El hermano Andreas! —susurró—. ¡Es el hermano Andreas! Lleva un hábito de monje, pero conozco esa cara.

El monje estaba sentado de lado, absorto en la pierna de venado que se estaba comiendo. A Soraya se le heló la sangre.

—¿Qué debemos hacer? —preguntó.

—Dormir —respondió tranquilo—. Estamos medio muertos de frío y de cansancio. Dormiremos hasta que salga el sol y zarpe el barco —hizo señas a la posadera para que se acercase y luego le puso una moneda en su mugrienta mano—. Preferiría algo de intimidad: estoy esperando a un visitante, a una dama.

—*Alors*, por supuesto —sonrió la mujer—. Subid por las escaleras de fuera y girad a la derecha: es la última habitación.

Dando la espalda al hermano Andreas, Marc indicó a Soraya que se cubriera con la capa de piel para ocultar su rostro.

—Ve tú primero.

Le dio un pequeño empujón, y ella se deslizó hasta la puerta como una sombra. Marc esperó unos segundos, recogió el pan sobrante y se lo llevó a la boca como si aún lo mordisqueara. Justo cuando estaba a punto de salir por la puerta se volvió para echar un rápido vistazo al hermano Andreas.

El monje no se había movido ni un palmo. Seguía sentado entretenido trinchando la pierna de venado.

Marc dio gracias a Dios por los cuchillos romos y subió las escaleras delante de Soraya. A tientas por un oscuro pasillo, se topó con una puerta. Ésta se abrió fácilmente, y el caballero cruzó el umbral.

La habitación era tan negra como el interior de una chimenea. Marc entró con cuidado, con las manos tanteando en la oscuridad. Encontró una vela y un pedernal para encenderla.

La luz reveló un cuenco medio lleno de agua espumosa y una toalla húmeda a su lado.

—Alguien acaba de marcharse —musitó—. O quizá cobran por horas.

Soraya no dijo nada.

Una cama, con un marco de fresno macizo, estaba

contra la pared. En la esquina opuesta de la habitación había una andrajosa colección de jergones enrollados. Marc cerró el pestillo de la puerta y luego buscó la mano de Soraya.

—Estamos seguros.

—Sí —suspiró ella al tiempo que miraba los dedos de ambos entrelazados—. Pero si aquél era en verdad el hermano Andreas, entonces también estamos atrapados.

—Hay una ventana —Marc señaló con la cabeza hacia uno de los lados—. En el peor de los casos, podemos escapar por ahí.

Ella sintió un estremecimiento. La ventana estaba en la segunda planta, al menos a veintitrés palmos del suelo.

De abajo subía el ruido de las risas y el rítmico estrépito de los vasos de vino al golpear las mesas al unísono.

—Los normandos son aún más ruidosos que los austriacos —bromeó Soraya.

—Y tienen un olor más agradable —dijo Marc con una sonrisa.

Ella arrugó el gesto.

—No mucho más.

Ella se quitó la capa y la colocó sobre la cama.

—Busquemos un mercado mañana: mi túnica está más desgastada que la vela de un barco.

Los oscuros rizos de Soraya le caían libremente por la cara, y Marc contuvo la respiración. Deseaba tocarle el pelo, acariciarle la piel, los brazos desnudos.

—Mañana —repuso Marc— buscaremos un barbero que te corte el pelo.

—Y una nueva túnica —levantó los brazos mostrando las costuras descosidas y el dobladillo raído.

—Sí —se apresuró a decir—. Una túnica.

«Una que disimule mejor la forma de sus senos y que se ajuste al cuello para no dejar entrever la cremosa carne de su pecho y de sus hombros. Debería ser una prenda que la cubriera de pies a cabeza, como una monja».

Se oyó otra explosión de alegría en la planta baja. Soraya se quitó las sandalias y los húmedos calcetines.

—Durmamos, si es que podemos.

Ella escogió dos jergones, desenrolló uno sobre el camastro y extendió el otro en el suelo. Marc se desabrochó el cinturón de la espada, sonriendo ante los ecos del jolgorio provenientes de la posada.

—Normandos —dijo con sequedad—: bailan como elefantes y cantan como...

—Camellos —concluyó Soraya.

Él sonrió, se despojó de su manto y deshizo los nudos de su cota de malla.

—¿Vos cantáis, Marc?

La pregunta le hizo gracia y se rió en voz alta.

—¿Cantar? Sí, en cierto modo —mientras enrollaba su cota, comenzó una tonada—. «Mi amor, ven conmigo, lejos de las montañas, lejos del mar...» Es una canción escocesa —explicó—. Mi padre, que era francés, se la solía cantar a mi madre cuando creía que nadie escuchaba.

Soraya no podía hablar del nudo que tenía en la garganta. Las lágrimas afloraron a sus ojos. De repente, empezó a llorar y se cubrió la cara con las manos. Marc se acercó y le pasó el brazo por los hombros.

—Canto peor que un camello, ¿verdad? —dijo con suavidad.

Ella asintió; luego cambió de opinión y sacudió la

cabeza. Se volvió hacia él y reposó la cara contra su hombro.

—Peor no —dijo sollozando—. Mejor. Todo lo que hacéis es mejor.

Soraya se abrazó a su cintura.

—Marc —dijo en voz baja—. ¿Qué será de mí cuando llegues a tu casa en Escocia?

Él la tomó por los hombros y reclinó la mejilla sobre su el pelo.

—No lo sé. Lo único que sé es que mi deber es regresar. Entre otras cosas, debo ver a mi señora madre.

Soraya levantó la cabeza, y se quedaron mirando fijamente el uno al otro.

—¿Recordáis aquella noche en el barco de Jaffa? ¿Cuándo traté de mataros y me sujetaste y...? —se le entrecortó la voz.

—Sí, lo recuerdo. Incluso entonces yo sentía que había algo entre nosotros. No puedo perderte, Soraya.

—Debemos... debemos pensar en el mañana.

—No. En el mañana, no. Estamos aquí, juntos, en este momento. Eso es todo lo que importa.

La voz de Marc se disipó entre el griterío que venía de abajo.

—¡Bebed! ¡Bebed! Amad y sed felices, que la vida es corta —cantaban.

—Estamos atrapados por partida doble —dijo ella con voz temblorosa—. No soy de ningún sitio.

Marc la acercó hacia sí.

—Dios me perdone, pero preferiría morir aquí, contigo, que seguir sin ti.

Se inclinó para besarla, pero en ese momento alguien aporreó la puerta.

—¡Abrid en nombre del rey!

Con los ojos cerrados, la estrechó entre sus brazos un poco más.

—Si esto significa mi muerte, Soraya, huye con la reina Leonor. Allí estarás a salvo.

—¡Marc! —ella se aferró a él, pero él la apartó hacia un lado, se abrochó el cinturón de la espada y desenvainó el acero. De cara a la puerta, gritó:

—¿Qué rey?

—Felipe de Francia —la voz habló en un francés con un fuerte acento normando.

Soraya se puso lívida.

—Quédate detrás de mí —le ordenó Marc.

—¿Qué tiene que ver el rey con un caballero y su escudero que regresan de Tierra Santa?

—Pronto lo sabréis. ¡Abrid la puerta!

—Prepárate —le dijo a Soraya. Ésta se agachó al lado del camastro y se volvió a poner el turbante a toda prisa.

Marc dio un paso hacia delante y con la punta de la espada levantó el pestillo de la puerta. Con los pies separados, alzó la espada y aguardó.

Un hombre bajo, de tez morena, vestido con los colores azul y oro de Francia, irrumpió en la habitación. Otro hombre, más alto pero ataviado de forma semejante, entró detrás del primero. Al ver la espada de Marc desenvainada, el primero se detuvo, pero el más alto tropezó con él, empujándolo hacia Marc. La punta de la espada le cortó levemente la cota de malla que llevaba bajo el uniforme, y retrocedió soltando su arma, que produjo un gran ruido al golpear el suelo.

—No mataré a un hombre desarmado —dijo Marc al tiempo que le acercaba la espada de una patada—. Decid de una vez lo que queréis.

—Yo... —el hombre escudriñó la habitación con la mirada—. ¿Dónde está Ricardo de Inglaterra? —gritó.

—No lo sé —contestó Marc—. Y aunque lo supiera, no os lo diría.

—¿Protegeríais a ese enemigo de Francia?

—Sí, lo haría, y lo hago. Ahora salid de aquí antes de que os ensarte con mi acero.

Marc permitió que el hombre más bajo retrocediera, pero en ese momento, el otro caballero arremetió contra él desde atrás empuñando la espada. Marc se hizo a un lado y lo esquivó.

Durante un suspiro, Marc apartó la vista del hombre de tez morena, instante que éste aprovechó para abalanzarse sobre él.

Marc oyó un grito sordo a su espalda, pero antes de que pudiera darse la vuelta y mirar, su acero atravesó la garganta del francés más bajo. La sangre brotó en abundancia y se le doblaron las rodillas.

Recuperó la espada y se volvió para encarar al segundo atacante. Maldijo en voz alta.

Lo que vieron sus ojos le heló la sangre.

Veinticuatro

Detrás de él, el francés más alto tenía la cabeza completamente envuelta en la capa de piel de Soraya. Marc observó cómo daba golpes de ciego con su espada mientras Soraya esquivaba el cortante acero. De pronto, ella le quitó la capa de la cabeza y se la lanzó sobre la punta de su arma.

Mientras bregaba por liberar la espada, ella se abalanzó sobre él y le hundió su pequeña daga en la base del cuello. El caballero emitió un grito ahogado y se desplomó de espaldas.

Un ruido de botas se aproximaba hacia la habitación por el pasillo. Después de mirar fugazmente a Soraya, Marc corrió a la ventana y rasgó el papel translúcido para dejar libre la salida.

—Sube al alféizar —ordenó. Acto seguido se volvió hacia la puerta.

Cuatro hombres de aspecto brutal y ataviados con

mantos de color azul y oro tropezaron entre sí al entrar en la pequeña habitación. Marc bloqueó el acero de uno de ellos e hizo una finta para evitar un golpe desde su izquierda.

—¡Soraya, salta! —gritó.

—¡No puedo! —chilló.

Marc volvió a esquivar otro golpe.

—No mires abajo. Cierra los ojos y salta.

—¡N...no puedo!

—Por el amor de Dios, ¿por qué no?

Marc no se podía volver a mirar; más franceses iban entrando por la puerta.

—Porque el hermano Andreas está esperando en el patio, ahí abajo.

¿El hermano Andreas? ¿Una docena de asaltantes delante de él y el hermano Andreas abajo? Menuda elección.

Marc se abrió paso hacia la ventana de la que colgaba Soraya. Dándole la espalda a ella, mantuvo a raya a los atacantes. Poco a poco, se acercó hasta donde pudo sentir el tembloroso cuerpo de la muchacha detrás de él.

—Olvida al hermano Andreas —gritó—. En este momento es el último de nuestros problemas. ¡Salta ya!

La oyó respirar profundamente, después un pequeño sonido y, por último, nada. Ningún ruido en absoluto: ni un grito, ni un golpe, sólo un silencio enloquecedor.

Dos hombres arremetieron contra él. Los esquivó de un salto e hirió a uno de ellos en el brazo. El herido, tambaleándose de dolor, entorpeció el avance de los caballeros que venían detrás de él.

Por Dios, tenía que saltar ahora. Se giró, arrojó la espada por la ventana y se lanzó al patio de cabeza.

Soraya salió del espinoso arbusto que había amortiguado su caída y evitó la espada que se le venía encima desde la habitación.

El hermano Andreas tomó el arma, y Soraya se quedó paralizada.

—¡Rápido! —bramó el monje—. Por aquí.

Ella se lo quedó mirando fijamente durante un instante.

¿Por aquí? ¿Por dónde?

El monje señaló con impaciencia la esquina de la posada.

—¡*Vite*! ¡*Vite*!

Justo cuando empezaba a seguirlo, Marc voló por el aire y cayó sobre el mismo arbusto que ella. Enseguida se puso de pie y encaró al hermano Andreas, que ahora tenía su espada.

El monje dio unos pasos hacia él, y Marc se preparó para evitar el primer golpe. El hermano Andreas se detuvo a muy poca distancia de él, y ninguno de los dos hombres se movió.

Soraya saltó sobre la espalda del monje y le presionó los ojos con las manos, pero éste se la sacudió de encima arrojándola al suelo. Incapaz de moverse, observó con horror que el hermano Andreas se había acercado a Marc lo suficiente como para hundirle la espada en el pecho.

Soraya cerró los ojos: no podía verlo morir.

Pero no oyó nada, y cuando volvió a abrirlos pensó que tenía que estar soñando.

El hermano Andreas estaba entregando la espada a Marc por la empuñadura. En cuanto Marc la agarró, el monje se dio la vuelta, haciéndoles un gesto para que le siguieran.

Corrieron tras él hasta el patio donde, para su sorpresa, Júpiter y el poni estaban ensillados y listos para partir. Furiosos, los perseguidores descendían por la escalera exterior en una cacofonía de ruidos de espadas y de botas.

Soraya y Marc montaron y salieron al galope del patio, que se encontraba milagrosamente abierto. Soraya echó la vista atrás y vio cómo el hermano Andreas, con una sonrisa tan dulce que no parecía de este mundo, se colocaba entre la avalancha de atacantes y la puerta.

El monje cayó al suelo, y los franceses pisotearon su cuerpo inmóvil.

Dos días enteros estuvieron ocultos en un gélido molino de viento con techo de pizarra, situado a una docena de yardas del muelle. En la mañana del tercer día, un domingo, infirió Marc por el tañido de la campana, salió el sol y la niebla que cubría el puerto se disipó. El rubicundo capitán del Robin Joyeux izó la vela mayor. Estaba soltando amarras cuando en ese momento aparecieron Soraya y Marc. Rápidamente embarcaron los caballos que habían escondido en un establo cerca del molino.

Pusieron una moneda de oro en la callosa mano del capitán. Éste la miró con ojos desorbitados; luego dibujó una amplia sonrisa.

—*Très bien*. Zarpamos.

Soraya empezó a sentirse algo mareada. Desmontó a mitad de la plancha y miró el puerto a su espalda. Un vendedor ambulante caminaba por el muelle con una bandeja de madera colgándole del pecho. Le entregó a Marc las riendas del poni y se apresuró a bajar por la plancha para acudir al encuentro del vendedor. Aún conservaba un bezant de oro y algunos deniers de plata ocultos dentro de la pretina de los pantalones.

Todo lo que compró fue una bolsa de raíz seca de jengibre. El vendedor, pobremente vestido, la miró con curiosidad.

—¿Eso es todo? ¿No queréis nada más?

—Es todo. *Shukren*.

—Id con Dios —musitó.

—Y que vuestra tribu crezca —respondió ella de forma automática.

Una vez de vuelta a bordo del barco, Marc la miró con el ceño fruncido.

—¿Qué has robado esta vez?

—No robé nada —le pasó un trozo del jengibre—. Es para el mal de mer.

Marc no pudo contener la risa.

—¿No lo tomaste prestado? ¿Estás perdiendo facultades?

—Vedlo con vuestros propios ojos. El vendedor está allí, en el muelle. Tiene todo tipo de... —se paró en seco; los ojos fuera de las órbitas—. Ese hombre, ¡el vendedor! ¡Me habló en árabe!

—Ajá —se burló Marc—, veo que aún no has perdido tu pericia para distraer la atención de tus faltas.

Soraya agarró la manga del manto de Marc y lo sacudió con fuerza.

—¡Y vos seguís siendo imposible! ¿No comprendéis la importancia de lo que digo? ¡Se dirigió a mí en árabe! ¿Cómo es que sabía la lengua?

La sonrisa de Marc se esfumó.

—Sí, ahora lo entiendo. Podría ser un espía —observó al vendedor, que estaba alejándose por un callejón.

—Tal vez sólo sea un proveedor árabe de raíz de jengibre.

Ella le dio un puñetazo en el pecho con toda su fuerza. La hora siguiente se la pasó con la mano dolorida por el puñetazo contra la cota de malla y vomitando por la borda.

Durante todo el día el mar continuó picado. Al atardecer, Marc puso a Soraya a resguardo del cortante viento, debajo de la cubierta. Luego se sentó a su lado mientras ella mordisqueaba la raíz de jengibre y la escupía a un balde de desechos.

La travesía duró trece horas. Soraya apenas podía tenerse en pie cuando la embarcación enfiló por fin la entrada del ancho y acogedor puerto de Portsmouth.

—*Pauvre petit* —murmuró el capitán mientras se aprestaban a desembarcar—. ¿Se encuentra mejor el chico?

Marc asintió, pero continuó sujetando a Soraya por los hombros.

El capitán frunció el ceño.

—Siento que la travesía haya sido tan movida.

Marc le dio una palmada en la espalda.

—Carece de importancia ahora que estamos en suelo inglés.

Nunca pensó que podría estar agradecido de pisar suelo inglés. Aunque no se trataba de su Escocia natal, todo presagiaba que iba a poder cumplir con la misión que le había encomendado Ricardo.

Inglaterra, por el momento, significaba seguridad. Dios sabía que no había disfrutado de un solo momento de tranquilidad desde que divisaron las costas italianas. Incluso desde antes de Acre.

Contempló a Soraya caminando por la cubierta,

con los brazos sobre el estómago y la cabeza levantada. Él sabía que todavía se sentía mareada, pero que, como siempre, aguantaba estoicamente sin pronunciar una sola queja.

El Señor había bendecido su viaje con la compañía de Soraya. Ella le alivió los malos ratos, como la muerte de Henry en Ascalón. Marc sacudió la cabeza con incredulidad. Incluso estando escondida en un rincón, pasando hambre y frío, vestida con ropas mugrientas y plagadas de piojos, ella era capaz de confortarle el alma.

Y de encender su deseo. Soraya era una mujer única; ahora sabía que no podía seguir negando que la amaba.

Sus miradas se encontraron al final de la rampa de madera cuando bajaron los caballos del barco.

—¡Mirad! —dijo Soraya señalando las suaves pendientes que descendían hasta el mar—. ¡Qué hermoso y verde es todo! Mires para donde mires, verdes son los árboles, verdes las colinas, incluso las flores son verdes.

—Eso no es una flor —dijo él riendo—. Eso es un poste indicador pintado de verde.

En el primer cruce, Marc desmontó para leer la «flor» verde de Soraya. Winchester. La flecha señalaba al norte.

—Medio día a caballo —dijo Marc con una sonrisa—. Deberíamos llegar a la corte de la reina Leonor antes de la hora de la cena.

La corte de la reina Leonor. Por primera vez en una semana, Soraya se sintió angustiada. Probablemente la reina de los ingleses pensaría que era una mera sirviente, o quizá algo peor.

Veinticinco

Cabalgaban con cuidado. Marc iba delante sobre Júpiter, una sombra fantasmal a la que Soraya seguía con la mirada puesta en el empedrado del camino. Sobre el cielo colgaba un pedacito de luna.

Soraya suponía que aquellas carreteras rectas y anchas que usaban los normandos, como las de los francos y los austriacos, eran reminiscencias del viejo Imperio romano. También había visto caminos parecidos en Siria. Los romanos habían entretejido en todas las regiones que habían conquistado una trama de rutas diseñadas para el rápido movimiento de tropas y suministros.

Ella prefería las estrechas y retorcidas callejuelas de las grandes ciudades, como las de Damasco y Constantinopla, ciudades bizantinas. ¿No volvería a ver jamás las inmensas iglesias y las delicadas mezquitas recubiertas de mosaicos y azulejos? Una parte de ella añoraba su tierra natal bañada por el sol.

¿Cuál era su lugar en el mundo? Ya no podía seguir reprimiendo por más tiempo esta pregunta; le había rondado desde que zarpó de Jaffa a Chipre, y ahora le volvía a surgir en Inglaterra.

¿Y cuál era su identidad? ¿Todavía era la sobrina adoptada de Khalil, ahora que su amado tío estaba muerto? ¿Era una espía de Saladino, aunque estuviese lejos de Jerusalén, de la guerra, de las argucias y de las luchas de poder?

¿Entonces quién era? No podía dejar de mirar la deshilachada túnica o los desgastados pantalones de lino que llevaba, antaño tan delicados. Tenía el aspecto de un mendigo: desaliñada y sucia, ni siquiera parecía una mujer. Se hallaba perdida, incluso para sí misma.

Y la prometida de Marc lo esperaba en Escocia.

El camino giraba de pronto hacia el oeste, siguiendo el río. En la cada vez más profunda penumbra, las aguas eran de un azul plateado con sombras verdes.

Árboles oscuros de formas redondeadas crecían a lo largo de las orillas. Formaban una fronda tan espesa que apenas dejaban pasar el reflejo del sol del atardecer. No había olivos, pero... Soraya observó con más atención la maleza. ¿Les estaría siguiendo alguien?

—¿Marc?

Éste detuvo su caballo y esperó.

—No estamos lejos, Soraya. Unas pocas leguas y estaremos calientes y a salvo en la corte de Leonor.

El estómago de Soraya se quejó.

—Y espero que nos den de comer.

—De eso no me cabe la menor duda. La reina tiene fama de ser generosa con los que sirven fielmente a Ricardo.

«La reina». Ella nunca había visto a ninguna reina, a una de verdad. La realeza bizantina se casaba con frecuencia con plebeyos; una vez incluso con una prostituta, aunque se decía que era muy bella. Nadie veía a las mujeres de Saladino. Incluso se ignoraba el nombre de su favorita fuera de los muros de palacio.

Un creciente temor se apoderó de Soraya: ¿qué vería la gran Leonor de Aquitania cuando posara su real mirada en alguien como ella, una intrusa mugrienta y andrajosa en una tierra extraña?

Le recorrió la espalda un estremecimiento ante semejante idea.

—No te quedes atrás, Soraya. Permanece cerca, detrás de mí.

Obedeció sin rechistar. Ella quería estar cerca de él: era lo único sobre lo que no albergaba ninguna duda.

El imponente castillo de Winchester se había construido en piedra gris pulida. La luz relucía en la miríada de ventanas de los niveles superiores, como si sus habitantes disfrutaran de una plétora de chimeneas y se regodearan encendiendo velas. El corazón de Soraya dio un vuelco de alegría al pensar que pronto podría entrar en calor.

El acceso al castillo estaba protegido por una barricada de madera rodeada por un profundo foso de aguas aceitosas. Los caballos cruzaron el estrecho puente que conducía a la puerta oeste, y Marc solicitó permiso para entrar. Una vez izado el rastrillo, entraron hasta la liza exterior y pasaron al lado de un guardia mal encarado que los miró con desconfianza.

En el patio interior, un mozo de cuadras se llevó las

monturas, y otro muchacho, un paje medio dormido vestido con una arrugada túnica verde, les mostró el camino hasta el gran salón.

Soraya se detuvo en seco. El techo se elevaba sobre su cabeza a una extraordinaria altura. El fuego crepitaba en dos enormes chimeneas, una a cada lado de la gigantesca sala. Tapices y gruesas alfombras estampadas cubrían todos los muros, excepto uno, de donde colgaba una inmensa mesa redonda de madera, colocada justo debajo de una vidriera de tres cuerpos.

Un guardia los interceptó, impidiéndoles el paso con la lanza.

—Tengo que ver a la reina —anunció Marc.

El fornido centinela observó con detalle el raído manto de Marc.

—La reina se ha retirado a sus aposentos. ¿Quién sois para solicitar audiencia?

—Soy Marc de Valery.

El guardián retiró inmediatamente la lanza.

—Ah, sí, el escocés. Me lo imaginaba.

Soraya se encogió dentro de la túnica. Era perfectamente consciente del estado de su ropa, de sus mejillas agrietadas a causa del viento y de lo sucia que estaba. ¡Si al menos pudiera arreglar el turbante para taparse la cara!

—Oléis muy mal, sir Marc. Antes de ver a su majestad, quizá os gustaría...

—Traigo un mensaje urgente para la reina —lo interrumpió—. Es asunto de vida o muerte.

—Por supuesto, por supuesto. Sin embargo...

—¡Llevadme hasta Leonor! Tengo noticias del rey.

El hombre se puso pálido.

—Esperad aquí.

Aguardaron durante un rato. A Soraya le empezaron a sudar las manos. Echó un vistazo alrededor y se las limpió en la túnica.

Un leve sonido delató que alguien se acercaba, y por fin una voz imperiosa rompió el silencio.

—¿El rey? ¿Qué rey? ¿Ese mocoso de Felipe de Francia, o ese bribón de hijo, Juan, que tiene veleidades de rey?

Una figura alta y majestuosa avanzó hacia Marc. Leonor bajó hacia ellos como un torbellino, ataviada con un vestido de terciopelo rojo. Su rostro, elegantemente enmarcado con una toca de hilo de oro, no revelaba ninguna emoción.

Marc hincó una rodilla en el suelo.

—Vuestro hijo, Majestad, Ricardo Plantagenet.

Durante un instante los intensos ojos azules de Leonor delataron su sorpresa, pero la expresión de su cara se mantuvo imperturbable.

—Mi hijo —aseveró— está batallando en Tierra Santa.

A un gesto de la reina, Marc se puso de pie.

—No, señora. Lo han tomado prisionero cerca de Viena.

Leonor no respondió. En cambio, se volvió hacia Soraya.

—Os aconsejo, De Valery, que enseñéis mejores modales a vuestro paje. Tienes que arrodillarte ante la reina, muchacho.

Soraya se puso de rodillas y agachó la cabeza, pero alcanzó a ver la cara de la reina en un momento de descuido: sus ojos reflejaban pura desesperación; había usado la reprimenda como una distracción para ocultar sus emociones. Soraya pensó que era una mujer inteligente y mesurada.

Después de todo se trataba de la reina de Inglaterra. Irradiaba poder y majestad. Soraya se sintió atraída por ella como una mariposa nocturna se siente atraída por la luz. Por algún motivo que no terminaba de comprender, la reina le caía bien.

—Hay más, excelencia —dijo Marc con voz serena.

—¿Qué más? —inquirió Leonor—. ¿Visteis a mi hijo prisionero en Austria?

—Sí, Señora. Cinco caballeros alemanas nos abordaron en una posada.

—Yo traté de disfrazarlo como un cocinero asando carne —saltó Soraya—. Pero...

—¡Cocinero! —la reina se volvió hacia ella. Soraya se encogió y se cubrió la cara con las manos. ¿Qué era lo que había hecho?

Pero Leonor se rió hasta que se le saltaron las lágrimas.

—Cocinero —repitió mientras se secaba los ojos—. Asando carne... Admiro vuestra agilidad mental —enseguida se serenó—. Entonces, ¿qué mensaje me envía?

Marc asintió.

—Os pide que reunáis dinero para pagar el rescate.

Leonor lo miró fijamente.

—Así lo haré —dijo con frialdad—. Dios pudra al duque de Austria. Leopoldo pagará por esto.

La reina hizo un gesto impaciente a Soraya, que seguía arrodillada.

—Oh, ¡levántate!, ¡levántate! Hay mucho que...

Soraya se levantó, pero la reina dejó la frase inconclusa.

—Bueno, bueno —echó una ojeada a Marc y volvió a observar a Soraya. Examinó su cara; luego la desgastada túnica y los pantalones de lino, y por último otra vez el turbante.

—¡Dios mío! —exclamó—. Casi no puedo creerlo —su hierático semblante empezó a sonreír, cada vez más—. ¿Qué mejor para alejar mi mente de las preocupaciones que... resolver un buen enigma? —musitó, y a continuación añadió—: me encantan los enigmas.

Soraya se puso nerviosa. Ojalá no hubiera entrado allí. Ojalá se hubiera quedado en las cuadras, con los caballos.

La reina elevó la voz.

—¡William Marshal!

Un centinela situado en la puerta más alejada repitió la llamada, repetida a su vez por el eco hasta desvanecerse en un elocuente silencio.

En unos pocos minutos entró un hombre corpulento, de ojos oscuros, mirada atenta y penetrante, que se dirigió directamente hacia la reina y le hizo una reverencia.

La voz de la reina se convirtió entonces en un murmullo, y Soraya sólo captó algunas palabras sueltas, como «Leopoldo» o «rescate».

—Y —añadió Leonor antes de que el conde se retirara— aseguraos de que este caballero y su... escudero tengan comida y alojamiento.

Marshal no dijo nada; se limitó a asentir, se dio la vuelta y salió por donde había entrado. En los labios de la reina se dibujó una sonrisa de satisfacción mientras lo observaba marchar.

—Mañana —dijo la reina a Marc y a Soraya— podréis bañaros y vestiros con ropa limpia.

A la mención del baño, las fatigadas facciones de Marc se relajaron.

—Gracias, excelencia. Sois muy amable.

—¡Tonterías! El banquete de Noche de Reyes es mañana, y no me gustaría que dos comensales se sentaran a mi mesa en semejante estado.

A Soraya se le escapó una risa.

Leonor la miró con expresión severa.

—¿Cuál es tu nombre, muchacho?

—Soray, majestad.

La reina frunció la boca.

—Muy bien, Soray. Mandaré a buscarte por la mañana, después del desayuno —sin volver la vista atrás, Leonor desapareció en un remolino de terciopelo rojo. Marc y Soraya se miraron el uno al otro.

Un paje los acompañó hasta una acogedora cámara ubicada en lo alto de una torre del castillo, donde comieron carne fría y bebieron vino caliente con especias. Una vez saciados, lanzaron un suspiro de satisfacción y se desplomaron vestidos sobre una gran cama con cortinas azules.

—¿Qué es lo que querrá la reina de mí? —susurró ella.

—No lo sé, Soraya —respondió con voz cansada, al tiempo que se acercaba a ella y le pasaba su brazo por la cintura, como había hecho cada noche desde que Ricardo fue capturado en Austria—. Duérmete.

—¿Tal vez pretenda instruirme en los modales de la corte para que no la avergüence durante el banquete?

—Sí, es posible. Debes acordarte de no tomar prestados ninguna copa de vino ni ningún salero —dijo Marc con una sonrisa en la cara.

—O un pollo asado o una tarta de fruta, que serían más de mi gusto.

—Exactamente —dijo entre dientes.

«Después del banquete, Marc estará orgulloso de mí», pensó Soraya.

Sin embargo, no podía quitarse de la cabeza la expresión divertida que había esbozado la reina, o la complacida pero astuta mirada de sus penetrantes ojos azules.

Veintiséis

—¡Venga, venga! —le urgió la reina Leonor, apoyando sus elegantes y nervudas manos en la cintura—. No me tomes por tonta, muchacho. Si viniste desde Jerusalén hasta aquí, ¿por qué titubeas ante un baño, que no requiere de ningún coraje?

Soraya observó a la reina: estaba tan hermosa con aquel vestido largo y suelto de seda azul celeste que nada resaltaba más en aquel suntuoso aposento.

—Pero sí requiere de coraje, majestad. Lo comprenderéis cuando me desvista.

—Entonces hazlo —ordenó Leonor con indisimulado deleite—. Sorpréndeme, si puedes.

Soraya miró a todas partes excepto a la reina. Toda la cámara resplandecía con luz proveniente de altas ventanas o de intrincadas vidrieras, y estandartes escarlata y oro pendían de las paredes: los colores de los Plantagenet. Al ver los leones, Soraya se acordó de Ricardo, con su pelo rubio rojizo y un temperamento explosivo. Desde luego podía ver de quién le venía aquel carácter. De hecho, Soraya esperaba en cualquier momento un arranque de ira por parte de Leonor.

Se quitó el turbante y los pantalones. Por fin, se despojó de la sucia túnica y comenzó a desenrollar la faja que le cubría los pechos.

—¡Dios mío! —exclamó una de las sirvientas.

—Tranquila, Margit —ordenó la reina.

Soraya se cubrió el pecho con los brazos. La canosa Margit soltó un pequeño chillido y se llevó una mano a la boca.

Leonor, que estaba disfrutando con la escena, sonrió y chasqueó los dedos señalando la bañera de cobre.

Soraya contempló la tentadora agua caliente con repentino recelo. ¿Acaso Leonor no estaba sorprendida? Salvo por algunos destellos de alegría en los ojos, el semblante de la reina mostraba la habitual expresión imperturbable, y Soraya se preguntó qué escondería tras ella. ¿Nada podía sorprender a la gran Leonor?

Soraya se metió en la bañera y se sentó. De inmediato le cayó un balde de agua sobre la cabeza.

—¡Margit! ¡Bette! No ahoguéis a la chica, sólo tenéis que quitarle la mugre.

Con ayuda de un paño para frotarla y de jabón perfumado, las dos sirvientas se afanaron en limpiar semanas, o más bien meses, de suciedad acumulada. Soraya puso la frente entre las rodillas para disimular una sonrisa. No le importaba que Leonor no estuviera sorprendida: lo que más importaba en aquel momento era el delicioso tacto del jabón de rosas sobre su piel.

Quizá los ingleses no fuera tan bárbaros como los francos. Al menos su reina apreciaba las delicadezas de una cultura sofisticada. De hecho, Soraya se podía imaginar cómo la reina explotaría todo aquello en su beneficio: un vino suculento ofrecido a viajeros y mercaderes abriría sus bolsas de monedas de plata para el rescate de Ricardo. Los delicados polvos de tocador que llevaba Leonor, sumados a sus esculpidos pómulos, cautivarían al obispo o al abad más cicatero, con independencia de los votos de castidad.

¡Cómo habría admirado el tío Khalil a esa mujer!

Con la piel reluciente y el pelo enjuagado en agua de azahar, Soraya emergió de la tina lista para someterse al dictamen de Leonor.

—Bette, el arcón con la ropa. El grande.

Entre Bette y Margit llevaron el baúl de madera tallada de una estancia contigua y lo pusieron sobre la base de bronce del espejo de plata repujada. Bette abrió el cierre y levantó la tapa.

—Ahora —musitó la reina— dejadme pensar.

—Majestad —se lanzó Soraya—, ¿no estáis molesta al descubrir que el «escudero» de Marc de Valery es... soy yo?

La reina la miró frunciendo el ceño.

—El escudero de De Valery —dijo rompiendo a reír—. No estoy ciega, muchacha. Y me gustan mucho las chicas inteligentes. ¿Pensaste que no podría distinguir a un hombre de una mujer a simple vista?

La reina no esperó la respuesta.

—¿Quién eres en realidad, ya que obviamente no eres un escudero?

—Mi nombre es Soraya al-Din. Me crié en Damasco, pero mi madre y mi padre eran circasianos. Fui educada en un harén del sultán, aunque se me permitió ser fiel a la iglesia griega.

—¿Sabes montar a caballo, Soraya de Damasco?
—Sí, mi señora.
—¿A horcajadas? —inquirió Leonor—. ¿Con faldas?
—Sí.
—Bien —exclamó la reina—. No puedo soportar a esas damas bobaliconas que no saben controlar sus monturas con las rodillas.

Margit sacó un pellejo de lana rosa claro del arcón y cubrió con él el cuerpo de Soraya.

—Demasiado insulso —dijo Leonor—. La chica tiene frío, Bette. Ponle una camisa.

La sirvienta más joven le introdujo por la cabeza una suave prenda de lino. Margit llevó otro vestido del montón de ropa que había en el arcón; esta vez de seda amarilla con mangas largas y anchas.

—Demasiado caído —determinó Leonor—. La chica es delgada. ¡Y semejantes pechos! ¿Y todo este tiempo los tuviste envueltos, como confites aplastados?

—No tenía más remedio, tenía que fingir.

Leonor suavizó el tono de voz.

—Y lo hiciste bien, dadas las circunstancias. Ven, Soraya de Damasco. Creo que seremos buenas amigas —lanzó una mirada a la espalda de la vieja Margit, encorvada por la edad—. Ansío rodearme de juventud. Y de inteligencia.

Bette se acercó con un cargamento de ropa: ¡telas carmesíes, doradas y de unos azules increíbles!

Leonor hizo un gesto.

—La seda esmeralda. Perfecto.

La sirvienta le puso el vestido a Soraya y Leonor sonrió.

—Eres encantadora, mi niña. Quizá debería adoptarte. Tengo demasiados hijos varones, todos codiciosos y pendencieros.

—El rey Ricardo, no —murmuró Soraya, pero Leonor no la oyó.

—Ahora que tu caballero, De Valery, ha entregado el mensaje del rey, ¿irás a Escocia con él?

La pregunta pilló a Soraya por sorpresa. ¿Iría? No la aceptarían como una mujer extraña ni como a un escudero disfrazado. Nunca tendría cabida dentro del mundo de Marc. No tenían ningún futuro juntos.

—Creo que no, mi señora.

Leonor enarcó las cejas.

—¿Por qué no?

Soraya se puso el vestido de seda que Bette le estaba sujetando.

—Porque, mi señora, sir Marc ya tiene prometida. Se llama Jehanne de Chambois, y debe casarse con ella cuando regrese.

—¿Piensas renunciar a él, niña? ¿Son tan tontas todas las circasianas? Cariño, cuando me enamoré de mi Henry, yo estaba casada, ¡casada!, con Luis de Francia. Pero no importó —lanzó un suspiro y miró a lo lejos—. Después, por supuesto, cuando nuestros cachorros crecieron indisciplinados, Henry me repudió. Durante dieciséis largos años estuve sola.

Soraya contuvo la respiración, pero no dijo nada. ¿Qué le podía decir a una mujer que había soportado todo lo que Dios y el diablo podían infligir? ¿Por qué el rey Henry haría algo tan abyecto?

Por lo visto Leonor adivinó la pregunta.

—El amor está muy cerca del odio. Pobre Henry, nunca pudo distinguir el uno del otro.

Soraya alzó los brazos para que Margit le ajustara el escote del espléndido vestido. Desde sus años en el harén no había sentido el tacto de un tejido tan delicado contra su piel. Y de eso habían pasado seis veranos. Después de tantos años llevando túnicas y pantalones holgados, se extrañó del placer que sentía por vestir aquel elegante traje de seda verde.

—Mi situación es diferente, Majestad. Sir Marc no toma su deber a la ligera. Hará lo que le dicta su sentido del deber.

Leonor sacudió la cabeza.

—¿Estás sugiriendo que mi Henry no lo hizo? La primera obligación de un rey es para con su reino. Henry hizo lo que debía para protegerlo.

—Y el deber de un terrateniente escocés es para con sus tierras y su gente. La muerte del hermano de sir Marc en Ascalón dejó la hacienda de Rossmorven en manos de Marc.

—Verdaderamente admirable —dijo Leonor.

Soraya tragó saliva y miró a la reina a los ojos.

—Estoy tratando de... tengo que asumir que va a pasar.

—¿Eso crees? —dijo Leonor con una voz suave, casi burlona—. *Alors*, Soraya de Damasco, ya lo veremos.

La autoritaria voz de Leonor retumbó sobre el ruido de fondo del gran salón, donde había sentados en mesas con manteles de lino más de un centenar de invitados: caballeros y sus esposas, obispos, condes y duques.

—Quisiera pediros algo a todos los que estáis aquí reunidos.

En mitad de la escalera de piedra, con un vestido

de lana de color rojo fuego y los leones de los Plantagenet bordados en oro en el dobladillo, Leonor resultaba una visión impresionante, una reina de los pies a la cabeza. Tenía la cabeza cubierta con un delicado velo y una modesta corona de oro.

Sin mirar ni a izquierda ni a derecha, la reina continuó bajando los escalones.

—Esta noche, como sabéis, celebramos la Noche de Reyes. Respetando la tradición de regalar en un día como hoy, solicito de cada uno de vosotros dos cosas: en primer lugar, que recéis a Dios por mi hijo, el rey Ricardo, que se consume en una prisión alemana...

Una exclamación colectiva atravesó todo el salón; luego se hizo un silencio sepulcral.

—Vuestro rey necesita de vuestras oraciones, pero más aún, vuestro rey necesita de vuestra plata, ya que no puede regresar a Inglaterra hasta que se pague su rescate: cien mil marcos.

Se oyó otra exclamación colectiva, esta vez de indignación, aunque Marc no sabía si era por la enormidad de la cantidad requerida o por el hecho inaudito de que se encarcelara a un rey. Inteligente mujer, Leonor: moviéndose como un majestuoso cisne carmesí, había entrado la última en el salón, después de que todos los invitados se hubieran sentado. Allá donde miraba, le respondían con una inclinación de cabeza.

Sentado a la mesa principal, a la derecha de la reina, entre William Marshal y el sitio que debía ocupar Soraya, Marc contemplaba cómo Leonor iba de mesa en mesa, acompañado por un alto caballero que llevaba lo que parecía una tina de madera. Monedas, brazaletes, collares de plata tintineaban al caer en el depósito. «Por Ricardo», susurraban los hombres.

Nadie podía negarse a complacer a Leonor, y bien que lo sabía. Marc aportó su último denier de plata y rogó porque Soraya no hubiese donado la pequeña daga enjoyada que llevaba siempre a la cintura.

Por cierto, ¿dónde estaba Soraya? El asiento que le correspondía seguía aún vacío. Tomó la copa de vino e inspeccionó la gran sala. Se atragantó con el primer sorbo.

Siguiendo a Leonor iba la mujer más increíble y bella que había visto nunca. Cuando ésta se aproximó, Marc se levantó, al igual que los otros hombres en la mesa. Dios bendito, ¡se había transformado!

Los pliegues del escotado vestido verde de seda rozaban el suelo según caminaba. Aquel escudero se había transformado en una mujer, en una hermosa mujer de piel inmaculada, de cintura estrecha y pechos deliciosamente torneados. A Marc se le hizo la boca agua.

El recorrido de la reina Leonor la llevó hasta la silla de honor, pero en lugar de sentarse, levantó la mano para pedir silencio.

—Os presento a una recién llegada a esta corte, Soraya de Damasco —la reina hizo un gesto con la cabeza hacia Soraya, le dirigió una deslumbrante sonrisa y tomó asiento.

Soraya se sentó al lado de Marc, que tenía un nudo en la garganta que le impedía hablar. Apenas daba crédito a lo que veía. Su Soraya se había convertido en una extraordinaria flor.

No, no era su Soraya. Tomó la copa de vino y la vació de tres rápidos tragos. Su Soraya era delgada y sin curvas, como un junco; tenía la cara sucia y sus ojos verdes carecían de brillo debido al cansancio; era testaruda y poseía una risa que le reconfortaba el alma.

¿Qué le había ocurrido a aquella Soraya?

Marc se le acercó al oído e inhaló su aroma de canela y azahar. Su pelo, oscuro y espeso, ligeramente rizado sobre la cara, brillaba como un negro satén.

—Así que éste es el motivo por el que la reina te mandó llamar —le susurró—. Para convertirte en un *peixit*.

—¿En qué?

—En un *peixit*. En un hada escocesa o, si lo prefieres, en un duendecillo —en una reina, habría querido decir.

—Creo que la reina Leonor es una maestra de la manipulación —dijo Soraya entre dientes—. Me usó como diversión para que la entrega del dinero fuera menos desagradable.

Marc se la quedó mirando fijamente.

—¿Te gustó ser una diversión?

La sonrisa que le lanzó Soraya lo cautivó.

—Me gusta ser de nuevo una mujer, sí.

—Echo un poco de menos a Soray.

Ella le volvió a sonreír. Un escalofrío le recorrió de pies a cabeza.

—Estáis bromeando, claro.

—No estoy bromeando.

—Y —añadió ella con expresión alegre— estáis mintiendo otra vez.

—No estoy mintiendo. Soray y yo estábamos juntos. Padecimos las mismas privaciones, compartimos la comida, dormimos en la misma... —no terminó la frase.

—Las cosas han cambiado —dijo en voz baja—. Ya no soy vuestro escudero. En realidad, no sé quién soy.

—¿Entonces te he perdido?

—Mejor digamos que debéis prescindir de mí, Marc.

Él le tomó la mano por debajo de la mesa.

—No puedo.

Una banda de juglares y bailarines entraron desparramándose por el salón cantando y brincando como un coro de gansos.

Los invitados comenzaron a golpear las copas de vino contra la mesa en señal de bienvenida. Los alegres artistas marcharon por el salón tocando chirimías y laúdes, violines y timbales. Después de la noticia del secuestro de Ricardo, el jolgorio de los juglares fue recibido con vítores.

Con la excepción de Marc y Soraya, que estaban clavados en los asientos como dos estatuas de piedra, mirándose a los ojos el uno al otro. Ella inclinó la cabeza hacia él.

—¿Qué vamos a hacer? —murmuró entre el clamor de la música.

—No puedo renunciar a ti —dijo con expresión consternada—. No sé qué hacer, pero no puedo perderte.

—Marc —susurró—. ¿Y si...? —dio un respingo cuando uno de los músicos quiso entregarle su laúd.

—Por orden de la reina Leonor, se ruega a Soraya de Damasco que toque.

Marc empujó al juglar.

—Lárgate, la dama no sabe tocar ese instrumento —el músico se iba a retirar cuando Soraya le arrebató el laúd de la mano.

—¿Pensáis que no estoy educada en las artes? —le preguntó.

Abandonó su sitio y se subió a una tarima. Con el primer acorde el salón se quedó en silencio.

Cantó en árabe una cautivadora melodía con un estribillo que pronto aprendieron los invitados. Bajo la mirada cautivada de Marc, improvisó acordes y sutiles adornos.

Pudo ver la sorpresa en sus ojos azules. Fascinación, adoración y, por último, resignación. Ella sabía que aquello nunca podría funcionar, así que volcó el dolor de su corazón en la canción: la despedida de una doncella a su amante.

Cuando terminó de cantar, todo fueron ovaciones y aplausos, pero no pudo levantar la mirada; no hasta secarse las lágrimas que brotaban de sus ojos.

Veintisiete

Soraya devolvió el laúd al atónito juglar.

—Bien hecho, mi señora.

Ella lo miró, pero lo que captó su atención fue una figura que estaba de pie entre las sombras, al otro extremo del salón. Se trataba de un hombre regordete con una cara tan redonda y reluciente como una moneda de oro. Él también miró a Soraya, le hizo una inclinación con la cabeza, y se puso el violín debajo de la barbilla.

Ella se quedó sin respiración: ¡era el hermano Andreas! ¡Estaba vivo! Tenía un ojo amoratado, pero lo reconocería en cualquier lugar. Ella pensaba que había muerto al ayudarlos a escapar en Barfleur.

¿Qué estaba haciendo allí en la corte de la reina Leonor?

El hermano Andreas comenzó a interpretar una alegre melodía llena de ritmo. Debía de ser un baile, pensó Soraya. Sin dejar de tocar, el violinista empezó a caminar por el salón, acelerando el tempo hasta que los invitados se reunieron en el centro formando un doble círculo. Las mujeres, mirando hacia fuera, se movían en una dirección; los hombres, en dirección opuesta, mirando hacia las mujeres.

—Esto es un carole —le dijo Marc al oído—: una danza en la que uno se mueve en dirección contraria a la de su pareja hasta que se encuentran de nuevo y...

—¿Y?

La mayoría de las parejas se besaban llegados a ese punto, pero no quería decírselo. En realidad, no quería bailar con ella, porque tenía miedo de no ser capaz de separarse luego de ella.

—¿Veis al hermano Andreas? —murmuró ella.

—Sí. El hermano Andreas es un espía de Leonor.

—¡Un espía! —exclamó perpleja—. ¿Cómo lo sabéis?

Marc se rió suavemente.

—William Marshal me lo ha confesado después de un tiempo. Marshal es el conde de Pembroke, un famoso guerrero.

Para Marc aquello era un tormento: ansiaba estrecharla entre sus brazos, besarla, hacerle el amor. Sin ella, su alma se marchitaría. Se volvió hacia Soraya y examinó su semblante. ¿Sentiría ella lo mismo que él?

—Todo esto... —señaló con el brazo el abarrotado salón— ¿Tal vez me haya quedado dormida y no sea sino un extraño y hermoso sueño?

Marc la tomó de la mano.

—Antes de que despiertes, ven a bailar el carole conmigo.

—Será un placer —sus miradas se encontraron.

Se unieron al círculo, unieron las manos como hacían los demás y comenzaron a bailar. Cuando al final del baile volvieron a estar en la posición inicial, frente a frente, Soraya se inclinó hacia él.

—Yo... no se me ocurre cómo deciros lo que os deseo decir —se ruborizó.

Aquellas palabras inflamaron el deseo de Marc.

—¿Y qué es? —preguntó él.

Se alejaron unos pasos y luego volvieron al mismo lugar.

—Me gusta estar cerca de vos —murmuró—. Me gusta bailar con vos. To...tocaros.

Marc se quedó estupefacto.

—Para eso debéis de esperar —dijo.

Cuando concluyó el carole, Marc la condujo a una zona del salón más reservada y oscura. Se moría de ganas de besarla, pero al llegar a la chimenea pasaron a su lado cinco pajes con bandejas cargadas con asado de venado y pollo, con dulces y pan.

—¿Tienes hambre? —preguntó Marc.

—No —repuso ella.

—Es curioso, ¿verdad? Después de tantas semanas en que casi morimos de hambre, esta abundancia de platos no me despierta el apetito.

—Tendremos hambre antes del alba.

Marc echó una ojeada a los lazos dorados que ceñían la esbelta cintura de Soraya.

—Más tarde quizá podríamos «tomar prestado» la tina donde ahora están las monedas.

—Demasiado evidente —replicó ella—. El arte de «tomar prestado» es tomar poco y ocultarlo bien.

—Sí —dijo sonriendo—. Pensaré en ello.

Los músicos comenzaron a tocar una nueva danza,

esta vez más tranquila. Marc la condujo hasta el centro y, sin decir nada, le puso las manos en la cintura, al igual que hacían los otros bailarines.

—Levanta los brazos y tócame los hombros —le susurró.

Notó el calor de los dedos de Soraya a través del manto y la túnica. La sangre le fluía muy deprisa. Quería algo más que tocarla. Más que besarla. Quería acostarse con ella. En ese mismo instante, al mirarla a los ojos, supo que ella deseaba lo mismo que él.

Sus cuerpos bullían de una extraña y oscura excitación que nunca antes habían experimentado.

—Soraya —dijo él tomando aire—. Mañana debo partir para Escocia.

—Lo sé —dijo en voz baja—. Lo puedo ver en vuestros ojos.

—Me he enterado de que la reina te invita a dormir con sus otras damas. Eso es un gran honor.

—No me importa ese honor.

—Leonor quiere que te quedes aquí con ella, ¿verdad?

—Sí —asintió—, dice que la hago reír.

—No duermas con las mujeres —le pidió—. Esta noche quiero que estés conmigo.

—Sois atrevido, Marc —aquella voz sonaba tan dulce que él creyó que estaba soñando.

—Sí, lo soy. Pero quizá nunca más tengamos otra oportunidad. Aprovechémosla.

—Sí —musitó ella—. Y que el mañana tarde mil años en llegar.

El jolgorio de la Noche de Reyes fue en aumento. Los juegos y las pantomimas fueron subiendo de tono conforme pasaban los minutos, pero Marc no prestó atención. Tenía su mirada puesta en su deslumbrante Soraya, que se movía como un ser angelical a su lado.

Como si se hubieran puesto de acuerdo, ambos dejaron el baile al mismo tiempo, y sin decir nada se retiraron hacia la zona de penumbra en la parte de atrás del gran salón. Nadie reparó en ellos.

Marc tendió la mano a Soraya y pronunció una sola palabra.

—Ven.

Subieron los tres tramos de escaleras, ascendiendo más y más alto hasta que los sonidos de la fiesta fueron paulatinamente dando paso al silencio. La única luz provenía de una una que Marc llevaba en la mano. No había sirvientes, ni guardias, ni escuderos: todos estaban abajo.

Aquel silencio parecía mágico, como si toda actividad terrenal se hubiera detenido, salvo por la suave e irregular respiración de un hombre y una mujer; excepto por el latido de los dos corazones.

Marc colocó la vela en el candelabro del rellano de la tercera planta y levantó a Soraya en brazos. La cámara de Marc era la última de aquel pasillo. Abrió la pesada puerta de roble con la rodilla y penetró en la total oscuridad.

—Hay una chimenea, pero no hay ningún fuego encendido. No pensé que fuera necesario.

—Y no lo es. Vuestros brazos están calientes.

La posó sobre los tablones del suelo y fue hasta la puerta a cerrarla. Se agachó junto a la pequeña chimenea.

—¿Qué vais a hacer? —preguntó Soraya.

—Voy a hacer fuego. Ahora no tenemos frío gracias al vino, pero eso no durará toda la noche.

Después de encenderlo, Marc se levantó y se acercó a ella. Al contacto con la boca del caballero, Soraya se sintió transportada de alegría. La lengua de Marc le rozó el lóbulo de una oreja antes de profundizar más allá. Un irreprimible deseo atravesó todo su cuerpo.

Aquello era un delirio. Si se hubiera prolongado mucho más, ella habría proclamado a gritos lo mucho que lo quería y cómo ansiaba sentir la piel desnuda de él contra la suya.

Marc levantó la cabeza.

—Quítate el vestido —dijo él mientras buscaba a tientas el lazo en la espalda.

Enseguida ella notó un soplo de brisa fresca en su acalorado cuerpo. La despojó del vestido y la mano de Marc comenzó a explorar su cuerpo por debajo del escote de la camisa.

—Sí —susurró ella—. Sí, tocadme —puso los brazos sobre la cabeza, estremecida de placer.

Después la despojó de la camisa y le acarició los pechos, la garganta, el vientre, y aún más abajo. Echándose hacia atrás, fue al encuentro del dedo que Marc deslizaba dentro de ella. Qué increíble sensación podía proporcionar algo tan sencillo: el dedo de Marc en su interior. Él penetró más y ella comenzó a gemir. Al principio el ruido la sobresaltó, pero cuando se dio cuenta de que se trataba de su propia voz, sonrió y acompañó el movimiento con su cuerpo.

—Soraya —dijo con voz pausada y espesa. La respiración de Marc contra su pezón la hizo levitar.

—Despojaos de vuestra túnica —le pidió—. Y de vuestras medias, y de…

—No, no puedo tocarte y desvestirme al mismo tiempo.

Sin responder, Soraya le quitó el manto y le sacó la túnica por la cabeza. Mientras la mano del caballero volvía a posarse en su cuerpo, ella le retiró las medias. Cuando emergió su miembro viril, Soraya se inclinó y lo tocó.

Él tragó saliva. Cuando ella movió la mano, Marc respiró profundamente. Le gustó comprobar el gran efecto que tenía en el caballero. Antes de que ella pudiera darse cuenta, él se puso de pie, la sujetó por los hombros y la echó sobre la colcha. Ella se estiró de placer, sintiendo la suave seda en su piel., y luego Marc le separó los muslos e inclinó la cabeza para saborearla.

Ella gimió, y volvió a gemir cuando él comenzó a explorarla con su lengua. Primero con suavidad, luego con más dureza. Lo único que podía hacer era entregarse, dejar que la chupase, lamiera y mordiese. ¡Qué increíble era la sensación de su boca!

Marc se puso encima de ella, empujó con determinación y la penetró mientras ella gritaba el nombre de él. Notó una punzada de dolor en sus entrañas, pero la boca de Marc contra la suya ahogó su grito.

Él comenzó a moverse dentro de ella, entrando y saliendo despacio. Soraya sentía que algo le estaba pasando en su interior. Se aferró a él, enterró los dedos en su pelo oscuro. Le ardía la boca. Entreabrió los labios, pasó la lengua por ellos y escuchó cómo la respiración de Marc se acompasaba a la suya. Era maravilloso.

—Marc —susurró.

Una explosión de placer desgarrador la enajenó una y otra vez entre estremecimientos y gritos.

—Soraya —gimió Marc antes de gritar su nombre una vez más— ¡Soraya!

Cuando pudo volver a oír, ella se dio cuenta de que él no hacía sino repetir la misma frase.

—Te amo. Te amo.

No cabía duda. Ella sabía que se amaban. Ningún hombre podía hacerle sentir algo tan maravilloso sin estar enamorado.

—Lo sé —musitó ella—. Siempre seré tuya en mi corazón.

Él incorporó la cabeza de la cama donde yacían entrelazados.

—No sé lo que me aguarda en Escocia. Sólo sé que te amo y te pertenezco —las lágrimas humedecieron los ojos del valeroso caballero. Con una mano, apoyó la cabeza de Soraya contra su cuello—. Te amaré toda mi vida.

Él olía a sándalo y a jabón. Ella lo recordaría siempre así: jabón y sándalo, y el sudor que desprendió su cuerpo cuando estaba dentro de ella.

Veintiocho

Mucho después de que Soraya se hubiera dormido en sus brazos, Marc yacía despierto mirando el techo de madera. Cualquier noche con Soraya sería demasiado breve; nunca habría una lo bastante larga. Lo sabía con una certidumbre que no había sentido desde que se marchó con Ricardo a la cruzada hacía tres años. En aquel tiempo había creído en la causa de Dios, defendida por Urbano II en el camposanto de Clermont. Creía en el honor de Ricardo Plantagenet como caballero de la guerra, y también en el suyo propio.

También había creído que un día volvería a ver a su hermano Henry, y que los dos regresarían juntos a Escocia, orgullosos de haber contribuido a rescatar la Tierra Santa en poder de los sarracenos. Y había creído tantas otras cosas.

Pero en ese momento estaba tumbado sin poder

dormir, dolorosamente consciente de todo lo que no había aprendido: cómo vivir con el recuerdo de los gritos de los moribundos, de los rehenes traicionados y asesinados; cómo asumir el gobierno de Rossmorven ahora que Henry estaba muerto y que la tierra había pasado a sus manos; cómo cumplir con su compromiso con Jehanne.

¿Sería capaz de dejar su corazón y su alma allí en Inglaterra y alejarse de Soraya?

Ella hizo un pequeño ruido y se juntó más a él. El cabello le olía a canela, y su piel emanaba un tenue perfume a rosas.

Soraya era su corazón y su alma. Su vida. Nunca soportaría estar lejos de ella.

Pero tenía que hacerlo. Había prometido regresar a Escocia, y ahora debía cumplir con su deber. Angustiado, estuvo despierto en la cama hasta que el cielo, visto a través de una estrecha y solitaria ventana, empezó a clarear y luego adquirió tonos anaranjados.

Cuando le dio en la cara un rayo de sol, se despertó de pronto y se volvió hacia Soraya. La sábana estaba fría; la almohada, también. ¡No estaba! Tampoco estaba sentada al fuego, ni comiendo el pollo asado y el queso que había robado de la cocina la noche anterior.

Permaneció tumbado despierto, esperando. Transcurrió una hora y Soraya no apareció. ¿Se habría ido con Leonor?

¿Habría huido a Porsmouth y tomado un barco rumbo a Jerusalén?

No podía creer que hubiese hecho tal cosa; no sin despedirse antes. Por muy impredecible que fuera, no le habría dejado de aquella manera, no después de la última noche.

¿Pero dónde estaba?

Se levantó, se vistió con la cota de malla y la túnica, y bajó hasta el patio del castillo. Leonor se encontraba allí, despidiendo a dos obispos y a una comitiva de hombres armados. De camino a las caballerizas, Marc le pidió a un paje que le llevara su montura. Mientras esperaba, estuvo pensando en Soraya.

Una cruda verdad anidó en su corazón: ella habría estado allí si hubiese querido despedirse.

Incrédulo, aturdido, acertó a arrodillarse ante la reina Leonor y a decir unas palabras.

—Os agradezco vuestra amabilidad, excelencia.

—Me trajiste un regalo, De Valery: noticias de mi hijo. Es lo menos que podía hacer. Id con Dios.

—Excelencia, por favor, decid a Soraya... —fue incapaz de terminar la frase.

Desolado, se levantó y saludó a William Marshal, que le había extendido la mano.

Un joven paje condujo a Júpiter al encuentro con su amo. Encaramada a lomos del animal estaba sentada una sonriente Soraya. Parecía tan ufana que él no supo si reír o estrangularla.

Ella lo miró desde lo alto de la silla con unos chispeantes ojos verdes. El pequeño poni marrón iba amarrado al semental y transportaba un pequeño arcón de madera atado sobre el lomo. La capa de piel de Soraya cubría lo que parecía una túnica azul celeste que le llegaba a la altura de la rodilla y con un bordado de seda negra en el cuello. Por entre los pliegues se asomaba un lanudo y vivaracho Saqii.

Ella no llevaba turbante. En su lugar, atada por debajo de la barbilla, tenía una bufanda de seda amarilla sujeta por una capucha de armiño.

Boquiabierto, Marc se la quedó mirando mientras la reina y el conde de Pembroke se alejaban en dirección a la torre del homenaje sin mirar atrás. ¡Habían estado al corriente de todo aquello desde un principio!

Sin decir nada, aturdido por la alegría, montó detrás de Soraya y guió a Júpiter hacia la puerta de la ciudad. Tras cruzar el rastrillo y el puente levadizo, Marc se detuvo en seco fuera de los muros del castillo.

—¿Eres consciente del martirio al que me has sometido sin saber dónde estabas, preguntándome por qué no venías? —se maldijo porque la voz le salió un tanto temblorosa.

—No tenía alternativa: la reina insistió.

—Por Dios, Soraya... Nunca, nunca vuelvas a desaparecer de esta manera —estaba dando voces, pero el nudo que tenía en el pecho se le estaba deshaciendo—. ¡Júralo! ¡Jura que nunca me abandonarás!

—No os abandonaré, Marc. A no ser que me pidáis que os deje, estaré a vuestro lado hasta que las estrellas caigan. No sé cómo, pues viajáis a Escocia para casaros, pero... —sacudió la cabeza con decisión— no puedo pensar en eso ahora. ¡Pensemos mejor en el desayuno! Mirad lo que me dio el cocinero —sacó del interior de la capa medio pollo asado envuelto en tela limpia y un trozo de queso blanco. Incapaz de hablar, Marc rechazó con un gesto la comida.

Soraya comió en silencio mientras cabalgaban. No quería pensar cómo se las arreglaría para quedarse con Marc pese a su compromiso matrimonial, pero tenía que hacerlo.

Fue rumiando el problema durante los tres fríos días, con sus respectivas e inolvidables noches, que duró el viaje hasta Rossmorven. Cuando después de atravesar un mosaico de campos de cultivo y pastos para el ganado llegaron por fin a la tierra de Marc, aún no se le había ocurrido ninguna solución.

El paisaje de colinas y verdes valles estaba salpicado de brezo. Parecía una tierra poco poblada, a diferencia de Italia o Austria, con sus abarrotadas ciudades y malos olores. Pero ella no sabía si podría ser feliz en esa tierra tan fría y severa.

Sin parar de sonreír, Marc devoraba el paisaje con los ojos. Cuanto más se acercaban al castillo, más alegre se ponía. Soraya, en cambio, estaba cada vez más nerviosa. La torre del homenaje, erigida de piedra negra, se recortaba inhóspita e imponente contra el cielo gris, como si lanzara una advertencia: «Deteneos. No sigáis. No sois aquí bienvenida».

Marc comenzó una canción en un lenguaje gutural e ininteligible.

—Gaélico —explicó—. Habla acerca de un marinero que regresa a casa después de haber estado en la mar —cantó una docena de versos antes de empezar a saludar a la gente que salía de las casitas de techo de paja y se alineaban a ambos lados del camino. Muchos extendían la mano para tocar el caballo.

—¿Sois vos, Marc? Me alegro de que estéis en casa —voceó en un mal francés normando un hombre arrugado de tez morena—. ¡Y de una pieza! —el hombre dirigió una seca mirada de curiosidad a Soraya, que se sintió intimidada.

Marc contestó en gaélico, y lo vitorearon.

—Por San Andrés —otro gritó—, nuestro Marc ha

vuelto. Ahora todo irá bien —pero una vez más, los semblantes que sonreían a Marc torcían el gesto al ver a Soraya.

«Ama este lugar», pensó Soraya; «y la gente lo ama a él, pero a mí no».

Asediados por la gente que acudía a saludar a Marc, avanzaban muy despacio hacia el castillo. Granjeros, comerciantes, mujeres ataviadas con pañoletas, niños… todos lo querían saludar.

—Es bueno estar en casa —contestaba Marc a los cariñosos gestos de bienvenida. Se detenía con frecuencia a conversar en gaélico. Las gentes se descubrían en señal de respeto ante él, aunque a Soraya la miraban con recelo.

Con excepción de la noche que pasaron juntos en la corte de Leonor en Winchester, nunca había visto a Marc tan feliz. Un hombre sólo necesita dos cosas, había dicho el tío Khalil. Algo en lo que ocupar las manos y la mente, y alguien a quien amar.

Ahora Marc tenía ambas cosas: las tierras que había heredado y a ella.

Pero también tenía a una mujer con quien estaba prometido.

Ningún muro rodeaba la construcción de piedra negra que se alzaba ante ellos: sólo una empalizada de madera. Aquel lugar era inexpugnable: estaba situado sobre un cerro rocoso y lo rodeaba por dos lados un serpenteante brazo de mar. Soraya calculó que las escarpadas paredes laterales del gigantesco edificio rectangular debían de tener cerca de veinte pies de altura. También contó tres pisos en la torre del homenaje que se levantaba detrás, y cuatro torres de planta cuadrada con un adarve que las unía entre sí. Sin embargo, no había guardias patrullando las almenas ni hombres armados en las escaleras de acceso a la torre.

Un mozo fue corriendo a hacerse cargo de los caballos y del pequeño arcón de ropa que Leonor le había entregado a Soraya.

«Usad lo que Dios os concedió, pero recordad mi consejo», le había insistido la reina en su despedida.

Estaba claro que ella y Marc no podrían ocupar la misma cámara. Ella no quería causar ningún dolor a la prometida de su caballero. Ya era bastante evidente que estaba viajando con él: no hacía falta hurgar en la herida.

Un centinela armado, el único que había visto hasta ese momento, apareció justo dentro de la entrada del gran salón. Era un anciano con un aspecto tan frágil que apenas debía de tener la fuerza necesaria como para desenvainar la espada.

—Fergus —Marc lo saludó con la cabeza.

—¿Sois vos entonces? —dijo con voz ronca—. ¿El amo Marc?

—Sí, soy yo.

—¡Por todos los santos! Dejadme que os vea —no dirigió una sola mirada a Soraya.

—Dios mío, cómo habéis crecido.

Soraya tuvo que hacer un esfuerzo para comprender la mezcla terrible de francés normando con gaélico que hablaba el anciano.

—Fergus, ¿dónde están los guardias?

—Oh, Deben de estar abajo, en el campo de entrenamiento. El rey Guillermo necesita buenos caballeros.

—Decid a Robert, el administrador, que quiero verlo.

—Ya no está. Hay un nuevo encargado: un francés —dijo torciendo el gesto.

Mientras los dos hombres hablaban en voz baja, Soraya inspeccionó el gran salón. Había una gran mesa al lado de una pared encalada; situadas en el centro de la sala, otra mesa más pequeña y una silla con un gran respaldo. La lumbre ardía en dos chimeneas ubicadas en extremos opuestos, pero ninguna estaba lo bastante cerca como para calentar a nadie, excepto a dos perros de caza que dormitaban al lado del fuego.

—Otra cosa, Fergus.

—¿Sí, mi señor?

—Enviadme a Brigid. Mi invitada necesita que la atiendan. Yo iré a ver a lady Margaret.

Al oír aquello, Fergus se detuvo en su camino hacia la escalera de piedra.

—Me temo que lady Margaret no esté preparada para recibir…

Mi madre nunca está preparada para «recibir» —se burló Marc—. Pero os garantizo que sí lo estará para ver a su hijo después de todos estos años.

—¡Marc! —el anciano se volvió hacia él—. No.

Marc se detuvo a mitad de las escaleras que conducían a los aposentos familiares.

—¿No, qué?

Fergus le hizo un gesto de impotencia con sus temblorosas manos.

—No la… asustéis. Quiero decir que no le deis una sorpresa. A lady Margaret no le gustan las sorpresas.

Marc se rió.

—A ninguna mujer le gusta que la sorprendan en su estancia privada. Pero ella es mi señora madre, y me muero de ganas de verla.

Le hizo señas a Soraya para que lo acompañara y la tomó de la mano apretándola con fuerza.

—No he visto a mi madre en dieciocho años, desde que fui a Francia para ser educado por el tío Louis.

Soraya casi no podía seguirle de lo rápido que iba. Subieron otro tramo de escaleras, luego continuaron por un corredor hasta una gran puerta situada al fondo. Marc llamó a la puerta.

Nadie respondió, así que volvió a llamar.

—¿Madre? —tampoco esta vez hubo respuesta. Preocupado, empujó el picaporte de hierro y abrió— ¿Madre?

Una pequeña figura estaba sentada de espaldas a la puerta. Tenía los pies cerca del fuego sobre un escabel.

—¿Madre? —repitió Marc con suavidad, antes de atravesar la habitación para arrodillarse a los pies de la pequeña y canosa mujer. Estaba distraída, alisándose los oscuros cabellos; luego volvió sus ojos azules hacia Soraya.

—¿Jehanne? ¿Quién es? No puedo ver.

Lentamente, Marc levantó la cabeza del regazo de su madre y le miró la cara.

—¿No me conocéis?

—Claro que sí —exclamó—. ¿Acaso me tomáis por una anciana?

Marc la estrechó delicadamente entre sus brazos, la besó en ambas mejillas y la abrazó durante un largo momento.

—Sois Etienne, ¿no? —dijo con la cabeza reclinada en el hombro de su hijo—. Sabía que seríais vos.

Soraya se estremeció al ver cómo se desvanecía la sonrisa de la cara de Marc.

—Soy Marc —dijo con voz serena—. Vuestro hijo.

La madre movió nerviosamente los pies sobre el escabel.

—No tengo ningún hijo con ese nombre. Todo cuanto tengo es mi amado Etienne.

—Dios mío —exclamó, angustiado y pálido, mirando a Soraya—. Etienne era mi padre. Lleva muerto muchos años.

A ella se le hizo un nudo en la garganta.

—Dadle tiempo —le susurró—. Fergus os advirtió de que a vuestra madre no le gustaban las sorpresas. Quizá recuerde luego.

Marc volvió a abrazar a su madre.

—He venido hasta vos, a casa, a Rossmorven, desde el otro lado del mar. Tratad de recordar, madre. Soy Marc, vuestro hijo.

—Sí, amor —musitó la anciana mujer—. He estado esperándoos tanto tiempo, querido esposo, tanto tiempo…

Marc agachó la cabeza y cerró los ojos. Su madre le acarició el pelo repetidamente.

—Etienne —murmuró—. Mi Etienne.

Veintinueve

—Me llamo Brigid, mi señora —dijo la joven criada—. El señor me ha pedido que me ponga a vuestro servicio.

Soraya se volvió hacia ella. La mujer, no mayor que ella misma, la miraba con un semblante poco cordial y con unos inexpresivos ojos azules.

—Gracias, Brigid —respondió.

Soraya había dejado a Marc a solas con su madre cuando Fergus la llamó para mostrarle una cámara no lejos de la de lady Margaret.

—El señor también me dijo que me encargara de lo que pudierais necesitar antes de prepararle una infusión a lady Margaret.

—¿Has vivido mucho tiempo aquí en Rossmorven?

—Sí, mi señora. Desde que nací, hace catorce inviernos. El antiguo señor vivía entonces, y empleó a mi madre para que pudiera pagar su sustento. Ahora mi madre trabaja en la cocina haciendo el mejor queso, y en su tiempo libre cose para lady Margaret.

—¿Cuánto tiempo lleva lady Margaret…?

—¿Confusa? Desde que el señor murió. Pero ha ido empeorando con el tiempo.

—Oh, ¿y eso por qué?

La muchacha la estudió detenidamente con la mirada y luego se asomó a la entrada de la cámara y miró a izquierda y derecha antes de cerrar la puerta con cuidado.

—Si queréis saberlo, tiene que ver con la señora, con lady Jehanne. Ella… ¡santa María!, no debería decir nada, pero es que su forma de ser va empeorando con arreglo a los años, según va dejando atrás su juventud. Lady Margaret, ahora, está en otro mundo. No importa lo que suceda, siempre habla de manera dulce y no hace daño a nadie.

Soraya abrió la tapa del pequeño arcón que Leonor le había regalado.

—¿Recuerdas cuándo murió el viejo señor?

—Sí, dejadme ver… Lady Jehanne tenía doce inviernos cuando mi madre me trajo al mundo. Ella vino de Francia por su compromiso con el hijo del señor… Marc tenía diez y ella ocho. Tras la ceremonia, Marc y su hermano se fueron a Francia para ser educados allí, pero Jehanne se quedó aquí en Rossmorven. Cuando el viejo señor murió, yo sólo era una mocosa. Mientras vivió, él siempre nos trató bien a madre y a mí.

—¿Y luego?

Automáticamente Brigid se inclinó para recoger el manto de lana y el vestido rojo doblados en el arcón; a continuación les alisó las arrugas y los colocó sobre la cama. Alguien había entrenado bien a la chica: Lady Margaret, probablemente.

—Bueno, y luego tanto el amo Henry como el amo Marc zarparon para Francia para ser escuderos. El amo Marc no ha puesto los ojos en Lady Jehanne en todos estos años.

—Dieciocho años —musitó Soraya. Y ahora Jehanne tendría veintiséis veranos. ¿Por qué había esperado tanto? Soraya se sintió culpable por haber tratado de alejar a Marc de Jehanne.

Sacó varias túnicas dobladas del arcón y miró a ver qué quedaba: un vestido de noche y, en el fondo... ¡un laúd! Dio un grito de alegría. Leonor debía de habérselo puesto como regalo. Soraya se la podía imaginar dando órdenes: «Escocia es un lugar salvaje e indómito. Da a la chica algo con que se entretenga.»

—¡Oh, mi señora! —la voz de Brigid sonaba llena de asombro—. ¿Sabéis tocar?

A modo de respuesta, Soraya tomó el instrumento e interpretó una sencilla melodía. Extasiada, la sirvienta se postró de hinojos.

—No hemos tenido canciones ni baile desde que lady Jehanne... Desde hace mucho tiempo. ¡Me pone tan contenta volver a escuchar una melodía!

Soraya supo al instante que se había hecho una amiga. Tocó otra canción. Cuando terminó de tocar, Brigid tocó con la mano temblorosa el dobladillo del vestido de Soraya.

—Perdonadme, señora, pero no puedo dejar de preguntaros algo: ¿qué sois vos para Marc?

Soraya contuvo una sonrisa.

—Quieres decir, ¿quién soy yo y qué es lo que estoy haciendo aquí?

Brigid asintió con la cabeza.

Soraya dejó el laúd a un lado.

—La verdad, Brigid, no sé cómo responderte. Para Marc soy más que una amiga. Y aunque sé que lleva muchos años comprometido con Jehanne, yo lo quiero. Nunca le haría daño; al contrario, haría cualquier cosa que estuviese en mi mano para verlo feliz.

Los claros ojos azules de Brigid se llenaron de lágrimas.

—No será fácil.

—Lo sé, y algunas veces tengo miedo.

—Oh, mi señora, no tengáis miedo de este lugar. Yo sólo temería a... —se calló y comenzó a enrollar su delantal.

Soraya lo comprendió.

—Estoy cansada, Brigid. Hemos cabalgado durante tres días desde Winchester y tengo los huesos doloridos.

Brigid se levantó.

—¿Queréis entonces que os mande preparar un baño?

Soraya iba a responder cuando se dio cuenta de que no podía dar explicaciones de por qué no lo necesitaba: la noche anterior ella y Marc se habían bañado juntos en una posada cerca de Jedburgh.

—No, prefiero descansar un poco antes de la cena —y antes de conocer a Jehanne, pensó.

—La cena se sirve en el salón de la planta baja a la puesta de sol, mi señora —la criada desapareció durante unos minutos y regresó con un cobertor de piel sobre el brazo—. Podríais necesitar esto, mi señora: en esta tierra las noches de invierno son frías.

En ese instante pensó en Damasco, en sus aposentos, en la gran y elegante casa del tío Khalil. Había renunciado a una vida de lujo. Tal vez para siempre.

Cerró los ojos, pero enseguida la asaltó una duda: Marc amaba aquella tierra y a su gente. ¿Qué pasaría si ella no se adaptaba a aquel lugar?

¿Bastaría sólo con amarlo a él?, ¿ser su amiga y ver cómo otra mujer se convertía en la madre de sus hijos?

La cena en el salón fue una sorpresa muy desagradable. Al principio no había rastro de Jehanne. Los otros comensales sólo eran siete hombres armados que acababan de regresar del campo de entrenamiento y olían a sudor y lodo. También había un anciano sacerdote, el padre Cuthbert, cuyos largos dedos están siempre manchados de tinta, quizá de copiar manuscritos.

Marc se sentó en el centro de la mesa cubierta con un mantel de hilo; Soraya, a su izquierda. El primer y único plato consistía en pan seco, un queso tan duro que no se podía cortar con el cuchillo y tajadas de pescado. Pescado crudo. Y una suerte de bebida de color miel que a Soraya le hizo llorar y le quemó la garganta.

No era de extrañar que los escoceses fueran tan parcos en palabras: ¡debían de tener la lengua conservada en vinagre!

Justo cuando estaba a punto de probar un bocado de pescado, vio a una mujer alta y elegante bajar las escaleras taconeando de forma ostentosa. Su vestido gris de lana marcaba unas generosas curvas.

Jehanne se detuvo delante de la frugal mesa e hizo

una seña a la cocina. Entraron dos sirvientes con una bandeja sobre la que llevaban un imponente pastel y la colocaron sobre la mesa. Jehanne, muy despacio, se sentó en el lugar que tenía reservado al lado de Marc. Sus ojos oscuros parecían de piedra.

Marc se levantó y se inclinó para darle un beso en la mejilla.

—Jehanne —murmuró.

Jehanne volvió la mirada en dirección a Soraya.

—Veo que habéis traído una invitada a mi... —titubeó— a nuestra mesa.

—Sí, os pre...

—¿Y qué es? —interrumpió Jehanne con una voz estridente—. ¿Virgen, esposa o viuda?

Soraya se adelantó a Marc.

—No soy nada de eso, señora —dijo con tranquilidad—. Me llamo Soraya al-Din. Vengo de Damasco y soy, como podéis ver, una mujer. Pero más allá de ello, lo que yo sea me concierne sólo a mí.

—Así que —replicó Jehanne con la voz tan suave como la seda—, sois un juguete que Marc encontró en Tierra Santa.

—Jehanne... —comenzó Marc.

—No soy un juguete —repuso Soraya sin perder los nervios—. Aunque es cierto que Marc me encontró en Tierra Santa, en Jerusalén.

De pronto intervino el sacerdote.

—¡Alabado sea Dios! Quizá podáis contarnos acerca de la victoria del rey Ricardo sobre el infiel Saladino.

—No hubo ninguna victoria, padre Cuthbert —dijo Marc—. Saladino ha firmado una tregua con Ricardo. Hay paz en Jerusalén, pero la ciudad aún está en manos sarracenas.

—¡Paz! —exclamó alterada Jehanne—. ¿Cómo es que la cabeza de Saladino no está clavada en una pica?

—No era necesario —repuso Marc—. Saladino es un hombre de honor, lo que no siempre se puede decir de Ricardo.

Jehanne dejó sobre la mesa el cuchillo que estaba usando para cortar el pastel.

—¿Qué es lo que os ha sucedido, Marc, para que tengáis una visión tan equivocada?

—Mi visión no es equivocada. He sido testigo directo y sé, por tanto, de lo que hablo.

—¿Ah, sí? —soltó. Su voz parecía el chasquido de un látigo—. No tenéis ni idea. ¡Ni idea!

Marc se la quedó mirando fijamente.

—¿Qué es lo que os ha sucedido a vos, Jehanne —dijo con calma—, para que estéis tan resentida?

Ella dio un golpe en la mesa.

—¿Que qué me ha sucedido, decís? —estaba furiosa—. Os diré lo que ha ocurrido mientras estabais jugando a los caballeros con el rey de los ingleses: que he pasado dieciocho años, ¡dieciocho años!, esperándoos.

—Jehanne —intentó tranquilizarla el sacerdote—, hija...

—¡No he terminado! —bramó—. Todas las nobles señoras del señorío de mi padre en Chambois se han desposado y han tenido hijos. En cambio, ¡yo he envejecido esperando mi turno!

El sacerdote seguía dando cuenta del dulce.

—Dios lo ve todo, hija. Os compensará, ya lo veréis.

—Él no puede compensarme lo bastante por la juventud perdida —dijo a gritos, al tiempo que se levantaba y arrojaba el pastel al suelo.

Saqii se abalanzó sobre él antes de que los perros de caza se dieran cuenta.

—¿Qué animal es ése? —saltó Jehanne al instante.

Marc se levantó también.

—Es un cachorro. Nosotros... Lo encontré en Italia.

—Bueno, señor amante de los perros, ¡deshaceos de él!

Soraya se levantó de la mesa, fue a recogerlo y corrió hacia las escaleras.

—¡Soraya! —la llamó Marc. Ella se detuvo. Detrás de ella oyó cómo se rompía una cerámica y un agudo grito de mujer.

—Marc, ¿qué hacéis? Dejadme ir.

—Soraya vio cómo Marc sujetaba del brazo a Jehanne. Encolerizada, volcó una jarra de cerveza y le arañó la cara con las uñas.

—Ésta es mi casa, Jehanne —dijo sereno pero con determinación—. Aquí yo soy el amo, no vos.

—Estamos prometidos, Marc. Es tan mía como vuestra. Me lo he ganado —y le dio una sonora bofetada.

—Basta ya, Jehanne, basta ya —le agarró la mano.

—Pronto seremos marido y mujer —vociferó.

Se hizo un silencio que no presagiaba nada bueno. Soraya agarró con una mano el dobladillo de su vestido y subió corriendo las escaleras.

Tres días después, mientras bajaba las escaleras, Soraya oyó un murmullo de voces proveniente del gran salón. Se quedó en lo alto de la escalera de piedra mirando cómo Marc se abría paso entre una concentración de gente. Reconoció las caras de algunos habitantes de la aldea y de las granjas. Era el día en que el señor impartía justicia resolviendo los litigios entre sus vasallos.

Soraya se quedó a escuchar.

—Con vuestra venia, señor. La mujer del pescadero, me engañó el jueves pasado cuando ella…

—¡No es cierto! —gritó una regordeta pelirroja—. Dijiste que preferías un lucio de buen tamaño antes que un salmón pequeño.

También corrían rumores acerca de Jehanne, que Soraya trató de no escuchar.

—Despilfarra el dinero en caprichos… Sí, debería ayudar a la gente y a la viuda del viejo señor, lady Margaret.

El tribunal tradicional se prolongó durante horas, con acusaciones, quejas y reclamaciones de todo tipo. Marc escuchó, hizo preguntas y tomó decisiones que a Soraya le parecieron justas e incluso sabias.

En un momento dado Soraya bajó las escaleras, tomó un cántaro de agua fresca y dos cazos de la cocina y lo dejó al lado de Marc.

—En el desierto, todos comparten el oasis —le susurró.

Él sonrió e invitó a los presentes a compartir el agua con él.

—Sam el molinero está acaparando el grano.

—Eso es una mentira falsa.

—No, es verdadera —dijo el acusador entre las risas del público. Incluso Marc se rió. Luego le impuso a Sam el molinero una sanción de dos peniques y una olla de avena, que tenía que pagar al denunciante antes de la siembra de primavera.

Dado que Jehanne no hacía esfuerzo alguno por refrenar su lengua ni perdía la ocasión de lanzarle hirientes pullas a Soraya, ésta se había mantenido alejada durante la mayor parte del tiempo. Sin embargo, Marc se dio cuenta de que Jehanne no había hecho acto de presencia el día del tribunal. Fergus le había contado que a ella le disgustaba el olor de los campesinos, y tener que oír las muestras de descontento que le dirigían.

Cuando el gran salón quedó sin gente, Marc, cansado, subió hasta la cámara de Soraya, en la tercera planta. Él sabía que aquél era el único lugar donde podía refugiarse de las constantes quejas de Jehanne y de los interminables conflictos que generaba adondequiera que fuera.

—Dios me perdone —dijo lanzando un suspiro—, pero algunas veces pienso que ojalá no hubiera vuelto nunca a Rossmorven.

Soraya le metió dentro y cerró la puerta.

—Venid. Un hombre merece un poco de paz en su propia casa.

Marc se sentó delante del fuego. Soraya se quedó de pie a su lado y le tomó las manos.

—Contadme.

Él sacudió la cabeza.

—No puedo serle desleal.

—Contadme —insistió ella—. Debes hablar con alguien.

Apoyó la frente en el estómago de Soraya y le pasó los brazos por la cintura.

—Está el padre Cuthbert, pero no puedo...

—Entonces hablad conmigo —se inclinó para reposar la mejilla sobre su pelo—. No puedo hacer mucho, lo sé, pero aligeraría vuestra carga si estuviera en mi mano.

Marc exhaló un largo suspiro.

—El administrador, Jacques, ha estado falsificando los libros de cuentas. Jehanne lo trajo de Chambois para saldar una deuda familiar, y se niega a escuchar nada en contra de él.

Soraya asintió.

—Hoy lo envié de vuelta a Francia, y Jehanne se ha molestado. En realidad, está hecha una furia.

—A Jehanne le molesta cualquier cosa que contradiga sus deseos.

—Así es.

—Marc, disculpadme, pero Jehanne ha llevado las riendas de Rossmorven durante todos estos años, en vuestra larga ausencia y con vuestra madre impedida. Tal vez haya sido desconsiderado por nuestra parte regresar juntos. También entiendo cómo se debe de sentir.

—No tenía elección. No quiero vivir sin ti.

—Pero ella es la señora del castillo.

—Sí, lo sé —dijo cerrando los ojos—. Mis hombres la evitan; la servidumbre teme su mal carácter; incluso entre los campesinos hay descontento. A mí me tienen simpatía, pero Fergus me dice que le dan la espalda cuando aparece.

De nuevo, Soraya no dijo nada.

—Hay otros asuntos además de las cosechas y de la alimentación del ganado —añadió Marc—. Asuntos de mujeres que requieren atención: nacimientos y fiebres, y comida extra para los ancianos y los pobres. No puedo hacerlo solo.

—Ella hace caso omiso de tales cosas, ¿no es así?

—Jehanne no se relaciona con la gente como hacía mi madre antes de que..., oh, Dios.

—Y vuestra madre está cada vez más ausente —dijo Soraya acariciándole el pelo.

—Mi señora madre aún no me reconoce. Sólo parece tener ojos para el pasado.

—Lady Margaret tiene una edad avanzada, Marc. Dad gracias porque no padezca sufrimientos. A las personas mayores les suceden cosas peores que tener la mente turbada.

—Es cierto. Ella no es consciente de lo que le ocurre, pero al menos tampoco tiene dolores.

—Sois vos quien sufre, porque la amáis y la estáis perdiendo poco a poco. Incluso Jehanne, que debe de sentir cariño por lady Margaret, se sentirá afligida.

—Jehanne, no. Los sirvientes me cuentan cosas...

—¿Y? ¿Hay algo más que os preocupe?

—Sí —levantó la cabeza y la miró a los ojos—. La rueda del molino se ha partido. Alguien está cazando furtivamente ciervos en mi bosque, y no es un aldeano. Y luego está el padre Cuthbert y sus miradas de reprobación.

Él la tomó de las manos.

—Pero al menos ya no oigo gritos por la noche: ya no sueño con Acre.

—¿Y...? —inquirió ella de nuevo con suavidad.

—Y —repitió él— Y no estoy aquí con vos por la noche. Os veo en la comida del mediodía y en la cena, pero no es suficiente.

—Estáis atendiendo a vuestros deberes, Marc. Sé que debéis hacerlo así.

—¿Qué es de ti, Soraya? ¿Cómo te entretienes en esta tela de araña?

Ella se rió suavemente.

—Toco el laúd que me regaló la reina Leonor en el jardín de vuestra madre, cuando hace bueno, o en sus aposentos. A lady Margaret le gusta la música. Algunas veces bajo a la cocina: Elgitha me está enseñando a hacer dulces.

Marc sonrió por primera vez en dos días.

—¿Y qué más haces?

—Recojo hierbas en los prados. Fergus encontró un lugar en la bodega donde puedo colgarlas para que se sequen. También recolecto flores silvestres. ¿No habéis visto los lirios del bosque que he puesto en la alcoba de vuestra madre? ¿Y las azucenas rojas en vuestra propia cámara?

Marc no respondió: se quedo mirando a Soraya con cara de desconcierto. De pronto se acordó de Ricardo. Dondequiera que estuviese prisionero, ojalá tuviese la misma suerte que había tenido él con Soraya: ojalá encontrase algo que lo mantuviera a flote.

—También ayudo al padre Cuthbert con los manuscritos. No sabe mucho de griego. Y —añadió con una pequeña sonrisa—, trato de evitar a Jehanne.

—¿No estás desanimada, mi querida Soraya?, ¿enfadada porque no estemos juntos? —se levantó y la tomó entre sus brazos.

—Algunas veces, sí. Pero ahora estamos juntos. Podríamos dormir en la misma cámara si no tuviéramos miedo de la reprobación del padre Cuthbert.

—Vendré esta noche. No sobreviviré otro día si no puedo tenerte cerca.

Treinta

Y así transcurrieron quince días. Jehanne bufaba y se mortificaba por el castillo como un alma en pena. Marc visitaba a lady Margaret cada mañana, pero los días pasaban y su madre seguía sin reconocerlo.

Lo peor de todo era que Marc añoraba las noches junto a Soraya y a menudo se sentía demasiado abatido como para compartir su carga con ella. Solía pensar en Ricardo, preso en algún lugar de Austria, que no debía de tener compañía ni consuelo: cómo lo envidiaría el monarca inglés.

Soraya se había granjeado el respeto de la servidumbre y de la mayor parte de los aldeanos. Por supuesto, no de Jehanne. El castillo era lo bastante grande para que las dos mujeres raramente coincidieran, salvo durante la comida principal en el gran salón. Cuando esto ocurría, Soraya procuraba sentarse lo más lejos posible de Jehanne para evitar su afilada lengua.

En ocasiones, cuando Fergus o alguno de los sirvientes la avisaba de que lady Jehanne estaba de particular mal humor, Soraya se saltaba la comida. En esos casos, después Brigid le subía pan y queso en el delantal.

Soraya sabía que no iba a pasar hambre en Rossmorven, pero algunos días tenía la sensación de que iba a morirse de soledad.

La cuerda floja por la que caminaba empezó a deshilacharse una tarde clara y fresca, cuando estaba ocupada en el jardín de lady Margaret. Jehanne entró con prisas en el recinto buscando a Brigid y se encontró con Soraya.

—¿Qué estáis haciendo aquí? —exclamó.

—Quitando las malas hierbas —contestó Soraya con voz serena, aunque su corazón estaba todo menos tranquilo—. Lady Margaret es muy aficionada al té con menta, así que pensé en ganar algo de espacio para plantar menta.

—No os molestéis —declaró Jehanne.

Soraya no la miró y siguió escardando el terreno.

—No me importa. Me lo paso bien.

—Quise decir que no lo hagáis.

—Fue lady Margaret quien lo pidió...

Jehanne retorció su falda de lana con impaciencia.

—Dejad que os sea franca, señora. No sois bienvenida en Rossmorven. No tenéis lugar aquí.

—Eso —dijo Soraya sin alterarse— ha sido evidente desde el principio.

—Marc es mi prometido. ¡El mío! He esperado estos dieciocho años a que regresara y cumpliera su palabra. Me corresponde por legítimo derecho.

Soraya la miró a la cara.

—¿Por qué esperasteis todo este tiempo? —preguntó con cuidado—. Dieciocho años es una larga ausencia si amáis a alguien.

Jehanne torció el gesto.

—¡Amor! Un matrimonio no es cosa de amor, señora. Esperé estos años por la tierra, naturalmente. La finalidad del matrimonio es establecer vínculos entre grandes familias.

—Si no amáis a Marc, ¿entonces por qué casaros con él?

—Podríais igualmente preguntar por qué los pájaros se aparean en primavera. Sencillamente, las cosas son así. Además, yo aporto una modesta dote, y Rossmorven siempre ha sido un señorío rico. Vos... —Jehanne señaló con un tembloroso dedo a Soraya— no podéis darle nada. ¡Nada!

Soraya tragó saliva. Luego se levantó y se encaró a su rival; la azadilla en una mano.

—Eso no es cierto: le doy mi amor y todo cuanto soy.

—Os tenéis en muy alta estima, señora. El dueño de Rossmorven no puede alimentar a sus campesinos, sirvientes ni guerreros a base de una dieta tan raquítica como el amor. Sobrevivir —Jehanne recalcó la palabra— es lo importante.

—Hay diferentes modos de sobrevivir —dijo Soraya sin alzar la voz—. La vida no se reduce a comer.

—Entonces —bufó Jehanne— sois de veras una necia. Tal vez nunca hayáis pasado hambre.

—No, señora, he pasado hambre muchas veces. Durante muchas semanas del penoso viaje desde Tierra Santa hasta Inglaterra, llenar el estómago fue la última de nuestras preocupaciones. Una mujer como vos, Jehanne, no sabe nada de la vida fuera de su pequeño y protegido mundo.

Jehanne se puso lívida.

—Pero —continuó Soraya—, tenéis razón en algo. Para un señor, con la responsabilidad de velar por su tierra y sus vasallos, tal vez no sea posible elegir entre amar y sobrevivir.

Jehanne miró a Soraya directamente a los ojos.

—Marc necesita un heredero.

—Es cierto —asintió Soraya.

—He trabajado mucho por ganarme un lugar aquí, y no pretendo renunciar a él.

—No todas las batallas son tan sencillas, lady Jehanne. La unión de dos almas, de dos cuerpos en matrimonio debería ser un acto libre.

Jehanne alzó la barbilla.

—Entonces sois vos, señora, quien no sabe nada de la vida.

Soraya pasó por alto el comentario.

—¿No os importan sus sentimientos, su felicidad?

—No. Sólo me importa que cumpla con su parte del trato. Me preocupa mi futuro como señora de una gran casa, como señora de Rossmorven.

Soraya asintió.

—Decís que no sé nada de la vida. Quizá no sepa nada de la vida en esta tierra escocesa, pero de algo sí estoy segura: me importa Marc. Y por ello no me queda otra alternativa que ofrecerle lo único que tengo.

—¿Qué podríais hacer por él si no es abandonar Rossmorven?

—No dejaré Rossmorven, ni a Marc, salvo que sea él quien me lo pida —dio la espalda a Jehanne y continuó con su labor en el jardín; sin embargo, aquella noche no durmió.

El día siguiente amaneció con lluvia y viento fuertes del este. Soraya se resignó a quedarse en la torre.

Una vez más, Marc tenía que atender a sus obligaciones como juez. Como siempre, Soraya lo observaba con interés desde su privilegiada posición en lo alto de las escaleras.

A John el excavador lo habían golpeado en la cabeza con una pala cuando intentó cobrar dos veces en un día por el mismo trabajo so pretexto de que no le habían pagado.

El día antes, Molly la cabrera había esquivado los golpes de la mujer del carnicero, que estaba furiosa porque una cabra había arrancado su mejor enagua de lino de la cuerda de tender y se la había comido.

Luego Ann, la mujer del cantero, que estaba en avanzado estado de gestación, defendió con tanta pasión al ladronzuelo de su sobrino que rompió aguas y se puso a gemir.

Soraya estaba bajando las escaleras cuando alguien gritó:

—¿Dónde está la señora? Debería prestar ayuda.

—No importa —contestó otra voz—. La otra señora ayudará.

Soraya socorrió a la mujer y dio las órdenes oportunas.

—Brigid, prepara una cámara y trae sábanas limpias.

—Sí, mi señora.

—Y que llamen a Elsbetta, la partera.

—Oh, mi señora —gimió la esposa del cantero—, os lo agradezco... ¡ayyy!

Los llantos de la mujer pudieron oírse durante toda la tarde mientras la audiencia proseguía en el gran salón.

Entre el griterío, la peste que desprendían las túnicas de lana empapadas y las calzas que cubrían los cuerpos sin lavar, Marc creía que le iba a estallar la cabeza. A pesar de la constante lluvia, los aldeanos se concentraron en el salón y bebieron con generosidad de las jarras de vino colocadas sobre la mesa. Tendría un motín en ciernes si no cortaba aquel trasiego de vino.

Cuando el agotador día parecía llegar a su fin, otra voz retumbó en la sala.

—Yo también tengo una queja.

Demasiado cansado para levantar la mirada, Marc tomó la pluma y pasó otra hoja del registro.

—¿Nombre? —observó el desgastado borde del pergamino.

—El conde de Carrick.

Marc protestó para sus adentros. Otro caso de invasión de ganado en las tierras vecinas.

—¿Cuál es vuestra queja? —preguntó Marc, una vez más sin mirar.

—¿Mi queja? He cabalgado todo el día bajo esta lluvia que aquí llamáis neblina escocesa para hablar con el señor de Rossmorven sobre un asunto de gran impor…

Marc levantó la mirada.

—¡Roger! ¡Roger de Clare!

Roger brincó hábilmente sobre la mesa que le servía a Marc como escritorio, y los dos hombres se fundieron en un abrazo. Roger le pasó el brazo sobre los hombros.

—Parecéis cansado, amigo mío. ¿Podéis despedir a esta multitud de paisanos y dedicarme una hora?

A Marc nada le podría haber complacido más. Despidió a los aldeanos y condujo a Roger hasta su cámara privada en el segundo piso.

—¿Conde de Carrick? —preguntó extrañado?

—Sí —confirmó Roger con una nota de orgullo juvenil en la voz—. Es cosa de Ricardo. Ha vuelto a Inglaterra, sano y salvo y con buen ánimo, pero cien mil marcos de plata más pobre.

—¿No os había ordenado el rey que regresarais a Jerusalén?

—Sí, pero para cuando la herida del muslo sanó, la reina Leonor se hallaba de camino a Alemania con el rescate; así que, en lugar de dirigirme hacia la Ciudad Santa, la acompañé en su viaje con la idea de protegerla, a ella y al tesoro.

—Entonces, ¿qué es lo que os trae tan al norte, Roger? El señorío de Carrick, si no recuerdo mal, se encuentra al sur.

Roger asintió.

—He venido a causa de un juramento que hice a vuestro sirviente, Soray. Le prometí que lo llevaría de vuelta a Jerusalén.

Marc no sabía si reír o llorar. ¿Soray, Soraya, de regreso a Jerusalén? Jamás.

—Roger, tengo mucho que contaros, pero —se levantó despacio— debo atender a unas obligaciones. Hablaremos esta noche después de la cena. Mientras tanto, descansad. Os enviaré a alguien para que os atienda.

—¿A Soray? —sugirió Roger.

Marc se rió por primera vez en días.

—No, amigo mío; a Soray, no. Entenderéis por qué en la cena.

Aquella noche Marc eludió las preguntas de Roger sobre Soraya y aguardó impaciente a que ésta hiciera acto de presencia. Cuando ésta apareció por las escaleras, vestida con un traje de lana dorada y un finísimo velo que le cubría el pelo, Roger se quedó mirándola estupefacto, y se inclinó hacia Marc.

—Esa belleza de mujer es digna de... —se interrumpió y se medio levantó del asiento.

Soraya dio un grito y atravesó corriendo el salón para dar un abrazo al boquiabierto caballero. No recobró la voz hasta que ella le dio un beso en la mejilla, le apretó la mano y se rió delante de él.

—Dios santo —exclamó Roger—. ¿Pero cómo...?

En ese momento, Jehanne entró en el salón. Marc se levantó.

—Os presento a lady Jehanne de Chambois Jehanne, éste es Roger de Clare, conde de Carrick.

Los ojos de Jehanne brillaron de un modo extraño.

Roger hizo una reverencia a sendas mujeres, y Soraya lo sentó a su lado, lejos de Jehanne.

—Lady Jehanne parece... indispuesta —murmuró él.

—No temáis —repuso Soraya—. A Jehanne le caigo mal. No se sentará cerca de nosotros.

—No puedo creer cómo se me pasó semejante belleza —dijo Roger mirando a Soraya—. No lo puedo creer...

Soraya se rió.

—Pues no lo creáis, sir Roger. Y no os quedéis mirando tan fijamente a lady Jehanne como me miráis a mí: Jehanne es la prometida de Marc.

Roger alzó la cabeza.

—Ah, ya veo. No, no lo veo. ¿Qué...

—Después —le susurró Soraya.

Más tarde le hablaría a Roger sobre Jehanne y le explicaría todo lo sucedido.

Todo el mundo se retiró tras la comida, salvo Roger y Marc. El recién nombrado conde se acomodó en el banco de madera al lado de su anfitrión y puso los codos sobre la mesa.

—No podéis hacerlo, Marc. Nunca he conocido a ningún caballero más valeroso que vos, ni a ningún hombre cuya palabra de honor signifique más. No podéis incumplir vuestra palabra.

—Fueron su padre y el mío quienes hicieron ese trato, no yo. ¿Acaso romper la promesa es más grave que traicionar y masacrar a miles de hombres inocentes en Acre?

Su amigo sacudió la cabeza despacio.

—Un pecado no es pretexto para otro.

—Lo sé, amigo mío —dijo Marc—. Quiera Dios señalarme una salida honrosa.

—No hay ninguna salida. Debéis desposaros con lady Jehanne. Debéis dar un heredero a Rossmorven.

—Conozco perfectamente cuáles son mis obligaciones, pero me pregunto si habrá alguien que conserve su honor y, a cambio, deje marchitar su alma.

Roger se sirvió más vino.

—Al final, sólo está la ley de la Iglesia y la ley de los hombres.

Durante un largo momento Marc permaneció en silencio. Para Roger todo era muy sencillo. No parecía haber contradicciones. ¡Cómo lo envidiaba!

—¿Y cuando la ley de la Iglesia y la ley de los hombres no son la misma? —inquirió Marc—. ¿Qué se hace entonces?

Roger posó la copa de vino en la mesa.

—¿Queréis decir como ocurrió en Acre?

—Como en Acre, sí.

—Acre os dejó una cicatriz, Marc. Ofuscó vuestro juicio.

—Sí —Marc se sirvió más vino—. Hice lo que estaba mal en el nombre del honor. No ha sido fácil vivir con ello.

—Todos los que estuvieron allí hicieron lo mismo.

—Así es, pero eso no lo convierte en correcto.

Roger puso la mano sobre el hombro de Marc.

—Marc, Marc. ¡Pensadlo bien! La vida es corta. Uno lo hace lo mejor que sabe.

Lo mejor que sabe.

—Y aquí en Rossmorven la elección es la misma —admitió Marc—. Soy consciente de cuál es mi deber. Lo que no sé es si seré capaz de hacerlo —apuró la copa—. Pero al menos debo intentarlo.

—¡Fergus! —dio una voz, y apareció el anciano.

—¿Sí, mi señor?

—Que el joven Martin ensille mi caballo.

Treinta y uno

Soraya vio llegar a Marc a través del prado y miró las flores que llevaba en el cesto. La combinación de lirios, beleños y pequeñas rosas le recordó la situación que vivía en Rossmorven: dulce y amarga al mismo tiempo.

—Acompañadme a dar un paseo —le dijo al llegar donde estaba ella.

—¿Qué sucede? —preguntó preocupada ante el semblante serio y tenso de Marc.

—Tenemos que hablar. No puedo seguir así.

Sin decir nada, Soraya dejó las tijeras en el cesto, le dio la mano y se puso a caminar a su lado.

—Por aquí. He descubierto un camino que lleva hasta el mar.

Él le sonrió fatigado.

—Sí, lo conozco. Henry y yo lo usábamos para pescar desde las rocas.

Torcieron en dirección este y cruzaron el prado hacia la hilera de árboles que bordeaban el acantilado. Debajo de ellos, las olas rompían contra las rocas formando remolinos de blanca espuma.

—Estos tiempos son tan agitados como el oleaje, ¿verdad? —dijo Marc mirando el mar.

Soraya se se volvió hacia él.

—No son los tiempos los que son agitados. El problema es el descontento que hemos provocado.

—Es cierto, pero aun así no me arrepiento.

—Marc, ¿está mal lo que hacemos? ¿Procurar nuestra propia felicidad es pedir demasiado?

—En verdad, no lo sé; pero tampoco me importa. No podría resistir la carga que supone Rossmorven si no encontrara alguna satisfacción. Sin ti, todo me parecería insoportable —se detuvo y la tomó de la mano—. ¿Te gusta esta tierra, con sus colinas y el rugido del mar por la noche?

Soraya sonrió por dentro.

—Al principio creía que no, pero ahora sí. Me gusta escuchar el sonido del mar desde la ventana de mi alcoba, cuando todo lo demás está en calma.

—A mí también, durante toda la noche: no puedo dormir pensando en estar contigo.

Soraya le apretó la mano.

—Esto no puede continuar así. De un modo y otro, tiene que terminar.

—Sí, eso es lo que vine a decirte.

Soraya pensó que el corazón se le iba a salir del pecho.

—Sólo puedo decir que os amo, y que vos ya lo sabéis.

—Dímelo de todos modos. Necesito oírlo de tus labios.

Ella se detuvo y se volvió hacia él.

—Os amo, Marc. Ruego a Dios por vuestra felicidad.

Él cerró los ojos, y ella continuó hablando.

—Vos sabéis que os amaré el resto de mis días.

—¿Sin importar lo que suceda? —preguntó él con voz algo temblorosa.

—Pase lo que pase siempre os llevaré en mi corazón. Siempre.

Él la miró a la cara, y la estrechó contra su pecho.

—He tomado una decisión: quiero casarme contigo, Soraya.

Se le hizo un nudo en la garganta que le impidió hablar; sólo podía asentir con la cabeza.

—¿Entonces querrás ser mi esposa?

Todavía era incapaz de hablar. Se estiró para darle un beso en la mejilla; luego en los labios.

—Sí, sí, seré vuestra esposa.

Tomó su cabeza con la mano y la acercó hacia él.

—Te amo, Soraya mía —le dijo rozándole los labios—. Te amo más de lo que te puedes imaginar.

La besó profundamente. Ella le rodeó el cuello con los brazos, y el cesto de flores rodó por el suelo.

Nunca se cansaría de él. Así viviese ochenta veranos, ella seguiría sintiendo el impulso de desnudarse y yacer con él cuando la tocara.

Marc soltó un gemido y alzó la cabeza.

—Me marcho dentro de una hora. Voy al sur, a Winchester.

—¿Por qué? —preguntó ella con los ojos abiertos de par en par.

—Para buscar una salida a este laberinto en el que

nos encontramos —la volvió a besar y se fue apresuradamente.

Marc subió a la cámara de Jehanne antes de dirigirse a la caballeriza. Sentada de espalda a la alta y estrecha ventana, su prometida estaba bordando un pañuelo de seda.

—Jehanne, yo...

Ella no alzó la mirada.

—Marc, ¿pasa algo?

—Deseo disolver nuestro compromiso.

Jehanne permaneció inmóvil durante unos segundos; luego dejó la seda sobre las piernas y lo atravesó con la mirada.

—Concertaré otro matrimonio para vos, uno mejor.

—¿Mejor? —bramó—. ¿Mejor que qué? No me he casado en estos dieciocho años.

—Quiero decir, un mejor partido que yo. Alguien más rico. Un noble, si queréis.

Sus ojos brillaron por un instante, pero luego, sin decir nada, volvió la mirada al bordado.

—Jehanne —extendió hacia ella las manos en gesto de súplica—. Por amor de Dios, liberadme de nuestro compromiso.

Se lo quedó mirando y, a continuación, dijo con tono áspero:

—Aquí en Rossmorven tengo todo cuanto deseo. Todo salvo vuestro apellido. Dádmelo y os dejaré el camino libre.

—No pretendo vivir separado de mi esposa.

—Pero no podéis convertirla en vuestra esposa —

dijo con voz glacial—. Sólo podéis convertirla en vuestra puta. Y si la juzgo correctamente, eso no es suficiente.

—Estáis en lo cierto: eso no es suficiente. Pero ya he tenido mi ración de malas obras por buenas razones.

Jehanne se puso de pie y se encaró con él.

—Así que romperéis nuestro compromiso. Sois un bastardo.

—Algunas veces pienso que ojalá lo fuera.

Ella no dijo nada, sólo lo fue empujando lentamente fuera de la habitación.

Pasaron seis tensos días con sus agónicas noches mientras Marc estuvo ausente. Para Soraya, su presencia llenaba el castillo, pero se dio cuenta de que Fergus y Brigid, así como el resto de la servidumbre, tenían los nervios de punta. Oía protestar a los campesinos cuando atravesaba sus campos para ir a recoger flores y setas.

Se podía respirar en el ambiente que algo se estaba cociendo.

Roger eludía sus preguntas, y Brigid la informó de que Jehanne se encontraba en un estado de tal lasitud, combinado con arranques de mal genio, que Soraya prefería quedarse en su cámara.

A media tarde del sexto día, cubierto de lodo y con la cara pálida y demacrada, Marc entró en el patio del castillo.

Desmontó, penetró en la torre y subió hasta la cámara de Soraya.

Lo oyó llegar, reconoció el suave tintineo de su

cota de malla y sus titubeantes pisadas, y le abrió la puerta. Al verlo con aquel aspecto, se quedó helada.

Extendió las manos hacia ella, y sus ojos... Dios ¡sus ojos! estaban exhaustos, rojos de agotamiento.

—Marc —exclamó. Lo hizo pasar, cerró la puerta y echó el pestillo—. Marc, ¿estáis bien?

—Soraya —dijo jadeando—. Tenía que verte..., sucio del viaje, pero tenía...

—Venid —dijo ella, y comenzó a aflojarle la cota.

—Vino —pidió.

Ella le puso una copa en la mano.

—Es vuestro brebaje escocés.

Él dio un trago y ella lo desvistió y le condujo hasta la cama. Se acostó al lado de él y lo estrechó entre sus brazos.

—Te amo... —musitó antes de dormirse.

Estuvo durmiendo todo el día y toda la noche. Sólo se despertó una vez para beber un trago de cerveza y comer un pedazo de tarta de queso que Soraya había subido de la cocina.

Al despuntar el alba a la mañana siguiente, Fergus llamó a la puerta de la cámara. Soraya abrió enseguida.

—Un mensajero, mi señora. Dice que lo envía la reina inglesa.

—¡Leonor!... Preparad la habitación del señor, Fergus. Marc estará allí dentro de una hora.

—Llamad a Jehanne —murmuró Marc desde la cama.

Soraya asintió.

—Fergus, dile a lady Jehanne que se reúna con nosotros.

Cuando la puerta se cerró tras el viejo criado, Marc se incorporó y tomó la mano de Soraya.

—Recordad esto: pase lo que pase de ahora en adelante, es a ti a quien amo. Sólo a ti.

Marc sentó al caballero que portaba el mensaje de la reina enfrente de Soraya. En ese momento, entró Jehanne con un elegante vestido beis y un manto de piel oscuro, caminando altivamente del brazo de Roger. Marc indicó el asiento a Jehanne, se acomodó entre las dos mujeres y buscó con la mirada al mensajero.

—Creo que traéis un mensaje de la reina Leonor de Inglaterra. Y que la reina ordena que sea entregado en presencia de nosotros tres —miró a Jehanne, luego a Soraya, y asintió—. Proceded.

El joven caballero se levantó y desenrolló un pergamino.

—De Leonor, reina de Inglaterra y duquesa de Aquitania, a lady Jehanne de Chambois, con mis saludos. Mi hijo Ricardo, conocido como Corazón de León, desea recompensar a un leal y meritorio caballero casándolo con una señora de alta cuna como vos. Dos estimados caballeros competirán por este honor, el duque Thierry de Rennes y el conde Clarence de Bretaña. Ambos han de recibir tierras y feudos en Inglaterra, pero sólo uno ganará vuestra mano en matrimonio.

Jehanne se quedó sentada sin moverse, con la boca abierta.

—Por lo tanto, autorizamos un torneo real en vuestro honor donde se decidirá quién es el mejor candidato, que se celebrará en Winchester el primer sábado de abril en el año de nuestro Señor de 1194.

Ruborizada, Jehanne se levantó de la silla con los ojos brillantes y las manos en el pecho.

—Un torneo —suspiró.
—Mi señor, hay una posdata dirigida a vos.
—Leedla —exhortó Marc.
El caballero tragó saliva, luego bajó el tono de voz y leyó serenamente.
—El corazón tiene su propia verdad, si tenéis el coraje para escucharla.
El mensajero enrolló el pergamino y lo dejó encima de la mesa delante de Jehanne. Marc despidió con un gesto de cabeza al joven y se dio la vuelta.
—Jehanne, quisiera hablar con vos en privado.
Con los ojos puestos en el caballero que se marchaba, Jehanne asintió distraída.
Al cabo de una hora Jehanne volvió a la cámara de Marc y tomó asiento. Marc se levantó.
—¿Vino?
—No. Bueno, sí, gracias.
Enarcó las cejas. Jehanne raramente bebía vino a menos que fuese francés, lo que no era el caso. ¿Acaso estaba nerviosa?
Él sintió un retortijón en el estómago. Incluso cuando eran niños, nunca pudo prever las reacciones de Jehanne. ¿Aceptaría la propuesta de Leonor o la rechazaría?
—Apenas sé por dónde empezar —murmuró ella, y dio un buen trago de la copa—. Debéis casaros conmigo y cumplir con vuestro compromiso.
A Marc se le encogió el corazón. ¿Cómo es que lo prefería a él en lugar de a un duque o a un conde?
—Al menos eso es lo que dice el padre Cuthbert —continuó ella antes de dar otro trago.
—Entiendo. El padre Cuthbert aconseja que nos casemos.

—Así es —se le subió el color a las pálidas mejillas—. Pero yo... lo siento, Marc. Sé que es lo que deberíamos hacer, pero no puedo. Yo... no os amo.

A Marc se le paró el corazón.

—Ese no sería un gran obstáculo, ya que yo tampoco os amo. El amor, como a menudo habéis mencionado, no tiene nada que ver con ello.

—Bien, entonces... —ella miró a su copa medio vacía, y Marc, ansioso, aguardó.

Ella le lanzó una fugaz y astuta mirada.

—Podría daros un hijo, Marc; un heredero para Rossmorven.

—Sí, podríais —le resultaba difícil respirar.

—Es vuestra obligación proporcionar un heredero. ¿No os atrae semejante arreglo?

—No me atrae, no.

—¿Ni siquiera por un hijo?

—No, Jehanne. Ni siquiera por un hijo.

Ella dejó escapar un gran suspiro, aunque no estaba claro si de alivio o de resignación. ¿Aceptaría la propuesta de Leonor o la rechazaría?

—Deseo... —comenzó ella.

Marc contuvo la respiración. Los ojos de ella eran fríos y calculadores.

—Deseo que me liberéis de nuestro compromiso.

Se la quedó mirando, asustado de no haber oído bien.

—¿Accederéis —insistió ella— a renunciar a nuestro compromiso? Digamos que tengo una repentina curiosidad por conocer a la reina de Inglaterra.

Marc se levantó enseguida. Le quitó la copa de vino y le tomó ambas manos entre las suyas.

—Sí, os liberaré.

Ella sonrió, y Marc le dio un beso en la frente.

—Os estaré agradecido por vuestra generosidad hasta el día de mi muerte.

—¡Ja! En el plazo de un año me habréis olvidado —espetó Jehanne.

—No, no lo haré.

—Entonces —dijo con crudeza—, seré yo quien os olvide.

Lo besó en la mejilla y salió de la habitación.

Treinta y dos

Por la mañana, Fergus difundió la noticia entre los aldeanos de que el señor deseaba hablarles. Luego buscó a Soraya, que estaba podando las rosas en el jardín de lady Margaret.

—Mejor disponer de algo más de cerveza, mi señora, antes de que lleguen.

Soraya interrumpió su tarea.

—¿Antes de que lleguen, quiénes? ¿Qué sucede?

—Nada todavía —el anciano miró para otro lado—. Pero pasará pronto cuando venga la gente al gran salón. Ahora, si me disculpáis, debo ocuparme de mis deberes.

Se fue antes de que Soraya pudiese decir nada, pero para el mediodía ya era evidente que algo extraño estaba a punto de ocurrir. Encontró el gran salón abarrotado con los habitantes de Rossmorven, que susurraban entre ellos. Dos escuderos colocaron la mesa que Marc usaba como escritorio cuando ejercía de juez, arrastraron su silla de nogal hasta el centro y luego pusieron cuatro asientos más a los lados. Soraya observó la disposición con una súbita inquietud.

Jehanne entró y se sentó a la derecha de Marc. Sostenía un pañuelo perfumado sobre la nariz; por lo visto, para evitar el hedor de los campesinos. Roger condujo a Soraya a la silla dispuesta a la izquierda de Marc.

Marc saludó con un gesto de cabeza a todos los presentes y aguardó a que se hiciera el silencio para empezar a hablar.

—Os he convocado aquí porque tengo algo que deciros.

Un murmullo recorrió la sala, pero se cortó en seco cuando Marc levantó una mano.

—Rossmorven y su gente son mi mayor preocupación. Y como vuestro señor, reconozco las obligaciones que tengo hacia vosotros.

—¡Nadie aquí lo pone en duda, señor! —gritó alguien. Un coro de «síes» se hizo eco de esa opinión. Marc volvió a levantar la mano.

—Como sabéis, lady Jehanne y yo celebramos esponsales cuando éramos niños. Durante largos años la señora ha mantenido su promesa, pero ahora siente que ya no puede cumplir el compromiso, por lo que renuncia al mismo.

A su lado, Jehanne mostró su conformidad asintiendo impasiblemente con la cabeza.

Soraya se quedó pálida mientras un susurro de voces se extendía por el salón.

—Dedicaré mi vida al servicio de Rossmorven, pero con una condición: deseo casarme con Soraya al-Din, sentada aquí a mi izquierda.

Se oyeron de nuevo voces, acalladas una vez más con un gesto de Marc.

—Necesito vuestra conformidad antes de mañana al amanecer. Si decidierais no aceptarla como mi esposa y como señora de mis tierras, he pedido a William, rey de los escoceses, que nombre un nuevo señor para Rossmorven.

—¡Nunca! —gritó alguien.

—Escuchadme —prosiguió Marc—. Admito que la señora no es de noble linaje, y que no es descendiente de escoceses, pero no me casaré con ninguna otra mujer.

—¿Quién es esa «Sara Aldin»? —farfulló alguien.

—La señora con el vestido verde, imbécil. La que preparó aquella infusión para tu Alix cuando no podía respirar.

—Ah, sí. ¿Entonces no es escocesa?

—No.

—No importa —dijo el primer hombre—. Es una buena mujer.

—Sí que importa. El padre Cuthbert nunca lo permitirá.

Marc se detuvo a la entrada de la cámara de Soraya al ver a la criada acercarse corriendo por el pasillo.

—¿Sí, Brigid, qué sucede?

—Sir Roger desea hablar con vos y con lady Soraya.

—¿Y dónde se encuentra?

—En vuestra cámara privada, señor —sonrió—, dando cuenta de vuestro vino.

—Vamos —Marc tomó a Soraya de la mano y bajaron juntos la escalera de piedra. Por alguna razón que ella no podía precisar, se le encogió el corazón de miedo.

Roger posó la copa en la repisa de la chimenea y le dio la mano a Marc. Soraya buscó alguna pista en los ojos del conde.

—¿Deseabais vernos? —preguntó Marc.

—Sí... se trata de un asunto delicado.

—Bueno, quiero... quiero que sepáis que si... si...

Marc, tranquilo, lo ayudó a terminar la frase.

—Que si la gente no aceptase a Soraya y yo perdiese Rossmorven. ¿Si? ¡Hablad, hombre!

—Si eso sucede, que los dos seréis bienvenidos en el castillo de Carrick.

Marc lo tomó por el hombro.

—Amigo mío, os estoy más agradecido de lo que puedo expresar con palabras. Estamos en tiempos inciertos.

—Inciertos —Roger carraspeó— porque estáis desafiando las viejas costumbres, cien años de tradición.

—Sí —dijo Marc—. Quizá una tradición anticuada que debe cambiarse.

—Vuestra gente... —comenzó Roger la frase.

—Mi gente no ama a Jehanne.

—Pero —intervino Soraya— te querrían como su señor si no fuese por mí.

—Tal vez, pero no importa. Lo que nos une es mucho más poderoso que la tradición. No viviré separado de ti.

—Pero un matrimonio... por amor de Dios, va contra todo lo que hemos conocido.

—Debemos confiar en la gente de Rossmorven —le dijo Marc a Soraya—. Y, si hemos de forjar un nuevo camino, tenemos que confiar en nosotros mismos. No hacemos nada malo al amarnos.

Antes del alba, a la mañana siguiente, Soraya se acercó a la ventana de su cámara y observó el patio del castillo. Envuelto en la oscuridad, el lugar era una nube de sombras. La única luz provenía de la herrería. Cruzó los brazos e intentó calmar la inquietud que sentía. ¿Qué era lo que el día iba a deparar?

Junto con los primeros rayos de sol vino una desagradable sorpresa. Jehanne llamó a la puerta de la cámara de Soraya y entró sin aguardar respuesta. Llevaba puesto su habitual vestido gris y un manto negro. Su semblante estaba en consonancia con su ropa.

—Buenos días, Jehanne.

—*Oui*, ya es de mañana, ¿verdad? —contestó con un suave tono de voz—: el día en que esos sucios campesinos de Rossmorven decidirán vuestro futuro; y —añadió maliciosa— el futuro de Marc también.

Soraya se irguió. El futuro de ella, sí; pero el de Marc, no. Fuera la que fuese la decisión de los campesinos, ella no se lo podía llevar de Rossmorven. Aquellas tierras y gentes eran su vida. Las amaba.

—Nunca me llevaría a Marc de Rossmorven.

Jehanne la miró de reojo. Pese a su creciente incomodidad, Soraya no le rehuyó la mirada.

—¿Qué es lo que queréis, Jehanne?

—Quiero saber qué me espera en la corte. Quiero saber sobre la reina Leonor de Inglaterra: ¿cómo es?

Soraya disimuló la sorpresa que le causó la pregunta. Luego recordó que Jehanne, a pesar de sus aires de grandeza, nunca había estado en la corte: había preferido encerrarse en Rossmorven durante casi cuatro lustros .

—¿Cómo es Leonor? —pensó Soraya en voz alta—. No se parece a nadie; es única. ¿Por qué lo preguntáis?

—¿Es fácil persuadirla?

—¿Persuadirla?, ¿persuadirla de qué? —algo en aquella pregunta estimuló su memoria.

Jehanne no respondió.

—No —dijo Soraya—. Leonor es terriblemente inteligente. No queráis regatear con ella o, peor aún, tratar de engañarla. No se arredra por nada ni ante nadie.

—¿Cómo debería uno..., es decir, cómo debería comportarme en la corte de Leonor?

Ah, así que eso era. Jehanne buscaba consejo. Cómo le debía de haber costado humillarse de aquella manera.

—Creo que yo tuve una ventaja porque me cayó bien, y ella lo percibió. Y, sin pretenderlo, la hice reír.

—Tal vez no me guste esta reina, pero estoy segura de que puedo arreglármelas. Después de todo, es francesa, aunque sea de L'Anguedoc, una región escandalosa —masculló— plagada de trovadores groseros que cantan canciones picantes.

—¿Qué es lo que queréis de la reina inglesa, Jehanne?

—Eso es asunto mío —espetó.

—No tratéis de manipular a Leonor o me temo que tendréis que hacer frente a su cólera.

—*Mais non*, Soraya de Damasco. Soy yo quien teme por vos. Pensadlo bien. ¿Qué haréis cuando Marc os deje de lado?

La atravesó un escalofrío, pero alzó la cabeza y miró a Jehanne cara a cara.

—Me las apañaré.

—Supongo que siempre podríais ir a la corte de la reina Leonor —dijo maliciosamente Jehanne—. Pero dejadme que os sea franca: aborrezco la idea de encontrarnos en el mismo castillo.

—También yo os seré franca, Jehanne. Marc y yo hemos compartido peligros, terribles pérdidas, semanas en las que casi morimos de hambre, de agotamiento y de frío, y refugios tan pobres que vos no os atreveríais a entrar. Me he granjeado su amor y respeto, y no pienso renunciar a ello. Seguiré con Marc porque él me lo pide, y porque me he ganado ese derecho.

Jehanne se la quedó mirando y, sin decir nada más, la mujer salió de la cámara.

Soraya casi se echó a reír en voz alta. Dios, cómo se iba a divertir Leonor jugando al gato y al ratón con la orgullosa señora de Chambois. Incluso sintió un poco de pena por ella.

El ruido proveniente del gran salón llegó hasta su alcoba. Los habitantes de Rossmorven se estaban congregando. Se le secó la boca. Aquéllas eran las gentes en cuyas manos Marc había depositado su futuro; y el de ella.

Treinta y tres

Robin el curtidor abrió los brazos dirigiéndose a la multitud de campesinos que se habían concentrado en el gran salón.

—Tal como lo vemos, Marc será un buen señor. No nos gustaría perderlo.

Lleno de alegría, Marc miró instintivamente a Soraya, que, imperturbable, se encontraba sentada a su lado. Él sabía que ella estaba haciendo un gran esfuerzo por no exteriorizar sus sentimientos. También sabía que nunca le pediría que eligiera entre su gente y ella. Tenía que tomar esa decisión por sí mismo.

Marc pidió silencio para que el curtidor pudiera proseguir. Soraya estaba pálida. No cabía duda de que querían a Marc, pero... ¿y a ella?

—En cuanto a la señora de Rossmorven, nosotros...

—No queremos a esa extranjera —voceó alguien.

A Soraya se le detuvo el corazón.

—No es mala, sólo que tiene un erizo en los calzones —gritó una mujer.

—¿Un erizo en...? Marc reprimió un ataque de risa. No se referían a Soraya, sino a Jehanne.

—Es francesa —dijo otro.

—También el señor lo es, cabeza hueca. Su padre era francés.

Marc se levantó.

—No pretendo casarme con lady Jehanne —dijo en un rápido gaélico.

Hubo un murmullo de descontento en el salón que Robin acalló antes de volverse hacia Marc.

—Los esponsales son ante Dios. El padre Cuthbert dice que un hombre no puede romper un compromiso así tan fácilmente.

Marc apretó la mandíbula.

—Bien, ¿y entonces? —inquirió, todavía en gaélico.

—Entonces —repitió el corpulento curtidor—, esto es lo que pensamos: nosotros, la gente de Rossmorven, queremos que os quedéis, señor. Y sabemos que estabais comprometido con la lady Jehanne.

—Así es —asintió Marc tranquilo.

—Pero no queremos a lady Jehanne.

—De acuerdo —se sintió aliviado, pero la cosa aún no estaba decidida—. Es con Soraya al-Din con quien deseo casarme.

Al oír su nombre Soraya se estremeció. Marc se volvió a sentar a su lado y la apretó los dedos con suavidad por debajo de la mesa.

—En cuanto a Sarah Aldin —continuó el curtidor—, no sabemos nada de ella salvo que es bonita y que, al contrario de la otra, no tiene la lengua afilada. Pero el padre Cuthbert dice que Sarah no os pertenece porque... bueno, porque vos ya estáis prometido.

—Mi prometida ya no desea permanecer en Rossmorven.

Robin abrió la boca, la cerró y la volvió a abrir.

—Excusadme, señor. Creo que no os oigo bien. Lady Jehanne no quiere... estoy perdiendo el juicio, y mi coraje.

—¡Coraje! —gritó alguien— ¡Robin necesita algo de coraje!

Brigid se fue a la cocina y regresó con una jarra y una copa de algo. Se la puso en la mano y él se bebió el contenido en dos tragos.

Al tiempo que Brigid rellenaba la copa, Robin le susurró algo al oído. Entonces Brigid se dirigió hacia Soraya con otra copa llena hasta el borde.

—Mi señora, tomad esto, os puede hacer falta.

Soraya dio un sorbo del líquido ámbar.

—Gracias, Brigid —dijo ella cuando recuperó la voz.

La criada se inclinó hacia ella.

—Ya no durará mucho —le murmuró—. Robin ha bebido suficiente «coraje».

Brigid sacó del delantal una tercera copa para Marc.

—Para vos, mi señor —musitó mientras se la llenaba.

Marc tomó un trago y le dirigió a Robin una mirada apremiante.

—Ahora, maestro curtidor, hablaréis de Soraya al-Din.

Soraya tenía la vista puesta en aquel hombre, en cuyas manos estaba su destino. A Marc se le encogió el corazón al darse cuenta de que el curtidor jugueteaba con el cinto de su pantalón, evitando mirar a Soraya a los ojos. No querían a Jehanne como señora de Rossmorven, pero tampoco la querían a ella.

Soraya lo buscó con la mirada. De un trago se bebió la mitad del abrasador líquido y trató de sonreír.

Robin abrió la boca para emitir una serie de palabras guturales, de nuevo en gaélico. Luego más palabras, el nombre de Soraya otra vez y algo que hizo gracia a los presentes, ya que prorrumpieron en risas.

Marc volvió a hablar, casi ladrar, y el curtidor se estremeció. El abarrotado salón se quedó en silencio.

—Hablad —le ordenó Marc—. ¿La tendréis como vuestra señora?

Robin dejó escapar algunas palabras.

—*¡Tha sinn a' gabhail ri!*

¿Qué significaba aquello? Soraya dio otro trago de la copa. Además de un creciente mareo, empezó a sentir una extraña sensación de indiferencia. De pronto le importaba un pimiento la voluntad de los aldeanos.

Le pediría a Roger que la llevara de vuelta a Damasco.

—*¡Gabhail ri!* —rugió la multitud. Se abalanzaron sobre Marc y cuatro hombres lo elevaron en hombros. «*¡Gabhail ri! ¡Gabhail ri!*», cantaban mientras marchaban alrededor del salón.

Soraya cerró los ojos. Trató también de cerrar los oídos, pero por encima de aquel griterío ensordecedor oyó la vozarrona de Robin el curtidor.

—¡Sarah Aldin! *¡Tha sinn a'gabhail ri!*

Roger... ¿dónde estaba Roger? Ella ensillaría el poni y...

Con la mirada radiante de felicidad, Marc la tomó de la mano.

—¿Sarah Aldin?

¡Era ella! A pesar de todo: del compromiso, de la tradición, incluso del padre Cuthbert, ¿la gente la había elegido señora de Rossmorven?, ¿esposa de Marc?

Se medio levantó de la silla y se sintió mareada. Un velo gris le oscureció la visión. Lo siguiente que supo fue que estaba en el suelo entre el bullicio del gentío y que Marc estaba a su lado, riendo. ¡Riendo! ¿Ella se había desvanecido y Marc se estaba riendo? Se inclinó sobre ella.

—Sí —dijo él, con una voz que venía de muy lejos—. Despierta, mi Sarah Aldin. Serás una novia preciosa.

—Estoy despierta —suspiró ella. Entonces cerró los ojos y una vez más se sumergió en el sopor.

Treinta y cuatro

Desde la ventana de la cámara de Marc, Soraya vio entrar a un hombre a caballo en el patio del castillo: un caballero. Atado a su montura, transportaba un baúl de madera tallada. Tras desmontar se dirigió a un sirviente:

—Lleva este baúl al salón y ve a buscar a lady Soraya de Damasco.

Soraya bajó corriendo las escaleras para saludar al caballero.

—La reina Leonor de Inglaterra —dijo sin preámbulos— os envía un regalo de bodas —apuntó al pie de las escaleras de piedra, donde se encontraba el baúl sin abrir.

—Mira dentro, Soraya —le dijo Marc, a su lado.

Soraya titubeó, pero luego se agachó, descorrió el cerrojo y levantó la pesada tapa.

—Debe de ser el vestido de bodas —dijo Marc, acompañado de Roger y del caballero recién llegado—. Y, sin duda, algunas otras fruslerías propias de mujeres.

Soraya sacó del baúl el vestido más exquisito que había visto nunca. La prenda resplandecía en sus brazos: estaba tejida en finísima seda, de color verde mar claro, y tenía el cuello y el dobladillo bordados de un verde más oscuro.

—Qué maravilla —dijo, acompañada de un coro de exclamaciones por parte de la servidumbre.

También había una capa con magas de terciopelo verde, un velo de color crema y una diadema de oro con incrustaciones de esmeraldas. Y en el fondo, envuelto en seda blanca, estaba su viejo turbante y la daga con el rubí. Se le hizo un nudo en la garganta: bendita fuera la reina por recordarlo.

—Mi niña querida, no llores —le dijo Marc—. Ve y vístete para la ceremonia.

Soraya, emocionada, le dio un beso en la mejilla y se volvió hacia el mensajero.

—Transmitid mi agradecimiento a la reina Leonor.

—Deja ya de llorar —le regañó Marc cariñosamente.

Soraya ordenó a un criado que le subiese el baúl hasta la cámara, donde se vestiría para la boda que tendría lugar aquella misma tarde.

Justo cuando ascendía las escaleras, una melodiosa voz entonó una balada en gaélico. Algo sobre una hermosa doncella que esperaba a su amante junto a un pozo. Según seguía subiendo las escaleras, la voz proseguía con otro verso, y luego un tercero. Para cuando alcanzó el corredor que conducía a su alcoba, todos los hombres estaban cantando.

Aquella tarde, cuando el tenue sol del invierno penetraba por las altas ventanas de la cámara de su madre,

Marc se arrodilló a los pies de lady Margaret. Le agarró las manos y, al mirarla a la cara, el corazón le dio un vuelco: lo estaba mirando directamente a los ojos.

—Hijo mío —dijo con voz débil pero clara—. Habéis vuelto.

Los ojos se le llenaron de lágrimas.

—Sí, mi señora, he regresado.

Ella también: por gracia de Dios se había obrado un milagro. El llanto apenas le permitía hablar.

—Madre, voy a casarme en una hora. Vengo por vuestra bendición.

—Se trata de Soraya, ¿verdad? —preguntó lady Margaret.

—Sí, con Soraya.

—Lo celebro. He esperado mucho tiempo la llegada de un niño en este frío y ventoso lugar. Y me gusta la muchacha. Ha significado un gran cambio para Rossmorven. Creo que han sido sus tisanas las que han aclarado mi mente.

Marc tragó saliva.

—La ceremonia se va a celebrar en la capilla, después de las vísperas. Quisiera que estuvieseis allí, madre. ¿Podríais?

—No creo que pueda caminar desde aquí sin gran dolor. Pero... —se sacó un anillo del dedo corazón—. Entregad esto a la novia. Vuestro padre me lo dio cuando nos casamos.

Se le estremeció el corazón. Había tantas otras cosas que deseaba contarle, especialmente que Soraya se encontraba en su cámara, bañándose y poniéndose las primorosas prendas que le había enviado la reina Leonor.

—Amo a Soraya, pero debo confesaros algo: me jugué Rossmorven por ella.

—¿De veras? Sois un valiente.

—Y gané ambos

Marc se levantó, se inclinó sobre ella y la besó en la mejilla y en la frente.

—Sé feliz —le susurró su madre.

—Soraya de Damasco —proclamó con autoridad la voz del sacerdote—. Acercaos.

Un murmullo de admiración se levantó al unísono en toda la capilla. Soraya, más bella que nunca ataviada con el espléndido vestido de seda verde, se dirigió hacia el altar del brazo de Roger de Clare. Allí, de pie, la aguardaba Marc.

Roger, cubierto por una túnica azul, acompasó su paso al de Soraya. Parecía un padre orgulloso de su hija.

Bajo un manto carmesí de ricos bordados, el corazón de Marc se llenó de felicidad. Roger era un verdadero amigo.

Y Soraya... le dejó sin respiración. Estaba resplandeciente bajo la parpadeante luz de las velas; una deslumbrante visión con aquel vestido que hacía juego con el color de sus ojos, verdes y claros como el mar del norte.

A no ser que estuviera soñando, aquella encantadora, sorprendente y fascinante criatura iba a ser suya para siempre.

A su lado, Fergus le puso una mano en el brazo.

—No os mováis, señor. Será vuestra muy pronto.

No, pensó Marc, nunca sería lo bastante pronto: quería hacerla suya en aquel mismo instante.

—Tomad su mano —le susurró Fergus—. No se va a romper.

Entrelazaron sus manos y se quedaron mirando el uno

al otro durante un largo momento. Se hizo un completo silencio cuando el sacerdote ocupó su lugar delante del altar y carraspeó para llamar la atención de los novios.

Soraya y Marc ahogaron un grito de sorpresa.

—¡Hermano Andreas!

No era el padre Cuthbert, sino el regordete monje, o espía, o lo que quiera que fuese, quien les sonreía.

—Ante estos testigos —comenzó el hermano Andreas— se presentan Marc Etienne de Valery de Rossmorven y Soraya al-Din de Damasco. Daos la vuelta y mirad hacia los aquí reunidos.

Soraya y Marc se volvieron lentamente hacia sus invitados, y ella lanzó otra pequeña exclamación: al fondo, apoyada en el galante William Marshal, apareció la frágil figura de la madre de Marc, lady Margaret.

Soraya miró a Marc y vio que tenía los ojos humedecidos. Le apretó la mano, miró a los presentes y volvió a contener la respiración.

Jehanne estaba junto a Roger de Clare, apoyada en su brazo y sonriéndole de una forma un tanto extraña.

El hermano Andreas habló de nuevo.

—Volveos ahora hacia mí, que represento en la tierra a Dios todopoderoso, y jurad vuestros votos ante todos los presentes.

Marc y Soraya se arrodillaron para encomendarse el uno al otro. Volviéndose, se miraron a los ojos e inclinaron la cabeza hasta que las dos frentes casi se tocaron. Entonces Marc le susurró algo al oído.

—*Je t'aime.* Te amo.

—Yo también os amo —Soraya pronunció esas palabras en gaélico.

Epílogo

Lady Margaret de Rossmorven vio cumplido con creces su deseo de tener un nieto: Dios concedió a Marc y a Soraya una pareja de gemelos: Rosalynne Margaret y Richard William de Valery, que vinieron al mundo una fría y despejada mañana de otoño del año de 1194.

Con nueve años, Richard de Valery viajó al sur para educarse con Roger de Clare, conde de Carrick, y regresó a Rossmorven años después convertido en caballero.

De Rosalynne de Valery poco se sabe, excepto que celebró los esponsales con el hijo del pretendiente escocés al trono. Sin embargo, llevó un diario durante toda su vida.

Nota de la autora

Rossmorven es un lugar imaginario. Soraya y Marc son personajes enteramente imaginarios. Sin embargo, Ricardo Corazón de León, Saladino, Leonor de Aquitania y el caballero William Marshal, conde de Pembroke, existieron a fines del siglo XII.

Por motivos de la narración, he alterado el itinerario del viaje de Ricardo desde Jaffa en 1192. En primer lugar, no hizo ninguna parada en Chipre: la venta de la isla a los templarios sucedió más tarde. En segundo lugar, debido a una tormenta, su barco tocó tierra en la costa este de Italia, no en la occidental, como se retrata aquí.

Ricardo fue capturado por caballeros alemanes cerca de Viena; fue liberado previo pago de un rescate de 100.000 marcos de plata que reunió su madre Leonor. Regresó a Inglaterra en marzo de 1194.

Saladino murió de una enfermedad en marzo de 1194 en Damasco. Ricardo Corazón de León murió de una herida de flecha recibida en 1199 en Chales, Francia.

Leonor, reina de Inglaterra y duquesa de Aquitania, murió en 1204 a la edad de 80 años y está enterrada en la abadía de Fontevrault.

William Marshal, conde de Pembroke, murió en 1219 en su casa solariega en Caversham, Inglaterra.

TÍTULOS DE LA COLECCIÓN

Amor interesado – Nicola Cornick

El jeque – Anne Herries

El caballero normando – Juliet Landon

La paloma y el halcón – Paula Marshall

Siete días sin besos – Michelle Styles

Mentiras del pasado – Denise Lynn

Una nueva vida – Mary Nichols

El amor del pirata – Ruth Langan

Enamorada del enemigo – Elizabeth Mayne

Obligados a casarse – Carolyn Davidson

La mujer más valiente – Lynna Banning

La pareja ideal – Jacqueline Navin

www.ingramcontent.com/pod-product-compliance
Lightning Source LLC
LaVergne TN
LVHW091624070526
838199LV00044B/928